이동원, 〈연암 박지원 초상〉

59.5×44cm, 비단에 채색, 2017

이동원 화백이 새로 그린 초상화는 연암의 아들 박종채가 쓴 『과정록』을 바탕으로 했다.
연암은 키가 크고 풍채가 좋았으며 긴 얼굴과 귀밑까지 발달한 광대뼈가 위엄을 드러냈
다고 한다. 연암의 용모는 혈색이 붉고 윤기가 도는 낯빛에 쌍꺼풀 있는 눈, 크고 흰 귀
로 묘사되며 이마에는 달을 바라볼 때와 같은 깊은 주름이 졌다고 전한다.

연
암

산
문
의

멋

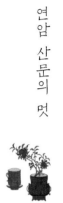

연암 산문의 멋

초판 1쇄 발행 2022년 11월 25일
초판 2쇄 발행 2023년 6월 30일

지은이   박수밀
펴낸이   조미현

책임편집   박승기
디자인   정은영

펴낸곳   ㈜현암사
등록   1951년 12월 24일 · 제10-126호
주소   04029 서울시 마포구 동교로12안길 35
전화   02-365-5051
팩스   02-313-2729
전자우편   editor@hyeonamsa.com
홈페이지   www.hyeonamsa.com

ISBN 978-89-323-2253-7 03810

박수밀 지음

연암 산문의 멋

연암 박지원이 감추어둔
보석 같은 생각과 만나다.

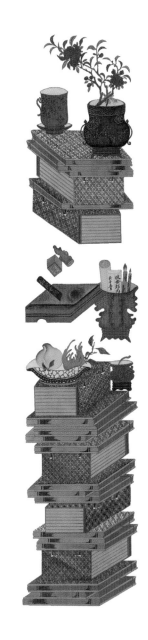

<ᆼ현암사

서문

연암을 만난 지 어언 30여 년이 흘렀다. 학부 시절 연암을 처음 접한 뒤 고전은 고리타분할 것이라던 선입견이 깨졌다. 대학원에 들어와 고전을 전공하면서 석사와 박사학위를 모두 연암으로 썼다. 이규보, 이익, 이덕무, 박제가, 이옥부터 정약용에 이르기까지 다양한 고전 인물을 공부해왔지만, 연암을 곁방에 둔 적은 한시도 없다. 몇 해 전 『열하일기 첫걸음』을 출간하고 나서 오랫동안 붙들어왔던 연암의 산문을 차례대로 정리해야겠다는 생각을 품게 되었고, 이제 첫 결실을 보게 되었다. 이 책은 연암의 산문 세계를 탐구한 첫 마중물로서 그동안 작업해 둔 글 가운데 12편을 실었다.

  연암! 그를 어떻게 평가해야 할까? 많은 인문학자가 연암에 대해 중세를 뛰어넘어 우리나라가 자랑할 만한 최고의 문장가로 꼽는 데 주저하지 않는다. 성리학의 자장에서 벗어난 유일한 문장가로 기리는 시선도 있고, 충무공과 더불어 조선의 세 가지 특기할 만한 인물로 선정하기도 하며, 영국의 셰익스피어, 독일의 괴테와 비견되는 대문호로 상찬하기도 한다. 그의 문장에 대해서는 천 년의 역사 속 우리나라 작가 가운데 일찍이 존재한 적이 없던 바라고 극찬하는가 하면, 그의 『열하일기』에 대해서는 세계 최고의 여행기로 치켜세우기도 한다.

그럼에도 나는 연암의 정체성을 한마디로 어떻게 규정할지 여전히 모르겠다. 굳이 말해야 한다면, 유학과 도가, 불교와 서학을 아울러서 자기만의 길을 만든 사람이라고 말하련다. 그는 유학자의 신분이었지만 그가 진리를 말하는 자리에는 유학의 도가 아닌 불교와 장자의 도가 있다. 유학의 언어를 쓰지만, 그 언어가 향해 간 곳은 전혀 다른 세계이다. 그의 언어에 대해 관습적인 해석을 하는 순간 그가 쳐놓은 통발에 걸려들 뿐이다. 그를 어느 하나로 규정하는 것은 그의 깊고 풍부하고 폭넓은 사유를 제한하는 일이다. 그는 틀을 만들지 않으며 어느 편에도 속하기를 거부하는 진정한 경계인이다.

연암은 전혀 이질적인 대상을 하나로 연결할 줄 알았고 지극히 작은 것에서 지극히 큰 것을 보았다. 천하를 두루 보는 석가여래와 전혀 보지 못하는 소경이 평등한 눈을 갖추었다고 하여 같은 속성으로 묶는가 하면, 사람들이 버리는 기왓조각과 가장 더러운 똥이 진짜 굉장하고 볼만한 장관이라 주장한다. 까마귀의 검은색에서 다채로운 색을 발견하고 말똥과 여의주를 동등하게 본다. 그는 보이지 않는 것을 보이게 하고, 일상의 하찮고 비루한 사물에서 새로움을 발견해내는 창조자의 안목을 지닌 사람이라 하겠다.

연암의 이 같은 통찰력은 그의 산문에 잘 녹아 있다. 그의 산문은 삼엄하면서 자유롭고 진지하면서 경쾌하다. 솔직하면서 의뭉스럽고 천연스러우면서 능청스럽다. 이 다채롭고 양면적인 특성을 고도의 배치로 직조해 놓았으니 연암의 진의를 파악하기란 여간 어려운 게 아니다. 본래 고전의 산문은 실용성을 바탕으로 하지만 연암은 글쓰기의 소재를 자신의 문학과 사상을 펼치는 도구로 사용한다. 그러면서 그의 산문은 대단히 미학적이고 인식론적이어서 문학의 시선만으로는 그 깊은 사유와 작가 정신을 온전히 포착할 수가 없다. 그의 산문은 문학이라는 양식 안에 미학적 태도와 세계관이 골고루 버무려져 있기에, 문학에 대한 견해 속에서 아름다움을 보는 눈과 세상을 보는 태도를 하나로 연결할 수 있어야 한다.

무엇보다 연암 산문의 진정한 가치는 형식과 문체 너머 현실을 사유하는 능력에 있다. 연암은 작은 존재를 대할 때는 지극히 따뜻한 휴머니스트가 되지만 현실을 바라볼 때는 차갑고 서늘하다. 연암은 자연은 창조와 변화의 장場이라 생각하지만 인간 세상은 깊이 병들었다고 생각한다. 그는 현실은 공평하지 않으며 부조리하고 모순되었다고 생각한다. 그리하여 그의 산문은 인간의 위선과 현실의 불합리에 대한 통찰을, 때로는 은밀하게 때로는 선명하게 담고 있다. 그러하기에 연암의 글은 단순한 교양 지식 정도로 읽어서는 안 된다. 연암의 글에서 삶과 현실에 대한 은유를 읽어내지 못한다면 좀 오줌과 쥐똥을 주워 모으는 일이 될 뿐이다. 개인의 일상과 체험을 짐짓 담백하게 말하는 듯한 속에서 인간과 현실을 향한 은밀한 속내와 진심을 읽어낼 때 연암과 대화 관계를 형성할 수 있을 것이다. 밖에서 안을 비판한 것이 아니라 자기 공동체 내부에서 안을 성찰하는, 피곤하고도 고단한 글쓰기를 수행한 그의 고뇌를 읽어낼 때 그가 염원한 세상과 공명共鳴하게 될 것이다.

그리하여 연암의 산문 한편 한편마다 정밀한 해석을 시도하고 그 바탕 위에서 감추어진 연암의 속생각을 들추어보려 노력했다. 연암이 들려주려 했던 그때의 진실을 지금 여기 나의 자리에서 반추하고 나의 삶과 우리의 현실에 적용해 보려 했다. 한 대목의 의미를 찾기 위해 수 시간이고 계속 곱씹었던 적은 얼마였으며, 연암의 문제의식을 지금 여기의 현장에 적용하기 위해 얼마나 고민하고 되새겼던가? 옛날의 문헌을 뒤적이는 가운데 지금의 사회 문화 현상을 유심히 관찰하는 일도 게을리하지 않았다. 그러한 노력에도 불구하고 연암 산문의 참된 면목을 얼마나 제대로 전달했을지 조금은 아쉽고 걱정이 된다. 나비를 잡았다고 생각하는 순간 놓쳐버린 소년의 심정이다. 그래도 현재의 내 능력을 담아내 성심껏 썼으니 연암 읽기의 긴 여정을 향한 첫발을 떼었다고 생각하련다.

이번에는 현암사와 인연을 맺게 되었다. 사람마다 각자의 운명이 있듯이 이 책도 자신의 운명이 있을 것이다. 바라기는, 내보내 달라고 기다리고 있는 다른 작품들을 더 많이 소개할 수 있도록 이 책이 독자들의 많은 사랑을 받았으면 좋겠다.

연암이 꿈꾸던 세상을 그려본다. 그때나 지금이나 인간의 위선과 야만성, 문명사회의 병폐는 그다지 달라 보이지 않는다. 그의 북학의 꿈과 조선풍 정신, 그가 바랐던 세상이, 꿈을 같이하는 이들의 우정의 연대를 통해 지금 여기에서 다시 새로운 정신으로 되살아나길 바라본다.

2022년 가을에 박수밀 쓰다

차례

1

모든 경계에는 꽃이 핀다

낭환집서

낭환집 서문蜋丸集序

자무와 자혜가 나가 놀다가 소경이 비단옷을 입은 것을 보았다. 자혜가 "휴우" 하고 한숨지으며 말했다. "쯔쯧! 자기에게 있으면서도 보지를 못하는구나." 자무가 말했다. "비단옷을 입고 밤길을 가는 사람과 비교하면 누가 나을까?" 마침내 함께 청허聽虛 선생에게 가서 물어보았다. 하지만 선생은 손사래를 치며 말했다. "나는 모르겠네, 나는 몰라."

예전에 황희 정승이 공무를 마치고 집에 오자, 딸이 맞으며 물었다. "아버지, 이 알죠? 이는 어디서 생겨요? 옷에서 생기죠?" "아무렴." 딸이 웃으며 외쳤다. "내가 이겼다." 이번엔 며느리가 물었다. "이는 살갗에서 생기죠?" "그렇단다." 며느리가 웃으며 말했다. "아버님은 내 말이 맞다시네요." 부인이 화를 내며 말했다. "누가 대감을 지혜롭다 하우? 옳고 그름을 다투는데 둘 다 옳다니요?" 황희 정승이 빙그레 웃었다. "딸아, 며느리야, 이리 오너라. 대체로 이는 살갗이 없으면 부화하지 못하고 옷이 없다면 붙지를 못한단다. 그래서 둘 다 옳은 것이지. 비록 그렇긴 하나 옷을 장롱 속에 두어도 이는 있고, 설령 네가 벌거벗었어도 여전히 가려울 게야. 땀 기운이 무럭무럭 오르고 끈적끈적한 기운이 후덥지근한 곳, 떨어지지도 않고 붙어 있지도 않은 옷과 살갗의 사이에서 이는 생긴단다."

백호 임제가 막 말을 타려 할 때였다. 하인이 나서며 말렸다. "나리! 취하셨어요. 가죽신과 짚신을 한 짝씩 신으셨는데요." 백호가 꾸짖으며 말했다. "길 오른편에서 보는 자는 내가 가죽신을 신었다고 할 테고, 길 왼편에서 보는 자는 내가 짚신을 신었다고 할 텐데, 뭐가 잘못이란 말이냐?" 이로 미루어 말하자면 세상에서 보기 쉬운 것으로 발만 한 것이 없으나, 보는 방향이 같지 않으면 가죽신인지 짚신인지도 구별하기가 어렵다. 그러므로 참되고 바른 견해는 진실로 옳다 그르다 하는 시비의 가운데에 있는 것이다. 땀에서 이가 생기는 것은 지극히 미묘해서 살펴보기 어렵다. 옷과 살갗의 사이에는 본래 빈틈이 있는데 떨어진 것도 아니고 붙어 있는 것도 아니며, 오른쪽도 아니고 왼쪽도 아니니 누가 그 가운데中를 얻겠는가? 말똥구리는 자신의 말똥을 아껴 용의 여의주를 부러워하지 않는다. 용 역시 자신에게 여의주가 있다 해서 저 말똥구리의 말똥을 비웃지 않는다.

자패가 이 말을 듣고 기뻐하며 말했다. "이것은 내 시에 이름을 붙일 만하군." 드디어 그 시집의 이름을 말똥구리의 말똥이란 뜻으로 '낭환집蜋丸集'이라 붙이고 내게 서문을 부탁했다. 나는 자패에게 말했다. "옛날에 정령위가 학이 되어 돌아왔으나 아무도 알아보는 사람이 없었으니, 이 어찌 비단옷을 입고 밤길을 가는 것이 아니겠는가? 『태현경』이 크게 유행했으나 이 책을 쓴 양웅은 보지 못했으니, 이 어찌 소경이 비단옷을 입은 것 아니겠는가? 이 시집을 보고서 한편에서 용의 여의주라 여긴다면 이는 그대의 짚신을 본 것이고, 한편에서 말똥으로 여긴다면 이는 그대의 가죽신을 본 것이다. 그러나 남들이 알아보지 못해도 정령위의 깃털은 그대로이고, 스스로 보지 못하더라도 양자운의 『태현경』은 그대로다. 용의 여의주와 말똥구리의 말똥에 대해 구별할 수 있는 것은 오직 청허 선생뿐이니, 내가 무슨 말을 하겠는가?"

말똥구리는 자신의 말똥을 아껴

용의 여의주를 부러워하지 않는다.

사람들은 보고 싶은 것만 보고 듣고 싶은 것만 들으려는 경향이 있다. 자기 생각과 일치하는 정보만 받아들이고 반대되는 정보는 그것이 아무리 객관적인 정보라 할지라도 애써 무시한다. 생각이 같은 사람들과 어울리기를 좋아하고 나와 생각이 다른 사람은 피하려 한다. 이처럼 자기 신념과 일치하는 정보만 받아들이고 다른 정보는 무시하는 경향이 확증편향이다. 집단과 공동체에서 확증편향이 심해지면 온갖 대립과 분쟁이 잦아진다. 우리 사회의 많은 다툼도 가만히 살펴보면 자신이 속한 공동체의 입장만을 내세우거나 내 생각과 맞는 정보만 수용하고 다른 견해를 거부하는 데서 비롯된 것이다.

진실은 자신이 속한 공동체에만 있지 않다. 객관적인 진실을 알기 위해선 내 편과 저쪽을 편견 없이 살펴보아야 한다.

연암은 이렇게 말한다.

까마귀는 뭇 새가 검다고 믿고
백로는 다른 새 희지 않다 의심하네.
흑과 백이 각자 자기가 옳다 하면
하늘도 응당 그 판결 싫어하리.

• 「발승암기髮僧菴記」

까마귀만 사는 세상에 살면 다른 새들도 검다고 생각한다. 백로의 세계에 사는 백로는 희지 않은 새를 보면 무시하고 의심한다. 까마귀와 백로는 자기 경험의 세계에 갇힌 인간을 비유한 것이다. 흑과 백이 각각 자기 색깔만 옳다고 우기면 격렬한 분쟁을 피할 도리가 없다. 양쪽의 입장이 서로 맞설 때 좋은 해결 방법은 없을까?

「낭환집서蜋丸集序」에는 이 딜레마를 해결해줄 묘안이 담겨 있다. 이 작품은 에피소드가 많고 비유가 알쏭달쏭해서 글 전체의 맥락을 이해하기 쉽지 않다. 글의 전반부에는 소경이 비단옷 입은 것과 비단옷 입고 밤길 가는 것 가운데 무엇이 더 나은가의 논쟁이 있고, 이는 살에서 생기는지 옷에서 생기는지를 두고 딸과 며느리의 다툼이 나온다. 다음엔 가죽신과 짚신을 짝짝이로 신은 백호 임제의 일화가 있다. 그러면서 말똥구리의 말똥과 용의 여의주 비유가 나온다. 도대체 연암은 무슨 말을 하려는 것일까.

이는 어디에서 생기는가?

글의 첫머리는 다짜고짜 두 사람의 다툼으로 시작한다. 소경이 비단옷 입은 것과 소경 아닌 사람이 비단옷 입고 밤길 가는 것 가운데 무엇이 더 나은가를 두고 논쟁을 벌인다. 고전의 글에서 서문의 첫머리를 이같이 논쟁 삽화로 시작하는 경우는 흔치 않다. 에피소드로 시작하는 두 사람의 논쟁을 보며 독자는 '작가가 무슨 얘기를 하려는 걸까?' 하며 호기심을 갖고 과연 어느 입장이 더 나은지를 떠올리며 글에 참여하게 된다.

　다툼의 결론이 나지 않자 둘은 청허聽虛 선생을 찾아간다. 하지만 청허 선생은 짐짓 모른다고 손사래를 친다. 학계에서는 자무子務는 무관懋官이란 자를 쓰는 이덕무이고, 자혜子惠는 혜보惠甫·혜풍惠風 등의 자字를 쓰는 유득공으로 추측한다. 둘 다 연암이 아끼는 제자이다. 두 사람의 다툼은 참 시답지 않아 보이는데 우리의 일상에는 사소해 보이는 일로 다투는 일이 흔하다. 소경이 비단옷을 입은 것은 자신은 모르는데 남이 아는 것이고, 비단옷 입고 밤길을 가는 것은 자신은 아는데 남은 모르는 것이다. 어느 쪽이 나은지는 좀 애매한 구석이 있다. 청허 선생은 도가道家의 우언에 흔히 등장하는 지혜자이다. 풀이하면 허심虛心으로 듣는 자 혹은 비우고 듣는 사람이란 뜻이다. 그런데 웬걸? 판결자가 되어야 할 청허 선생은 "나는 모르겠네. 나는 몰라."라며 손을 내젓는다.

대화로 구성된 둘의 논쟁에 제3자를 등장시키는 방식도 새롭다. 일반적으로 대화체 작품에 둘이 등장하면 한편은 어리석은 자를, 한편은 작가의 입장을 대변한다. 그러나 둘의 논쟁에 제3자를 등장시켜 작가의 목소리를 전하는 방식은 기존 산문에서 보기 힘든 구조이다. 뒤이어 '이쪽과 저쪽의 사이'를 강조하는 주제 의식과 연결 지어보면 절묘한 구성이라는 생각이 든다.

지혜로운 판결자인 청허 선생은 왜 모르겠다며 딴청을 피우는 것일까? 진짜 몰라서가 아니라 모른다고 말하는 게 정답이라면 둘의 다툼은 옳고 그름이 아닌 취향의 문제임을 말해준다. 어느 편이 더 낫다고 단정할 수는 없으며 각자의 취향일 뿐이다. 취향이라면 우열로 갈라서는 안 되며 각자의 선택은 존중되어야 한다. 그러므로 '나는 모르겠네'라고 말하는 것이 지혜로운 태도가 된다.

두 번째 일화엔 황희 정승이 나온다. 황희 정승이 공무를 마치고 집에 돌아오자 딸이 달려 나와 "이는 옷에서 생기죠?"

라고 묻는다. 황희 정승은 그렇다고 답한다. 이번엔 며느리가 묻는다. "이는 살에서 생기죠?" 이번에도 옳다고 대답한다. 그러자 이를 못마땅해한 부인이 화를 낸다. "옳고 그름을 다투는데 양편을 다 옳다 하시면 어쩌란 말입니까?"

그러니깐 이번엔 옳고 그름을 따지는 사안이다. 그런데 황희 정승은 딸과 며느리의 주장이 다 옳다고 말한다. 옳고 그름을 가리는 시비是非 논쟁에서는 한편에 서는 게 정당해 보인다. 둘 다 옳다는 황희 정승의 대답에 핀잔을 주는 부인의 태도는 한편을 잡아야 한다고 여기는 일반인의 시선을 대변한다. 서로 다른 사안으로 다투는데 양시론兩是論을 펼치는 황희 정승의 태도는 문제를 회피하는 것처럼 보인다. 의견 대립이 있을 때 기계적으로 중립을 지킨다면 중용의 이름을 빌린 기회주의일 뿐, 문제해결에는 도움이 안 된다. 하지만 이 일화는 어느 쪽이 옳으냐를 따지자는 의도가 아니다. 진실은 어디에서 생기는지의 문제를 생각해보자는 것이다.

이는 어디에서 생길까? 이 일화는 우언이므로 이가 참말로 어디에서 생기는가에 대한 과학적 진실을 따질 필요는 없다. 황희 정승의 답에 따르면 떨어져 있지도 않고 붙어 있지도 않은, 옷과 살의 사이 어딘가에서 생긴다. 이는 살갗이 없으면 부화하지 못하므로 며느리의 입장은 옳다. 또 이는 옷이 없다면 붙지 못하므로 딸의 생각도 옳다. 각자의 입장에 서면 둘 다 옳다. 그러나 옷을 장롱 속에 두어도 이는 있다. 그러므로 살갗에서 생긴다는 며느리 생각은 틀리다. 또 벌거벗고 있어도 여전히 가렵다. 그러므로 옷에서 생긴다는 딸의 생각은 틀리다. 그러면 이는 어디에서 생길까? 황희 정승의 말에 따르면 옷이라고도 살이라고도 할 수 있는 땀 기운과 풀기의 미묘한 사이, 떨어지지도 않고 붙어 있지도 않은 옷과 살갗의 미세한 틈에서 이가 생긴다.

이 일화는 부분적 진실과 전체적 진실에 관한 것이다. 한쪽에서 보면 옳지만, 전체에서 보면 틀린 것이다. 불교 경전인 『열반경涅槃經』에는 다음과 같은 우화가 나온다. 한 왕이 코끼리 한 마리를 가져오도록 명령했다. 그리고 소경을 불러 손으로 코끼리를 만지게 하고 코끼리를 설명해보라고 했다. 코끼리의 코를 만진 소경은 이렇게 말했다. "코끼리는 뱀 같습니다." 이번엔 코끼리 배를 만진 소경이 말했다. "코끼리는 벽입니다." 또 코끼리 다리를 만진 소경은 코끼리는 기둥처럼 생겼다고 말했다. 이 우화에 대해 원효는, 소경의 말들은 부분적이긴 하지만 코끼리가 아닌 다른 것을 언급한 것은 아니므로 모두가 옳다皆是고 한다. 하지만 어느 소경도 코끼리 전체를 말하지 못했으므로 모두 틀렸다皆非고 한다. 이것을 이른바 개시개비皆是皆非라고 한다. 부분적 진실의 측면에서 보자면 각각이 다 옳지만, 전체로 보자면 모두가 틀린 것이다. 이는 어디에서 생기는가의 다툼은 부분적 진실과 전체적 진실의 문제의식을 담고 있다. 이는 옷과 살의 미세한 틈에서 생기므로 전체로 보면 딸과 며느리의 입장은 각기 부분적인 진실일 뿐 실체적 진실은 아니게 된다.

사물과 사물 간에는 아주 미세한 '틈'이 있다. 실상 인간人間, 공간空間, 시간時間에도 사이, 틈이라는 뜻을 지닌 간間 글자가 있다. 사람과 사람, 빈 곳과 빈 곳, 시각과 시각 등 우리가 사는 모든 공간과 시간에는 틈이 있다. 그 틈을 자세히 들여다볼 때 진실의 향방을 알 수 있다. 양쪽을 보지 않으면 그 판단이 아무리 정당하더라도 그것은 한편의 진실일 뿐이다.

일면적 진실과 양면적 진실

이어서 가죽신과 짚신 비유가 나온다. 백호白湖 임제林悌가 술에 취해서 신발을 짝짝이로 신고 말을 타자 하인이 지적한다. 하지만 백호는 오히려 하인을 꾸짖는다. 오른쪽에서 보는 사람은 가죽신을 신었다고 생각할 것이고 왼쪽에서 보는 사람은 짚신을 신었다고 생각할 것이니 아무런 상관이 없다는 것이다. 참 재미있는 생각이다. 어차피 인간은 눈에 보이는 방향에 의지해 보이지 않는 반대편도 그러리라고 생각하므로, 짝짝이로 신어도 상관없다는 것이다.

가죽신과 짚신 일화는 일면적 진실과 양면적 진실을 생각하게 한다. 인간의 눈은 전체를 보지 못하고 부분밖에 보지 못한다. 앞을 보면 뒤를 못 보고 왼쪽을 보면 오른쪽을 볼 수가 없다. 양쪽을 볼 수 없는 상황에서는 한쪽만을 보고서 반대편도 그럴 것이라고 추측한다. 발만큼 보기 쉬운 것도 없으나 보는 방향이 다르면 신발을 짝짝이로 신은 것조차 알아채지 못한다. 그런데도 사람들은 자신이 본 것만을 진실이라 박박 우기며 나와 의견이 다르면 막무가내로 밀쳐낸다.

우리의 삶에는 일면적 진실과 실체적 진실이 충돌하는 딜레마가 있다. 이쪽에서 보면 옳은데 다른 쪽에서 보면 틀린 상황이 된다. 어쩌면 우리 사회의 수많은 갈등은 내 생각만이 옳다고 우기는 데서 생기는 것일지도 모른다. 나와 생각이 다르면 무조건 틀렸다고 생각하고, 내 편이 아니면 적이라고 여긴다. 상생과 공존의 가치는 힘을 못 쓰고 격렬한 대립과 다툼만 남게 된다.

객관적인 진실을 알기 위해서는 양쪽을 다 볼 수 있는 지점에 서야 한다. 연암은 이를 '사이中'라는 말로 표현한다. '사이'는 일면적 시각에서 벗어나 전체를 볼 수 있는 객관적인 자리에 서는 것이다. 양쪽을 보지 않으면 자신의 판단이 아무리 옳더라도 그것은 일면적 진실에 불과하다. 한편에서만 보는

당파적 시각에서 벗어나 양편을 다 아우르는 곳에서 바라보아
야 한다.

우리는 이것이 맞고 저것은 틀리다고 쉽게 단정하지만, 옳
고 그름이 갈리는 지점은 매우 미미한 경우가 많다. 그 '사이'
는 지극히 미세해서 터럭 하나의 차이에서 나뉘기도 한다. 연
암이 말한 불리불친不離不襯, 불우불좌不右不左, 곧 떨어진 곳도
아니고 붙은 곳도 아닌, 오른쪽도 아니고 왼쪽도 아닌 곳이
다. 이와같이 不A 不B는 불교에서 진리를 드러내는 어법으로
도 쓰인다. 하나도 아니고 둘도 아닌, 붙지도 나뉘지도 않는 곳
에 진리가 있다는 것이다. 이쪽과 저쪽을 손쉽게 구분하는 것
은 인간의 방편일 뿐, 저것으로 인하여 이것이 있고 이것으로
인해 저것이 있다. 존재는 반대편을 통해 자신을 드러내며 서
로를 비춰줌으로써 의미가 만들어진다. '나'라는 존재는 '너'가
있음으로 의미가 드러나고 빛은 어둠이 있어야 존재성이 드러
난다. 곧 '사이'는 서로를 비춰줌으로써 의미를 드러내며 모든
존재가 제각기 가치를 드러내는 곳이다. 그 사이에서 깊이 숙
고할 때 진리의 편에 설 수 있게 된다.

말똥과 여의주

그런데 서로 대립하는 둘 사이에서 단순히 기계적 균형을 취하다 보면 실제로는 권력의 편, 중심의 편을 정당화하는 논리에 이용당할 수가 있다. 권력이 중심으로 기울어져 있는 상황에서 조건을 고려하지 않고 획일적인 균형을 취하게 되면 중심의 허위성을 가려주는 역할에 그칠 위험성에 노출된다. 용과 말똥구리의 비유는 이러한 점을 고려한 발언이다.

> 말똥구리는 자신의 말똥을 아껴 용의 여의주를 부러워하지 않는다. 용 역시 자신에게 여의주가 있다 해서 저 말똥구리의 말똥을 비웃지 않는다.

용과 말똥구리 비유는 중심과 주변의 문제를 환기한다. 용의 턱 밑에는 여의주如意珠가 있다. 여의如意란 뜻대로 한다는 뜻이니 여의주는 마음대로 할 수 있는 구슬이다. 사람이 이 구슬을 얻으면 원하는 바를 모두 이룰 수 있다. 모든 사람이 귀하게 여기는 구슬이다. 반면 말똥구리에게는 말똥이 있다. 말똥은 말의 똥으로 만들었기 때문에 냄새도 고약하고 더럽다. 말똥에 미끄러지면 정말 재수 없다고 말한다. 그렇지만 말똥구리는 말똥을 잘 보관해서 식량으로 삼기도 하고 그 속에 알을 낳기도 한다.

여의주는 누구나 탐내는 물건인 반면 말똥은 하찮은 물건이다. 상식의 눈으로 보면 여의주는 아주 귀한 물건이고 말똥은 쓸모없는 물건이다. 그러나 용은 말똥을 비웃지 않는다. 말똥구리에겐 말똥이 필요한 것을 잘 아는 것이다. 반면 말똥구리는 여의주를 부러워하지 않는다. 말똥구리에게 여의주는 아무 쓸모가 없다. 말똥구리는 말똥만이 소중하다. 용과 말똥구리는 자신에게 무엇이 필요하고 상대방에게 무엇이 소중한지를 잘 알기에 서로 무시하거나 부러워하지 않는다. 곧 이것이 더 낫다, 저것이 더 낫다고 말할 수 없으며 각자 조건에 적합한 쓸모가 있을 뿐이다. 여의주와 말똥은 하나의 상징이다. 여의주가 중심에 놓인 가치를 나타낸다면 말똥은 주변적인 가치를 상징한다.

연암은 주변적인 가치를 중심으로 끌어들이고 싶어 한다. 여의주는 일반적으로 훌륭하다고 인정하는 중심 가치를 상징한다. 반면 말똥은 소외당하는 주변 가치이다. 누구도 더러운 말똥에는 관심을 두지 않는다. 따라서 말똥에 힘을 실어주는 연암의 발언은 주변 존재를 중심으로 끌어올리려는 의도로 보아야 한다.

중심과 주변, 귀한 것과 천한 것의 우열을 비판하는 태도는 얼핏 이쪽과 저쪽의 균형 정신을 강조하는 듯 보인다. 그러나 중심은 언제나 조명을 받지만, 주변은 항상 가리어 있다. 약자는 자기 목소리를 낼 수가 없다. 따라서 중간을 강조하는 연암이 궁극적으로 향해 있는 시선은 주변적인 것, 하찮은 것, 소외된 것이다. '중간'에 대한 조명은 주목받지 못한 주변 존재로 시선을 향하게 함으로써 중심의 가치를 무너뜨리고 주변의 존재를 부각한다. 따라서 각각의 존재성을 인정하자는 연암의 발언은 기계적인 균형 정신이 아니라 실제로는 지배 가치에 의해 소외되었던 주변 가치를 끌어올리려는 치밀한 의도에서 비롯된 것이다.

성리학의 질서는 구별을 짓고 우열을 가름으로써 존재의 귀함과 천함, 중심과 주변을 만들었다. 그러나 연암이 생각하기에 사물은 아름다움과 추함, 좋고 나쁨을 본래부터 갖고 있지 않다. 모든 사물은 각자 쓰임새를 갖고 있고 보잘 것 없는 사물도 저마다의 지극한 경지를 지닌다.

> 비록 지극히 미미한至微 사물들, 이를테면 풀, 꽃, 새, 벌레와 같은 것도 모두 지극한 경지至境를 지니고 있단다. 그러므로 이들에게서 하늘이 부여한 자연의 현묘함을 엿볼 수 있지.
>
> • 박종채, 『과정록』

연암의 아들인 박종채가 아버지의 말을 옮긴 글이다. 풀이나 새, 벌레 따위는 작은 존재이다. 그러나 연암은 지극히 하찮은 사물에도 최고의 경지가 담겨 있고, 모든 존재가 의미 있다고 본다. 연암은 젊은 시절부터 사람들이 버리는 것, 작은 존재도 아름답다고 생각했다. 「예덕선생전穢德先生傳」에서는 똥 푸는 사람이야말로 가장 순수한 덕을 갖춘 사람이라고 말한다. 흔히 가장 더럽고 지저분한 것을 말할 때 '똥'을 이야기한다. 똥 푸는 직업은 신분적으로 밑바닥 취급을 받았다. 그렇지만 연암은 똥 푸는 직업인 엄 행수가 지극히 향기롭고 덕이 높은 사람이라고 추켜세운다. 엄 행수는 분뇨를 치우는 더러운 일을 하지만 가식이 없고 욕심을 부리지 않으며 자기 일에 만족하며 살아간다. 왕십리의 수많은 농작물이 엄 행수가 주는 똥거름 덕분에 무럭무럭 자라나고 땅이 더욱 기름지다. 그리하여 연암은 "세상에서 말하는 쓸모 있는 사람은 반드시 쓸모 없는 사람이며, 세상에서 떠드는 쓸모없는 사람은 반드시 쓸모 있는 사람"이라고 말한다. 세상에서 말하는 쓸모 있는 사람은 권력이 높은 사람, 지식이 많은 사람이다. 쓸모없는 사람은 신분이 낮고 천한 사람이다. 그렇지만 연암 생각에 쓸모 있는 사람들은 허세를 부리고 이기적이며, 명예와 잇속을 좇는 위선자이다. 오히려 쓸모없는 사람이 진실하고 정직하며 꾸밈이 없다. 연암은 『방경각외전放璚閣外傳』에서 거지와 떠돌이 등

사회적 약자와 버림받은 사람들을 주인공으로 내세웠다. 연암은 진실한 사람에 대한 기준이 기존의 가치와 달랐다. 그는 약자에게 따뜻한 시선을 보내며 주류 사회에서 소외된 존재들도 똑같이 소중한 인간이라고 말한다.

연암은 존재의 평등을 지향하되 궁극적으로는 쓸모없는 존재, 소외된 인간의 편에 선 사람이다. 중심 가치가 권력이 된 사회에서는 주변적인 존재는 발언할 기회조차 얻지 못한다. 인간은 보이는 대로 보고, 보고 싶은 것만을 보기에 반대쪽은 언제나 소외되고 가려져 있다. 그러나 연암은 숨어 있는 것, 작은 존재에 관심을 둔다. 연암이 주목한 것은 말똥이었고 보이지 않는 '사이'였다. 겉으로는 대립하고 있는 양편을 두루 보자고 말하지만, 정말로 말하고 싶었던 건 눈에 보이지 않는 곳, 지금 사회가 좋다고 여기는 것의 반대편에 있는 말똥을 제대로 보자는 것이었다. 연암은 말똥구리에게 힘을 실어줌으로써 중심에서 소외된 존재의 편에 서고자 했다. 그리하여 중심과 주변, 귀한 것과 천한 것이 서로 어울려 살아가기를 소망했다.

나는야 말똥이 좋아라

이어 연암은 「낭환집서」를 짓게 된 사연을 들려준다. 연암의 대화에 자패라는 인물도 끼어 있었나 보다. 연암의 말을 들은 자패가 앗싸! 신이 나서 냉큼 자신의 시집 이름을 『낭환집』으로 지었다. 낭환은 말똥구리의 말똥이란 뜻이다. 자패는 연암 그룹의 한 사람인 실학자 유금柳琴(1741~1788)이다. 유금은 『발해고』의 저자인 유득공의 작은 아버지이기도 하다. 호가 기하실幾何室인데서도 알 수 있듯이 유금은 서양 학문인 기하학과 천문학에 깊은 관심을 가졌으며 조예도 깊었다. 유금의 원래 이름은 유연柳璉이었으나 거문고를 특별히 좋아해서 금琴으로 바꾸었다. 그는 전각과 해금에도 뛰어났다. 중국에 연행 갈 때 박제가, 이덕무, 유득공, 이서구 네 사람의 시를 엮은 『한객건연집』을 중국에 소개해주어 그 덕분에 이들 이름이 중국에 알려지게 되었다. 하지만 뛰어난 재주와 능력에도 불구하고 서얼인 탓에 아무런 벼슬도 하지 못한 채 비교적 짧은 나이로 세상을 떠났다. 서얼이라는 이유로 차별받았을 유금의 생애를 떠올려보면 그가 자신의 시집을 '말똥 문집'으로 지은 마음이 선뜻 와닿는다. 유금은 분명 말똥을 은근히 옹호하는 연암의 의도를 알아차리고 크게 위안받고 힘을 얻었을 것이다.

이제 연암은 앞의 일화들을 갈무리하며 유금의 시를 격려한다. 옛날에 정령위라는 사람이 신선이 되는 법을 익혀 마침내 학이 되어 팔백 년 만에 비로소 고향으로 돌아왔다. 하지만 지인들은 이미 다 죽고 그를 알아보는 사람이 아무도 없었다.

자신은 아는데 남들은 모르는 것, 이는 비단옷 입고 밤길을 가는 격이다. 비로소 다툼의 발단이 되었던 비단옷을 입고 밤길 가는 것의 진짜 의미가 드러난다. 한漢나라의 양웅은 『태현경』을 지었으나 내용이 너무 어려워 훗날 장독대의 덮개로 쓰일 것이라는 비아냥을 들었다. 그러나 양웅이 죽고 나서 이 책은 초대형 베스트셀러가 되어 당시 수도인 낙양의 종이 가격을 오르게 했다. 남들은 알아주는데 자신은 모르는 것, 이는 소경이 비단옷을 입은 격이다.

유금의 시는 여의주일까, 말똥 경단일까? 어떤 사람들은 유금의 시를 보고 멋진 여의주 같다고 여길 수도 있고, 누군가는 하찮은 말똥이라 비웃을지도 모른다. 그러나 사람들이 이러쿵저러쿵 떠들어도 모두 시집의 일면적 진실을 본 것일 뿐이다. 또 하찮은 말똥이라 여긴들 무슨 상관이겠는가? 말똥도 여의주 못지않게 독자적인 가치를 지닌 소중한 존재이다. 설령 사람들이 알아주지 않는다고 해서 시의 가치가 훼손되는 것은 아니며 혹은 시인 자신이 알아보지 못한다 해도 시의 가치는 훼손되지 않은 채 전해질 것이다. 사람들은 소경이 비단옷 입은 것이 낫네, 비단옷 입고 밤길 가는 것이 낫네 하며 떠들겠지만, 진실의 자리는 쉽게 드러나지 않는 법이라서 어느 것이 더 낫다고 쉽게 판정할 수 있는 것도 아니다. 정답은 청허 선생만이 알 뿐이니 남들의 평가에 개의치 말라는 격려를 담았다. 한편으로 독자에게는 편견으로 시를 보지 말고 시인의 개성을 그대로 보아야 한다는 요청을 전한다.

유금의 『낭환집』은 근래 번역되어 나와서 덕분에 나도 조용히 시를 감상해보았다. 그중 인상 깊었던 한편을 소개한다. 마지막 두 구가 마음에 와닿는다.

온갖 풀에 서리 내리고
나뭇잎 노랗게 떨어지려 하네.
기러기도 이미 다 떠났고
귀또리 소리도 성글어졌네.
한밤중의 쓸쓸한 달
조금조금 뜨락을 비추며 지나네.
집에서 우울함 풀 수가 없어
문을 나서 멀리 가고자 하나
멀리 어디를 간단 말인가.
배회하다 도로 문을 닫노라.

• 유금, 「가을밤秋夜」*

---

* 말똥구슬, 박희병 편역, 돌베개, 2006.

경계인의 시좌, 야누스의 사고

일면적 시각에서 벗어나 전체적 시각을 갖추어야 한다는 연암의 생각은 경계인의 시좌라고 부를 만하다. 경계인의 시좌란 특정한 편에 서지 않고 양쪽을 편견 없이 보는 것이며 양편의 사이에서 생각하는 것이다. 『맹자』에는 다음과 같은 구절이 있다.

> 자막은 중中을 잡았으니 중中을 잡는 것은 도에 가깝기는 하나 중中을 잡고 저울질함權이 없으면 한쪽을 잡는 것과 같다. 한쪽을 잡는 것을 미워하는 까닭은 도道를 해치기 때문이니, 하나를 들고 백 가지를 폐하는 것이다.
> 子莫執中 執中爲近之 執中無權 猶執一也
> 所惡執一者 爲其賊道也 擧一而廢百也
> • 『맹자』「진심盡心」 상上

유학의 중용은 단순히 둘 사이의 기계적인 가운데를 취하는 것이 아니다. 양쪽을 잘 저울질하지 않으면 한쪽을 잡는 것과 같다. 한쪽을 잡는다는 것은 극우와 극좌의 생각이자 시대에 뒤떨어진 낡고 고루한 자리이다. 시간과 문화는 계속 변해간다. 1과 10의 가운데는 5이지만 1과 100의 가운데는 50이다. 5의 자리가 어느 시기엔 좋은 균형감각이지만 문화 변동과 시간의 흘러감을 외면하고 계속해서 똑같은 자리를 고수한다면 어느 순간에는 완벽히 낡은 자리가 된다. 그러므로 참된 균형감각을 갖추려면 기계적 균형을 취할 것이 아니라, 상황과 시대에 맞게 적절한 가운데를 찾아가야 한다. 조선 시대에는 유학의 윤리가 근 오백 년 동안 아무 변화 없이 일정하게 유지되었기 때문에 나이를 먹을수록 지식과 경험이 풍부해져 더욱 존경을 받았다. 하지만 오늘날은 과거 수백 년에 걸쳐 일어났던 변화가 한두 해 사이에 일어난다. 필요한 지식도 빠르게 바뀌고 문화도 하루가 다르게 변한다. 이제는 지혜를 갖추려면 지식을 쌓아두어서는 안 되며 날마다 새로운 지식을 배우고 시대의 흐름을 따라 생각의 자리도 적절하게 움직여가야 한다. 그래야 꼰대 취급받지 않고 존경받는 어른이 된다.

경계인의 시좌를 갖추기 위해선 야누스의 사고가 도움이 된다. 야누스는 로마 신화에 나오는 문門의 수호신이다. 야누스는 서로 다른 두 개의 얼굴을 가진 신이다. 그리하여 두 개 이상의 대립적인 개념이나 아이디어, 이미지를 동시에 이해하고 이용할 수 있는 사고를 야누스의 사고라고 한다. 야누스의 사고에서는 두 개 또는 그 이상의 반대되는 생각이 동시에 일어나고 나란히 존재하며, 함께 진실이 된다. 야누스의 사고를 갖추는 것은 '이것의 반대는 무엇인가?'를 묻는 것이고 동시에 존재하는 반대의 것을 상상하는 일이다. 드러난 것과 숨은 것을 동시에 보는 눈을 갖추는 미덕이다.

인간과 인간이 벌이는 사건에는 언제나 드러난 것과 숨은 것이 함께 존재한다. 어둠과 빛은 함께 서로를 비춘다. 서울 한강대교에서 바라보는 밤하늘의 야경은 무척 아름답다. 하지만 빛나는 밤하늘의 풍경 속에는 밤늦도록 고생하는 노동자의 고된 현실이 숨어 있다. 이발소에 걸린 농부의 일하는 풍경 그림은 고즈넉하고 평화로워 보이지만, 실제의 밭농사는 정말 고되고 힘들다. 인간의 얼굴은 멀리서 보면 아름답지만 가까이서 들여다보면 거기에는 모낭충이라는 벌레가 산다. 빛과 어둠, 아름다움과 추함은 함께 섞여 있다.

반달은 반쪽이 아니라 엄연히 둥근 달이다. 다만 나머지 반쪽이 보이지 않아서 반달이라 부를 뿐이다. 보이지 않는 면을 볼 수 있는 눈을 갖출 때 실체적 진실에 다가갈 수 있다. 부분만 보는 일면적 사고, 내 쪽만 편드는 확증편향은 갈등과 혼란을 부추긴다. 대립을 아우르는 경계인의 시좌를 갖출 때 우리 사회는 사이(間)의 미덕을 갖춘 행복한 공동체의 모습으로 탈바꿈할 것이다.

2

까마귀는 검지 않다

능양시집서

능양시집 서문 菱洋詩集序

달사達士는 이상할 것이 없으나 속인俗人은 의심스러운 것투성이다. 이른바 본 것이 적으면 이상하게 생각되는 것이 많은 것이다. 그러나 달사라고 해서 어찌 사물을 쫓아다니며 눈으로 보았겠는가? 하나를 들으면 눈으로 열 개를 떠올리고 열 가지를 보면 마음에 백 가지를 베푸니 수많은 이상한 현상은 도리어 사물에 붙은 것이고 나와는 상관이 없다. 그러므로 마음은 한가롭고 여유가 있어 무궁무진하게 맞대응할 수 있는 것이다.

본 것이 적은 사람은 백로를 기준 삼아 까마귀를 비웃고 물오리를 기준 삼아 학의 긴 다리가 위태롭다고 생각한다. 사물 자체는 이상할 것이 없는데 저 혼자 의심해 화를 내며 한 가지라도 생각과 다르면 만물을 모조리 무고誣告(사실이 아닌 일을 거짓으로 꾸며 고발하는 것)하는 것이다.

아! 저 까마귀를 보라. 그 날개보다 더 검은색이 없긴 하나 얼핏 옅은 황금색이 돌고, 다시 연한 녹색으로 반짝인다. 햇볕이 비추면 자주색으로 솟구치다, 눈이 어른어른하면 비취색으로도 변한다. 그러므로 내가 푸른 까마귀라고 말해도 괜찮은 것이고 다시 붉은 까마귀라고 말해도 상관없다. 저 사물은 본디 정해진 색이 없는데도 내가 눈으로 먼저 정해버리는 것이다. 어찌 그 눈에서만 판정할 따름이랴? 보지도 않으면서 마음속에서 미리 판정해 버리고 만다. 슬프다! 까마귀를 검은색으로 고정한 것도 충분한데 다시금 까마귀를 갖고 세상의 온갖 색을 고정하려 하는구나. 까마귀가 과연 검기는 하다. 그러나 누가 다시 이른바 푸르고 붉은색이 검은색 안에 깃들어 있는 빛깔인 줄 알겠는가?

검은 것을 일러 어둡다고 하는 자는 비단 까마귀를 알지 못하는 것뿐 아니라 검은색도 모르는 것이다. 왜냐? 물은 현묘하기 때문에 비출 수 있고, 옻칠은 검기 때문에 비춰 볼 수 있는 것이다. 그러므로 색色이 있는 것엔 빛光이 있지 않은 것이 없고, 형체形가 있는 것엔 자태態가 있지 않은 것이 없다.

미인을 관찰하면 시詩를 알 수 있다. 그녀가 고개를 숙이고 있는 것은 부끄러워하고 있음을 나타내고, 턱을 받치고 있는 것은 한스러워함을 나타낸다. 홀로 서 있는 것은 누군가 그리워하고 있음을 나타내고, 눈썹을 찌푸리는 것은 근심하고 있음을 나타낸다. 기다리는 바가 있으면 난간 아래 서 있는 모습으로 보여주고, 바라는 바가 있으면 파초 아래 서 있는 모습으로 보여준다. 만약 다시 그녀에게 서 있는 모습이 단정하지 않다고 나무라거나 앉은 모습이 불상처럼 가부좌가 아니라고 나무란다면, 이는 양귀비에게 치통을 앓는다고 꾸짖고, 번희에게 쪽 찐 머리를 감싸 쥐지 말라고 금하며, 사뿐사뿐한 걸음걸이를 요염하다고 조롱하고, 손뼉 치며 추는 춤을 가볍다고 꾸짖는 격이다.

　나의 조카 종선은 자가 계지繼之인데 시를 잘 썼다. 한 가지 법에 매이지 않고 온갖 시체詩體를 두루 갖추어, 우뚝이 동방의 대가가 될 만하다. 성당盛唐의 시인가 싶어 보면 어느새 한위漢魏의 시체를 띠고 또 홀연 송명宋明의 시체를 띤다. 송명의 시라고 말하려는데 다시 성당의 시체를 띠고 있다. 아! 세상 사람들이 까마귀를 비웃고 학을 위태롭게 여기는 것이 또한 너무 심하다. 그러나 계지의 동산에는 까마귀가 문득 푸르렀다 붉었다 한다. 세상 사람들은 미인을 단정한 모습이나 불상처럼 만들고 싶어 하나 손뼉 치며 추는 춤과 사뿐사뿐한 걸음걸이는 날이 갈수록 가볍고 아름다워지고, 쪽 찐 머리를 감싸 쥐고 치통을 앓는 모습은 모두 각기 자태를 갖추고 있다. 그 성내고 화를 냄이 심해질 것임은 의심할 것이 없겠다.

　세상에 달사는 적고 속인은 많다. 그러니 침묵하고 말하지

44

않는 것이 좋으리라. 그런데도 말을 그칠 수 없는 것은 왜일
까? 아! 연암 노인이 연상각에서 쓴다.

김춘수 시집

저 사물은 본디 정해진 색이 없다.

뉴칼레도니아에 사는 '베티'라는 까마귀는 나뭇가지를 이용해 구멍 속의 벌레를 꺼내 먹는다고 한다. 까마귀는 의외로 지능이 매우 높다. 새 중에서 지능이 제일 좋을 뿐만 아니라 침팬지만큼 높다는 연구 결과도 있다. 일부 동물학자들은 까마귀를 깃털 달린 유인원이라고 부르기도 한다. 새 대가리라는 비아냥은 까마귀에겐 통하지 않는다.

그러나 까마귀는 색이 까맣고 울음소리가 음침해서 뭔가 불길한 느낌을 준다. 색채 심리학에서 검은색은 죽음, 두려움 등을 상징한다. 검은색의 고정관념을 까마귀에 덮어씌우는 바람에 까마귀는 불길함을 상징하는 새가 되었다. 까마귀를 보면 재수가 없다고 피하고, 뭔가 나쁜 일이 일어날 것만 같다고 생각한다. 까마귀는 그냥 싫고, 보고 싶지도 않다. 서양에서도 까마귀는 죽음의 이미지가 연상되는 새로 여겨져 구박받고 있다. 그런데 연암은 까마귀를 다르게 바라본다. 까마귀가 검지 않다며 다소 황당한 주장을 펼친다. 정말로 까마귀는 검지 않을까?

본 것이 적으면 위험하다

첫 문장에서 연암은 대뜸 통달한 사람達士과 속된 사람俗人의 차이를 말한다. 달사達士는 세상 이치를 두루 깨달아 얽매임이 없는 사람이다. 통달한 사람은 좀스럽게 하나하나 따지고 비교하지 않는다. 모든 일을 넉넉하게 품고 이해한다. 그러나 속인俗人, 곧 평범한 사람은 편견이 많고 자신과 생각이 다르면 쉽게 의심하고 만다. 속인이 의심 많은 건 본 것이 적은 탓이라고 연암은 말한다.

　『열하일기』의 「일신수필서馹汛隨筆序」에는 정량情量의 한계에 갇힌 사람이 나온다. 정량은 생각이 미치는 범위를 말한다. 연암은 남에게 주워들은 말을 곧이곧대로 믿고 떠벌리는 자와는 배움을 이야기할 수 없다고 하면서 정량이 미치지 못하는 자와 얘길 나눈들 무슨 소용이 있겠느냐고 한탄한다. 우물 안의 개구리는 저 넓은 바다의 세계를 도무지 이해할 수가 없다.

미루나무 그 이상을 올라가보지 못한 메추라기는 구만리를 날아오르는 대붕의 깊은 뜻을 알 수가 없다. 인간은 자신이 직접 경험해봐야 그 세계를 공감하고 이해하는 존재이다. 보고 들은 것이 제한적일수록 협소한 생각에 갇혀 남을 쉽게 배척한다. 내가 경험하지 못한 세계는 잘못되었다고 의심하고 불온하다며 거부하기 마련이다.

비슷한 경험을 반복해서 겪다 보면 생각이 점점 굳어진다. 익숙해져 버린 생각일 뿐이건만 옳다고 여기고, 견해가 다르면 화를 내고 모함하기까지 한다. 갇힌 생각에서 벗어나 안목을 넓히고 차이와 다양성을 배울 때 비로소 달사가 되어 '내 공동체만이 옳은 건 아니구나', '내 지식 밖에도 또 다른 옳음이 있구나' 하고 깨닫게 된다. 한漢나라 때 가의賈誼는 다음과 같이 말했다. "작은 지식을 지닌 자는 자신에게 사사로워 남은 천하게 여기고 자신은 귀하게 여기지만, 통달한 사람은 크게 보므로 남이라고 안 될 것이 없다." 통달한 사람은 우주의 시선으로 보기에 안과 밖을 선 긋지 않으며 나와 다른 것을 두루 끌어안는다.

그러나 달사라고 해서 일일이 경험하며 눈으로 직접 본 것은 아니다. 세상의 현상은 너무 많고 다양해서 하나하나 눈으로 확인하고 손으로 만져가며 알아갈 수가 없다. 연암은 한 가지를 들으면 열 가지를 떠올리고, 열 가지를 보면 백 가지를 설정한 것이라고 말한다. 하나를 깨달으면 그와 비슷한 다른 것도 그러리라고 미루어 알아가는 것, 바로 유추다. 유추를 말하는 연암의 관찰 태도는 각별하다. 조선 시대의 학문은 주자 성리학이다. 주자 성리학에서 진리를 탐구하는 방법론은 격물치지格物致知이다. 격물치지는 사물을 깊이 파고들어 앎에 이른다는 뜻으로, 사물의 이치를 하나하나 파고 들어가 나의 지식을 완전하게 하는 것이다. 주자는 모든 사물에는 그 본질이 되는 이理가 존재한다고 말한다. 이理는 사물의 본질을 뜻하는 성리학의 근본 개념으로써 플라톤이 말한 이데아와 비슷한 의미이다. 사물의 객관적인 이치를 하나하나 탐구해가다 보면 참된 앎에 이른다는 것이다. 오늘 하나의 사물을 깊이 탐구하여 그 이치理를 깨닫고 나면 내일 또 다른 사물을 마주하고 그 사물의 이치를 배워간다.

그런데 모든 사물을 어떻게 일일이 깨달아갈 수 있을까? 아무리 널리 듣고 많이 본다고 해도 한 인간이 평생에 경험할 수 있는 대상은 너무나 제한적이다. 이에 대해 주자는 말한다. "격물格物은 천하의 사물을 모두 탐구하려고 하는 것이 아니다. 다만 한 가지 일에 앎을 마치면 그 나머지는 유추할 수 있다." "열 가지를 말하려고 할 때 일곱이나 여덟을 이해하면 나머지 둘이나 셋은 통할 수 있다." 한 모퉁이를 이해하면 나머지 세 모퉁이는 미루어 깨달으면 된다는 것이다.

하지만 주자가 도달하고자 하는 궁극의 지식은 인간의 도덕에 관한 것이다. 주자의 유추가 이미 알려진 지식을 미루어 확장해가는 것이라면, 오늘날의 유추는 알려진 지식을 통해 미지의 진실을 알아가는 것이다. 연암은 사물을 인간과 분리해서 사물을 있는 그대로 본다. 연암은 천만 가지 다양한 현상이 사물에 붙은 것이고 나 자신과는 아무런 상관이 없다고 말한다. 사물은 각기 독자성을 갖고 있으며 사물은 사물대로 나는 나대로 존재한다고 말한다. 이는 자연을 인간과 분리해서 바라보는 오늘날의 자연과학적 사고와 연결되는 생각이다.

이같이 연암은 유추를 통해 경험 밖의 세계를 이해할 수 있다고 말한다. 달사가 되어 자기 정량의 너머를 이해하는 안목을 갖추면 마음에 여유가 생기고 사물에 무궁무진하게 대응하게 되어 다른 존재를 혐오하거나 거부하지 않게 된다는 것이다. 반면 속인은 백로를 기준 삼아 까마귀가 검다고 비웃는다. 평생 하얀 백로만 보아왔기에 검은 까마귀가 불길하다고 생각하는 것이다. 오리의 짧은 다리만 보아온 사람은 학의 긴 다리가 위태로워 보인다. 사물은 그저 자신에게 맞는 모습을 갖고 있을 뿐인데, 속인에게는 자신이 경험하지 못한 세계이다 보니 뭔가 위험해 보이고 잘못된 것처럼 보인다. 연암은 달사와 속인을 비교하면서 좁은 견문에 갇혀 경험 이외의 세계를 받아들이지 못하는 속인의 어리석음을 이야기한다.

까마귀는 검지 않다

연암은 저 까마귀를 보라고 말한다. 까마귀는 산과 들에서 쉽게 볼 수 있는 흔한 새이다. 어느 날 연암은 높이 나는 까마귀를 자세히 관찰한 적이 있었나 보다. 여느 사람이라면 까마귀는 재수가 없다면서 외면했을 것이다. 연암은 문득 신기한 현상을 발견한다. 까마귀가 날아갈 때, 날개에 햇빛이 비치는 순간 홀연 황금색으로 빛나더니 갑자기 연녹색으로 반짝인 것이다. 그러더니 눈이 어른어른하는 사이 문득 푸른색으로 빛나다가 얼핏 붉은색으로도 빛나는 것이 아닌가? 나도 예전에 푸른 하늘을 날던 새가 햇빛이 비치는 순간 홀연히 흰색으로 보였던 경험이 있다.

이에 연암은 푸른 까마귀라고 불러도 좋고 붉은 까마귀라고 불러도 상관없다는 색다른 의견을 내놓는다. 시적 허용이라면 수긍할 수 있는 발언이지만 일상의 언어 표현에서는 선뜻 동의하기 어렵다. 빛에 의해 순간적으로 다른 색으로 바뀌었다고 해서 명칭을 임의로 바꾸어도 되는 것일까? 언어는 사회적 약속이기 때문에 그 사회가 약속한 언어는 한 개인이 임의로 바꾸어서는 안 된다. 흰색을 내 마음대로 파란색으로 부르고, 강아지를 고양이로 부른다면 언어생활에 혼란이 생기고 정상적인 대화가 되지 않을 것이다. 그러므로 잠시 다른 색으로 보였다고 해서 순간의 색을 인정해야 한다는 연암의 주장은 억지처럼 보인다.

하지만 인상파 화가인 클로드 모네Claude Monet(1840~1926)의 루앙 성당을 떠올려보면 생각이 조금 달라진다. 모네는 프랑스의 인상파를 대표하는 화가이다. 인상파라는 명칭도 그의 작품 〈인상, 해돋이〉에서 비롯되었다. 모네는 "물체가 지닌 고유한 색은 없다. 색은 빛에 따라서 변화할 뿐이다."라는 인상파의 관점을 지켜나간 화가이다. 모네는 시점과 시간을 달리하며 같은 주제를 반복해서 그리는 시리즈를 만들었는데, 그 가운데 특히 〈루앙 대성당〉이 유명하다. 모네는 수개월에 걸쳐 같은 장소에서 각기 다른 날짜와 시간의 루앙 대성당을 수십 점 그렸다. 안개 낀 날, 흐린 날, 맑게 갠 날, 아침과 점심, 저녁 등 시간과 날씨, 햇빛의 양에 따라 루앙 성당은 흰색, 황금색, 갈색, 푸른색, 오렌지색 등 다양한 모습으로 나타났다. 그렇다면 각기 다른 루앙 성당의 그림들 가운데 어느 것이 루앙 대성당의 본질일까? 빛의 농도에 따라 달라지는 색과 빛의 차이만 있을 뿐 하나의 특정한 그림만이 루앙 대성당의 참모습이라고 할 수는 없을 것이다. 사람들은 사물에는 고유한 색이 있다고 생각했지만, 모네는 '빛은 곧 색이다.'라고 주장하며 순간순간 빛에 따라 사물은 다른 색으로 드러날 뿐이라고 생각했다. 빛에 따라 사물의 색이 달라진다는 인상주의 관점에서 보면, 연암의 말은 틀리지 않는다. 연암은 모네의 '루앙 대성당'과 서로 통하는 관점에서, 색과 빛에 대한 통찰을 보여주고 있다.

더 중요한 진실이 있다. 까마귀를 가까이에서 자세히 살펴보면 검은색 안에 푸른색이 섞여 있기도 하고 검붉은색이 섞여 있기도 하다. 실제로 까마귀 가운데 완전히 검은색은 그 비율이 생각만큼 많지 않다고 한다. 그래서인지 예전의 문헌에서는 까마귀를 푸른 까마귀라는 뜻의 창오蒼烏라고도 했고, 붉은 까마귀라는 뜻의 적오赤烏라고 부르기도 했다. 고대엔 태양을 삼족오三足烏라고 해서 다리 셋 달린 까마귀가 태양이라고 생각했다. 고대의 벽화엔 붉은 태양 안에 까마귀가 있다. 고구려 깃발의 문양에도 삼족오가 그려져 있다. 연암이 "푸른 까마귀라고 말해도 괜찮은 것이고 다시 붉은 까마귀라고 말해도 상관없다."라고 한 발언에는 이러한 진실이 반영되어 있다고 본다. 사람들은 대충 본 선입견으로 모든 까마귀가 검다고 생각하지만, 푸르고 붉은색이 섞여 있는 까마귀도 많다. 그러니 오히려 푸른 까마귀, 붉은 까마귀가 진실에 더 들어맞는다. 까맣다고 하는 기본 사실을 부정하지 않으면서도 '푸르다'와 '붉다'는 수식어를 통해 실체적 진실을 잘 드러낸 것이다. 사실 까마귀는 흰색도 있어서 경남 합천 지역에는 흰 까마귀가 나타나 화제가 된 적이 있다.

연암은 저 사물에는 정해진 색이 없는데도 보는 사람이 눈으로 먼저 정해버린다고 한다. 이 말은 의미심장하다. 현대 회화에서는 사물의 색은 정해져 있지 않으며 빛에 따라 달라진다고 본다. 연암의 생각은 현대 회화 이론과 통한다. 연암은 까마귀는 본래 고정된 색이 없는데도 선입견으로 색을 가둔다고 비판하며 사람들의 고정관념을 꼬집는다. 내가 직접 관찰하지도 않고서 남에게 전해 들은 말로 단정해 버리는 태도는 위험하다. 전혀 모르는 것보다 훨씬 위험한 건 불확실한 정보를 아무 생각 없이 믿는 것이다.

연암의 이러한 통찰력은 교육 분야에서도 적용할 여지가 충분하다. 고정된 시각을 넘어 다양한 색을 보는 눈을 기르게 하는 것이다. 예를 들어 '사과'를 그리라고 하면 대부분은 빨간색 사과를 그린다. 그러나 초록 사과도 있고 빨간색 안에 다양한 색이 섞여 있는 사과도 많다. 무지개는 일곱 가지 색이라고 하지만 무지개의 색과 색 사이에는 아주 많은 색이 있다. 옛사람은 무지개를 다섯 가지 색이라고 생각했다. 이슬람권에선 네 가지 색으로 생각한다. 이렇듯 사물의 색은 고정되어 있지 않다. 선입견에 갇혀 색을 가두지 말고 각자의 시선에 들어온 다양한 색을 보아야 한다.

연암은 단순히 까마귀가 까맣지 않다고 말하려는 것이 아니다. 다양한 색으로 빛나는 세계를 받아들이지 못하고 한 가지 색으로 가두는 폐쇄적인 사회를 비판하려 한다. 사람들은 자기 기준과 다르면 다짜고짜 '틀렸어' '잘못되었어'라며 욕하기 일쑤다. 내 기준에서 벗어나면 이상하다고 생각하고 거부하고 비난을 일삼는다. 빨간 안경을 끼고 세상을 보면 세상은 온통 빨간색일 뿐이다. 색안경을 끼고 세상을 보면 세상은 그 색으로만 보인다. 한 가지 색으로 나머지 모든 색을 부정해 버리기 쉽다.

사물은 각자의 색이 있다. 그러나 본 것이 적은 사람일수록 한 가지 색만 옳다고 단정 짓고 하나의 기준만을 고집한다. 자신의 색안경으로 세상이 다 같은 색이려니 판단하면서 자기 색과 다르면 무시하고 배척한다. 심지어는 직접 확인하지도 않고서 남에게 주워들은 정보를 철석같이 믿는다. 색안경을 벗어야 다양한 색으로 빛나는 세상을 볼 수 있다. 자세히 보아야 검은색 안에 깃들어 있는 푸른색과 붉은색을 발견하게 된다.

색 안의 빛, 형상 안의 맵시

연암은 검은 것을 두고 어둡다고 말하는 자는 까마귀를 알지 못할뿐더러, 검은색도 모르는 자라고 말한다. 왜일까? 물은 그윽하게 어둡기에 비추어 볼 수가 있고, 옷칠은 검기에 비춰 볼 수가 있다. 물은 깊을수록 어둡지만 그 어두운 현묘함으로 인해 다른 물체를 비춰준다. 옻칠을 하면 처음엔 갈색을 띠지만 계속해서 칠하면 점차 진한 검은색으로 바뀐다. 칠흑漆黑, 곧 옻칠한 것과 같은 깜깜한 어둠이 된다. 그러나 그 검은색으로 인해 사물의 형상을 비출 수 있다. 검다고 해서 그저 깜깜한 색이 아니라 검기에 비출 수가 있는 것이다. 색이 있는 것엔 반드시 빛이 있다.

인상파에 이르러 발견한 빛과 색의 관계를 연암에게서 확인한다는 점은 이채롭다. 색과 빛에 대한 연암의 생각이 인상파의 이론과 같은 지평에서 이해될 수 있는지는 더 세밀한 검증이 필요하다. 그러나 '색이 있는 것에 반드시 빛이 있다有色者, 莫不有光'는 발언은 분명 현대의 미술 이론과 통한다. 연암은 모든 사물이 각각의 색이 있고 색마다 고유한 빛이 있다고 말하면서, 사물마다 각자의 색을 지니고 있음에도 한 가지 색만 고집하고 하나의 색에 가두려는 현실을 비판하기에 이른다.

이어서 연암은 미인을 보면 시를 알 수가 있다고 한다. 연암은 비유의 달인이다. 말하기 곤란하거나 복잡한 생각을 펼쳐낼 때는 으레 비유로 이야기한다. 일상의 소재를 끌어와 관념적이고 복잡한 상황을 쉽게 이야기하는 연암의 탁월함이 엿보이는 지점이다. 미인이 고개를 나직이 숙이고 있는 형상은 그녀가 부끄러워하고 있는 자태를 드러낸다. 홀로 서 있는 형상은 누군가 그리워하고 있다는 뜻이다. 난간 아래 서 있는 형상은 무언가를 기다린다는 의미이다. 눈썹을 찌푸리는 형상은 근심하고 있음을 보여준다. 미인의 형상에는 각기 그 형상에 맞는 자태가 있다. 그런데 서 있는 모습이 단정하지 않다고 나무라거나 가부좌로 앉아 있지 않다고 비난한다면 이는 양귀비더러 치통을 앓는다고 꾸짖고 번희에게 쪽진 머리를 감싸 쥐지 말라고 나무라는 격이며, 사뿐사뿐 걸음걸이를 요염하다고 조롱하고, 손뼉 치며 추는 춤을 가볍다고 꾸짖는 격이다.

양귀비는 중국의 4대 미인이다. 꽃이 그녀를 보고 부끄러워서 잎을 오므렸다고 해서 수화羞花라는 별명을 갖고 있다. 양귀비는 평소에 치통을 앓았다. 양귀비가 치통을 앓는 모습을 그린 〈양귀비병치도楊貴妃病齒圖〉는 널리 알려져 있다. 번희는 중국 전국시대 때 미인으로 한나라의 영현이 사랑한 첩이었다. 영현이 조비연 자매의 비극적인 삶을 들려주자 번희는 촛불을 조용히 바라보다가 손으로 쪽을 감싸 쥐며 구슬피 울었다고 한다. 청나라 서희는 이 이야기를 소재로 「번희옹계」라는 희곡을 썼다. 양귀비가 이가 아파서 미간을 찡그리는 모습도 그녀의 자연스러운 하나의 자태이고, 번희가 쪽을 감싸 쥐며 우는 모습도 그녀의 사랑스러운 하나의 자태이다.

제나라의 동혼후東昏候는 금으로 연꽃을 만들어 땅에 붙여두고 애첩인 반비潘妃에게 그 위를 사뿐사뿐 걷게 하면서 말하길, 걸음걸이마다 연꽃이 피어난다고 칭찬했다. 손뼉 치며 추는 춤인 장무掌舞는 손뼉을 치며 빠른 템포로 추는 호선무胡旋舞를 가리킨다. 기존의 춤이 위엄 있고 엄숙한 데 반해 호선무는 가볍고 경쾌하여 그 시대에 선풍적인 인기를 끌었다.

하나의 색과 하나의 형상을 고집하는 사람들은 미인은 얌전하고 다소곳해야 한다면서 양귀비와 번희의 자태가 격이 떨어진다고 비난하고 사뿐사뿐 걸음걸이와 손뼉 치며 추는 춤은 요염하고 경망스럽다고 욕한다. 속인은 하나의 형식만 고집하고 하나의 예법만 강요한다. 자기 기준과 다르면 마구 욕을 하고 자신이 알고 있는 형식과 다르면 잘못되었다며 금하고 나무란다. 형식마다 제각기 자태가 있고 각자의 개성이 다르건만 오로지 하나의 기준만을 법으로 삼는다. 연암은 시를 쓸 때의 본보기를 한 가지로 제한해놓고 그 기준만 따르라고 요구하는 현실을 비유적으로 비판한다.

계지 정원의 까마귀는 푸르다

연암에겐 조카인 박종선朴宗善(1759~1819)이 있다. 박종선은 자字가 계지繼之이고 호는 능양菱洋이다. 그는 연암의 팔촌 형이자 영조의 사위인 박명원의 서자였다. 박명원은 1780년 연암이 중국의 사행단으로 참여할 때 최고 책임자인 정사正使가 되어 연암을 개인 수행원으로 데려갔던 인물이다. 박종선은 서자였기 때문에 높은 벼슬은 하지 못하고 규장각 검서관과 음성 현감을 지냈다. 연암은 조카의 시가 한 가지 법에 매이지 않고 온갖 시풍을 골고루 갖추고 있어서 우리나라의 대가가 될 만하다고 칭찬한다.

조선 시대에 고문가들은 문필진한文必秦漢 시필성당詩必盛唐을 금과옥조로 여겼다. 산문은 반드시 진한 시대의 문체를 써야 하고, 시는 반드시 성당의 시풍으로 창작해야 좋은 글이라고 생각했다. 이 기준을 지키지 않으면 격이 떨어지는 수준 낮은 작품으로 취급해 버렸다. 그러나 연암은 글은 개성대로 써야 한다고 생각했다. 형상마다 각기 자태가 다르듯이 사람마다 각자의 다양한 특질이 있다고 여긴 것이다. 번희가 쪽을 감싸 쥐거나 양귀비가 치통을 앓는 모습도 상황에 따른 각자의 자연스러운 특징이다.

세상 사람들은 까마귀가 검다고 비웃고 두루미의 긴 다리가 위태롭다고 여긴다. 양귀비를 단정히 서 있게 하거나 번희를 인형처럼 반듯하게 만들려고 갖은 애를 쓴다. 그러나 계지 박종선의 글 동산에는 다양하고 경쾌한 시로 가득하다. 그러니 하나의 색과 형상만을 옳다고 고집하는 자들이 날이 갈수록 화를 낼 것은 불 보듯 뻔하다.

세상엔 달사는 적고 속인은 많다. 그러니 입을 잘못 놀렸다 간 큰 비난을 받을 것이다. 차라리 입을 다무는 것이 현명하다. 그럼에도 왜 연암은 온갖 비난을 감수하고서 계속 말을 꺼내 야만 하는 것일까? 말을 하지 않으면 답답해서 살 수 없을 것 같으니까, 남들이 뭐라 해도 내 말이 옳다는 걸 확신하니까, 이 런 배짱 두둑한 정신 아니었을까? 나 자신을 분명히 믿지 못하 면 손해를 감수하면서까지 옳은 말을 꺼낼 수가 없다.

사람들은 자기 생각만 옳다고 여기고 남을 손쉽게 비난한 다. 자신이 생각한 색과 다르면 잘못되었다고 화를 낸다. 그러 나 까마귀를 자세히 관찰하면 검은색만 있는 게 아니라 빛에 따라 다양한 색깔을 드러낸다는 것을 알 수 있다. 이는 선입견 으로 편견을 갖는 것은 아닌지, 내 생각만 옳다고 우기는 것은 아닌지, 각기 개성일 뿐인데 비난하는 것은 아닌지 돌아보는 계기가 된다.

한 가지 흥미로운 진실이 있다. 「능양시집서」는 본래 박종 선에게 준 글이 아니었다. 원래는 연암의 제자 이서구의 사촌 동생인 이정구李鼎九(1756~1783)에게 주려던 글이었다. 이 사 실은 연암의 필사본 가운데 하나인 『겸헌만필謙軒漫筆』에 실린 글 가운데 「소서재집서蘇書齋集序」가 「능양시집서」와 내용이 똑 같다는 사실을 통해 밝혀지게 되었다. 연암은 이정구가 열일 곱 살이던 1772년에 그의 문집인 『소서재집』을 위해 서문을 써 주었으나 이름만 살짝 바꾸어 조카인 박종선에게 주었다. 이정구가 이십 대 후반에 스스로 목숨을 끊었다는 사실과 관련이 있어 보인다. 연암은 안의 현감으로 재직할 때 본문에서 이름만 수정한 채 「능양시집서」란 제목을 붙여 조카 박종선에게 준 것이다.

본래 서문은 특정한 저자의 문집에 편찬 경위와 평을 써주는 일종의 소개 글이다. 그런데 연암은 이전 내용을 그대로 둔 채 저자의 이름만 바꾸어 다른 사람에게 주었다. 이는 연암의 서문이 특정한 사람을 위한 실용적 목적으로서가 아니라 작가 자신의 주장을 펼치기 위한 도구로 선택되었다는 사실을 말해준다. 연암의 서문에는 저자에 대한 구체적인 약력이나 문집의 성격 등에 관한 내용이 거의 없다. 서에는 대부분 문학과 세계를 바라보는 작가 자신의 시각이 담겨 있다. 연암의 서는 굳이 꼭 그 사람의 문집 서문에 실어야 할 필연적 이유가 없다. 그리하여 연암의 서는 서문이지만 서가 아니며, 실용문이지만 실용문이 아닌 독특한 성격을 띠고 있다. 연암의 서는 작가 고유의 세계관을 담은 문예적 성격의 글이다. 연암의 서문은 문학 차원에서 바라보아야 하고, 작가의 세계관을 이해하는 통로로 접근해야 하는 이유이기도 하다.

진정한 창조자, 연암

까마귀는 재수가 없는 새라며 사람들은 까마귀를 멀리하고 피한다. 살펴볼 마음도 없고 눈에 띄어도 대충 본다. 그러나 연암은 아무리 하찮은 존재도 선입견을 갖고 보지 않는다. 연암은 호기심으로 사물을 보고 사람들이 싫어하는 새를 자세히 관찰한다. 그리곤 까마귀의 검은색 안에 푸른색이나 붉은색이 섞여 있다는 사실을 발견해낸다. 연암의 생각은 발견에 머무르지 않으며 사물에서 발견한 진실을 현실의 문제와 연결 짓는다. 까마귀를 검은색에 가두는 사람들의 태도에서 오직 한 가지 색으로만 가두는 현실의 병폐를 떠올리고한 가지 색으로 쓰라고 강요하는 글쓰기 현실을 성찰하는 데 이른다. 사물을 자세히 관찰하고서 거기에서 얻은 깨달음을 인간과 사회의 모순에 적용할 줄 아는 특별한 능력이라 이를 만하다.

이고르 스트라빈스키 Igor Stravinsky(1882~1971)는 말한다. "진정한 창조자는 가장 평범하고 비루한 것들에서도 주목할 만한 가치를 찾아낸다." 연암이야말로 진정한 창조자다.

3 / 참된 배움의 길

북학의 서문北學議序

학문의 길에는 다른 방법이 없다. 모르는 것이 있으면 길 가는 사람을 붙잡고라도 물어보아야 한다. 어린아이 종일지라도 나보다 한 글자라도 많이 알면 잠시라도 배워야 한다. 자신이 남만 못하다고 부끄럽게 여겨 자신보다 나은 사람에게 묻지 않는다면 평생토록 스스로를 고루하고 아무 재주 없는 지경에 가두는 것이다.

순舜임금은 밭 갈고 씨 뿌리며 질그릇을 굽고 물고기 잡는 일로부터 황제가 되기까지 남에게 배우지 않은 것이 없었다. 공자가 말하길, "나는 젊은 시절에 미천했기 때문에 막일에 많이 익숙했다."라고 했으니 그 막일 역시 밭 갈고 씨 뿌리며 질그릇을 굽고 물고기를 잡는 일 따위였을 것이다. 비록 순임금과 공자같이 거룩하고 재능 있는 분일지라도 사물에 나아가

기교를 창안하고 일에 임해 도구를 만들려면 시일도 부족하고 지혜도 막히는 바가 있었을 것이다. 그러므로 순임금과 공자가 성인이 된 것은 남에게 잘 묻고 잘 배운 것에 지나지 않는다.

우리나라 선비들은 한쪽 모퉁이 땅에 편협한 기질을 타고나, 발은 중국 대륙의 땅을 밟아보지 못하고 눈은 중국의 사람을 보지 못한 채 태어나 늙고 병들어 죽기까지 국경의 밖을 떠나본 적이 없다. 그래서 학은 다리가 길고 까마귀는 검은 것이 각자 자기의 천성을 지키는 것이고, 우물 안 개구리나 밭의 두더지는 오직 자기 땅만을 의지해야 한다고 여기며 살아왔다. 예禮는 차라리 소박해야 한다고 말하고 누추한 것을 검소한 것이라고 인식했다. 이른바 사士·농農·공工·상商의 사민四民이라는 것도 겨우 명목만 남아 있고, 이용후생利用厚生의 도구는 날이 갈수록 어렵고 구차해졌다. 이는 다른 게 아니다. 배우고 물을 줄을 몰라 생긴 잘못이다.

장차 배우고 물어야 한다면 중국을 버려두고 어떻게 하겠는가? 그러나 그들은 말하길, 지금 중국을 다스리는 자는 오랑캐들이라고 하면서 배우기를 부끄러워하여, 중국의 옛 법마저 싸잡아 천하고 야만적이라 여긴다. 저들이 진실로 변발을 하고 옷깃을 왼편으로 여미는 오랑캐지만 저들이 살고 있는 땅이 삼대三代 이래 한漢·당唐·송宋·명明의 대륙이 어찌 아니겠는가? 그 땅 안에 살고 있는 사람들이 삼대 이래 한·당·송·명의 후손이 어찌 아니겠는가? 만약 법이 좋고 제도가 아름답다면 진실로 오랑캐라도 나아가 본받아야 할 터인데, 하물며 그 규모의 광대함과 마음 씀씀이의 정교함과 제작制作의 심원함과 문장의 찬란함이 아직도 삼대 이래 한·당·송·명의 옛 법을 보존하고 있음에랴?

우리를 저들과 비교한다면 진실로 한 치도 나은 점이 없다. 그럼에도 유독 상투를 튼 것만 가지고 스스로 천하에 제일이라고 뽐내면서 "지금의 중국은 옛날의 중국이 아니다."라고 말한다. 그 산천은 비린내와 노린내가 난다고 헐뜯고, 그 백성은 개나 양이라고 욕을 하며, 그 언어는 오랑캐 말이라고 모함하면서, 중국 고유의 좋은 법과 아름다운 제도마저 싸잡아 배척해 버린다. 그렇다면 앞으로 어디를 본받아 나아가야겠는가?

내가 북경에서 돌아오니 재선在先이 자신이 지은 『북학의北學議』 내외內外 2편을 보여주었다. 재선은 나보다 먼저 북경에 들어갔던 사람이다. 그는 농사짓고, 누에 치고, 가축을 기르고, 성을 쌓고, 집을 짓고, 배와 수레를 만드는 일에서부터 기와를 굽고, 대자리를 짜고, 붓과 자를 만드는 일에 이르기까지 눈으로 헤아려보고 마음으로 비교해보지 않은 것이 없었다. 눈으로 보지 못한 것이 있으면 반드시 물어보았고, 마음으로 깨닫지 못한 것이 있으면 반드시 배웠다. 시험 삼아 책을 한번 펼쳐보니, 내가 쓴 『열하일기』와 조금도 어긋나는 것이 없어 한 사람의 손에서 나온 것 같았다. 이러하니 그가 진실로 즐거워하며 내게 보여준 것이고, 나도 기분 좋게 사흘간 읽어도 싫증 나지 않았던 것이다.

아, 이것이 어찌 한갓 우리 두 사람이 눈으로만 보고 나서 그렇게 된 것이겠는가? 진실로 비 내리는 지붕과 눈 쌓이는 처마 아래서 연구하고, 술이 거나하고 등잔 심지 돋우는 즈음에 손뼉 치며 좋아했던 이야기를 한차례 눈으로 경험한 것일 뿐이다. 요컨대 이를 남들에게 말할 수가 없으니, 남들은 정말 믿지 않으리라. 믿지 않으니 참으로 화를 낼 것이다. 화를 내는 성질은 편협한 기질에서 말미암은 것이고, 믿지 않는 원인은 중국의 산천을 헐뜯은 데에 있다.

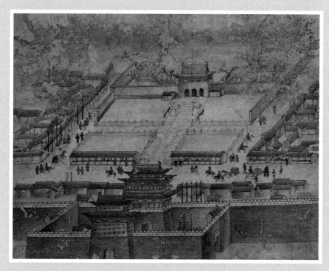

장차 배우고 물어야 한다면
중국을 버려두고 어떻게 하겠는가?

한 TV 프로그램에서 일선의 역사 교사들에게 〈가장 바꾸고 싶은 조선의 역사〉를 설문 조사했더니 '소현세자의 부활'이 1위로 꼽혔다고 한다. 소현세자는 비운의 왕세자다. 병자호란 때 청나라에 끌려가 9년 간 포로 생활을 했는데 귀국하자마자 두 달 만에 갑자기 죽고 말았다. 소현세자가 죽었을 때 온몸이 검은빛이었고 이목구비 일곱 구멍에서 선혈이 흘러나왔다고 한다. 이 실록의 기록에 따라 인조에 의해 독살당했다는 설이 널리 퍼져 있다.

소현세자는 왜 아버지에게 독살을 당했을까? 소현세자가 청나라에 우호적인 태도를 보인 것이 국왕과 사대부를 분노케 했다는 것이 일반적인 의견이다. 심양으로 끌려간 소현세자는 중국 청나라의 발달한 기술과 제도를 보면서 중국을 다른 시선으로 보기 시작했다. 소현세자는 청나라 황실 및 관료들과 가깝게 지내면서 중국의 학문과 문물을 적극적으로 배워 조선을 부흥시키고 싶었다. 그러나 중화의 나라인 명나라를 무너뜨리고 조선을 짓밟은 청나라를 조선은 도저히 받아들일 수 없었다. 청나라를 감싸는 소현세자는 미운털이 박혔고, 인조와 신하들은 그를 왕으로 세울 수가 없었다. 명나라에 대한 의리가 국가 이념인 조선에서 오랑캐인 청나라를 두둔한다는 건 지극히 위험한 행위였다. 무찌르자 오랑캐라는 북벌의 기치는 조선 후기 내내 지속된 강력한 국가 이데올로기였다.

이러한 조선 후기의 정치 흐름 가운데 청나라의 문물과 기술을 적극적으로 받아들이자고 주장한 학자들을 북학파北學派라고 부른다. 북학北學이라는 명칭은 박제가가 중국 여행을 다녀와 쓴 『북학의北學議』에서 가져다 쓴 용어이다. 『북학의』는 북쪽 나라인 중국을 배우는 일에 대한 논의란 뜻이다. 연암은 제자인 박제가를 위해 『북학의』의 머리말을 써주었다. 그러니 「북학의서」를 제대로 읽기 위해선 북학에 대해 알아야 한다.

북벌에서 북학으로

북학은 북벌北伐과 대비되는 말이다. 북벌은 북쪽에 있는 중국 청나라를 물리친다는 뜻이다. 조선 사회는 전통적으로 화이론華夷論을 믿어왔다. 화이론은 세계를 중화華와 이적夷, 즉 문명과 야만으로 구별하는 세계관이다. 중화는 한족이 세운 중국을 의미한다. 정확하게는 공자가 떠받든 주나라의 제도와 전통을 따르는 나라이다. 조선 중기까지 중국은 명나라가 통치했다. 조선은 명나라를 중화의 나라로 섬겼으며, 중화의 문자와 제도, 의관을 계승하고 있다는 자부심을 가졌다. 이를 소중화小中華 의식이라고 한다. 명나라는 천자天子의 나라이고 조선은 작은 중화라는 생각이다. 특히 문명인의 자질 가운데 가장 중요한 요소는 두발과 복장이었다. 공자가 자신은 오랑캐의 풍습인 피발좌임被髮左衽을 하지 않는다고 했는데, 이 말에 따라 피발좌임은 오랑캐의 상징이 되었다. 피발좌임은 머리를 풀어 헤치고 옷깃을 왼쪽으로 여미는 것이다. 그리하여 중국과 조선 사람들은 머리를 묶어 상투를 틀고 옷깃을 오른쪽으로 여미는 긴 소매 옷을 입고 다녔다.

그런데 만주족이고 변발을 하는 청나라가 한족인 명나라를 무너뜨렸다. 조선은 큰 충격을 받았다. 실체로서의 중화가 사라지고 그 자리를 오랑캐가 차지한 것이다. 명나라의 멸망은 조선 사회엔 중화라는 롤모델을 잃는 것이고, 조선의 통치 세력에겐 통치 이념의 기반이 사라지는 것을 의미했다. 그리하여 조선은 청나라를 오랑캐로 규정했다. 당시 조선의 왕은 효종이었는데, 형인 소현세자를 대신해 왕위에 오른 봉림대군은 북벌을 강하게 밀어붙였다. 효종은 오랑캐를 물리치자는 척화斥和를 계승한 송시열과 산림山林 세력의 지원을 업고 북벌을 조선의 지배 이념으로 내세웠다.

북벌의 명분은 크게 두 가지이다. 하나는 임진왜란 때 명나라가 조선을 도와 준 은혜, 즉 재조지은再造之恩(다시 일어서도록 도와준 은혜)을 잊지 말자는 것이고 또 하나는 병자호란의 치욕을 잊지 말고 오랑캐 청나라에 복수하자는 것이다. 곧 대명의리와 복수설치復讐雪恥(오랑캐 청에 복수해서 치욕을 씻자는 생각)가 북벌의 큰 줄기였다. 이는 지극히 정치적인 선택이기도 했다. 병자호란에서 패배함으로써 나라는 쑥대밭이 되었고 60만 조선 백성들은 중국 심양에 노예로 끌려가 큰 고통을 겪었다. 북벌론은 전쟁의 패배에 따른 통치 세력의 책임을 외부 세력인 청나라에 돌림으로써 자신들의 잘못을 덮고 무너진 나라의 자존심을 회복하려는 집권 세력의 통치 전략이기도 했다. 북벌론은 19세기 말까지 계속 이어졌다. 조선은 명나라에 대한 의리를 가장 중요한 이념으로 생각했기에 청나라에 대한 적대 감정은 구한말까지 계속되었다.

하지만 건륭제 시절의 청나라는 유럽 문명과 견주어도 뒤지지 않는 문화 강대국이었다. 조선의 힘으론 도저히 청나라를 이길 수 없었다. 사대부도 북벌이 실현 불가능하다는 점을 잘 알고 있었다. 그럼에도 북벌이 19세기까지 강력한 생명력을 가질 수 있었던 것은 주나라를 높이는 존주尊周의 정신과 명나라에 대한 의리가 가장 강력한 통치 이데올로기로 작동하고 있었기 때문이었다. 그리하여 중국에 사신을 다녀온 사람들은 하나같이 중국 땅은 노린내 천지이며, 백성들은 개, 돼지만도 못한 생활을 한다고 말하고 다녔다. 노린내가 난다고 말하는 것은 기마 민족인 청나라가 가죽옷 입은 것을 조롱한 것이고, 개나 돼지만도 못하다는 것은 청나라 백성을 헐뜯기 위한 가짜 정보였다.

실제로 가난으로 허덕이는 것은 조선 사회였다. 중국이 벽돌로 집을 지을 때 조선은 흙이나 돌로 집을 지었다. 중국은 수레로 물자를 나르며 활발한 경제 활동을 벌이고 있었지만, 조선은 물자를 나르는 수레가 없었다. 북학파들은 수레와 벽돌을 사용하자고 줄기차게 주장했다. 그러나 사대부들은 조선은 길이 구불구불하므로 수레가 다닐 수 없다고 코웃음을 쳤다. 연암은 수레가 다닐 수 있도록 길을 닦으면 된다고 주장했지만, 사대부들은 기존의 관습을 개혁하거나 바꿀 생각이 조금도 없었다.

중국의 좋은 점을 배워서 가난한 조선을 바꾸려는 생각을 북학이라고 한다. 당시의 학자들이 스스로를 북학파라고 이야기한 것은 아니었다. 후대의 연구자들이 청나라를 배우자고 주장한 학자들을 북학파라고 규정한 것이다. 북학파라는 명칭은 박제가가 쓴 『북학의』에서 가져다 쓴 것이다. 박제가가 북학이란 명칭을 썼고 훗날의 학자들이 박제가와 같이 북쪽의 청나라를 배우자고 하는 사람들을 북학파라고 명명했다. 북학파의 대표적 인물이 박제가와 박지원이다.

참된 배움의 길

「북학의서」의 첫머리는 참 좋아하는 구절이다. "학문의 길은 다른 방법이 없다. 모르는 게 있으면 길가는 사람을 붙잡고라도 물어야 한다." 맞다. 제대로 배우려면 다른 방도가 없다. 모르는 것은 길 가는 사람에게라도 배우는 자세가 필요하다. 후배든 어린아이든 나보다 더 알면 묻고 배워야 한다. 불치하문不恥下問이라는 말이 있다. 아랫사람에게 묻는 것을 부끄러워하지 않는다는 뜻이다. 한 인간이 아무리 똑똑하고 많이 배웠다 한들 티끌도 안되는 지식일 뿐이다. 연암의 표현을 빌리자면 냄새나는 가죽 부대에 문자 몇 개 알고 있는 것이 남보다 조금 많은 데 불과하다. 법조인이 아무리 잘났어도 법률에 관해서만 남보다 더 아는 것이고, 전문가가 제아무리 똑똑해도 자기 분야만 더 잘 알고 있을 뿐이다.

하지만 우리는 나보다 못한 사람에게 묻기를 부끄러워한다. 체면이 깎인다고 생각하는 것이다. 상대방이 나를 무시할까 봐 신경을 쓰기도 한다. 그러나 모르는 것을 묻는 것은 절대 부끄러운 행위가 아니다. 때론 모르는 것이 죄가 되기도 하지만 모르는 것을 묻는 행위는 모르는 것이 무엇이든 간에 아주 멋진 태도이다. 홍대용은 『담헌서』에서, "의문을 품고 말을 얼버무리기보다는 자세히 묻고 분별을 구하는 것이 좋으며, 낯빛을 따라 구차스레 비위를 맞추기보다는 차라리 말을 다하고 돌아가는 것이 낫다."라고 말한다. 성호 이익도 「중용질서후설中庸疾書後說」에서, "경전을 배우는 사람이 옛사람의 해석에 대하여 아무런 의문도 제기하지 않는다면 마침내 남이 웃는 대로 따라서 웃기만 하고 끝내는 자기 견해는 없는 것처럼 될 것이다."라고 했다. 모르고 어물쩍 넘어가는 것보다는 따져서 밝히는 것이 이롭다. 모르는 것을 대충 넘어가느냐 반드시 알아내느냐가 있을 뿐인데 모르는 것이 부끄럽다고 해서 물을 줄 모른다면 평생 답답한 틀에 갇혀 살게 될 것이다.

동양 사회에는 절대적인 전범이 되는 두 성인이 있다. 역사상 가장 평화로운 세상을 만든 순임금과 성인인 공자이다. 순임금과 공자가 지혜를 갖추게 된 건 일마다 직접 부딪혀 가면서 얻은 것이 아니라 평소에 잘 묻고 잘 배웠을 뿐이다. 묻는 주제가 인생, 철학, 종교와 같이 거창한 주제도 아니었다. 농사

짓고 그릇 굽고 고기 잡는 일 등 참 일상적이고 실용적인 내용이었다. 성인의 지혜도 일상에서 묻고 배운 데 지나지 않으니 우리도 열심히 묻고 배우면 된다.

순임금과 공자의 배움의 자세를 들려준 연암은 조선 선비들의 우물 안 개구리 같은 태도를 질타한다. 중국을 큰 나라로 떠받든 조선의 선비들은 조선의 국토를 "한쪽 구석진 땅"이라며 스스로 낮추어 말했다. 연암은 그 표현을 가져와 조선 선비들이 작은 땅에서 좁은 기질을 갖고 태어나 평생 넓은 중국 땅을 밟아보지도 못한 채 우물 안 개구리로 살아왔다고 한탄한다. 우물 안에 사는 개구리는 우물 밖의 넓은 세상을 알 수가 없다. 두루미의 세계에서 사는 새는 모든 새가 두루미처럼 다리가 길다고 생각하기 마련이다. 까마귀 세계에서 사는 새는 모든 새가 검다고 여긴다. 평생을 주자 성리학에 갇혀 살아온 조선 선비들은 정덕正德을 최고의 가치로 여기고 이용후생, 곧 먹고 사는 실제의 삶을 너무 가볍게 여겼다. 추레한 것을 예법이라 여기고 누추하게 사는 것을 검소함이라고 생각했다. 그로 인해 사농공상士農工商의 순서는 허울뿐인 명목만 남았고 백성은 빈곤에 허덕였다. 연암은 조선 사회가 이렇게 된 까닭은 선비들이 자기 세계에 갇혀 배우고 물을 줄 모른 데 있다고 생각했다.

조선의 선비들은 자족적 세계관에 젖어 살았다. 자기만족에 빠져서 성리학 이외의 학문은 배우려 하지 않았다. 그러나 스스로 이미 다 배웠다고 말하는 사람은 실제로는 아무것도 모르는 자와 같다. 새로 배우지 않으면 생각이 고루해지고 삶을 낮은 수준으로 몰아간다. 연암은 배움의 목적이 이용후생이어야 한다고 생각했다. 이용후생은 도구를 이롭게 만들어서 삶을 도탑게 한다는 뜻이다. 기술과 도구를 잘 활용해서 삶을 더욱 윤택하게 만드는 것이다. 연암은 이용후생을 잘 갖추어야 정덕을 제대로 실현할 수 있다고 보았다.

연암은 지식이 심심풀이를 늘어놓아서는 안 되며 일상과 현실에 실질적인 도움을 주어야 한다고 생각했다. 그래서 연암은 꽃도 열매가 없이 화려하기만 한 꽃을 좋아하질 않는다. 열매가 맺히는 꽃나무를 좋아한다. 연암은 실제의 삶과 현실에 도움 주는 일에 관심이 많았다. 그런 차원에서 우리나라 선비들이 좁은 땅에서 태어나 북벌 도그마에 갇혀 중국의 좋은 점은 배울 생각도 하지 않고, 백성을 빈곤에 방치하고 있다고 생각한 것이다.

중국을 배워야 하는 이유

이어 연암은 제대로 배우려면 중국을 버려서는 안 된다고 말한다. 연암이 말하는 중국은 중화의 나라로 받든 명나라가 아니라 오랑캐라 멸시하는 청나라이다. 조선 선비들이 고전 시대의 가장 이상적인 정치 사회로 생각한 왕조는 중국의 요임금 순임금 시대였고 가장 위대한 성인으로 생각한 분은 공자였다. 조선은 공자가 공경한 주나라의 전통을 충실히 계승한 명나라를 중화의 나라로 받들었다. 그런데 만주족인 청나라가 명나라를 무너뜨리자 조선 사회는 이전의 중국을 깡그리 부정하고 무찌르자 오랑캐를 줄기차게 외쳤다. 하지만 연암은 말한다. 비록 지금 중국 청나라가 변발을 하고 오랑캐 복장을 하고 있지만, 그 땅은 예전부터 중화의 나라로 받든 지역이고, 백성들 대다수는 명나라의 후예인 한족이라고. 이처럼 청나라 통치 세력과 중국의 제도 및 백성을 분리해서 바라보려는 생각은 근본주의 중화론자들의 비난을 비껴가면서 동시에 상황을 유연하게 풀어가려는 현실적 수정주의라 부를 만하다. 근본주의 중화론자들은 청나라의 백성과 문물과 땅은 모두 오랑캐로 변했다고 비난하며 중국 것이라면 무조건 배척했다. 연암은 중국의 좋은 제도를 잘 배워서 이용후생 하고픈 생각에 청나라 세력과 중국의 제도를 분리하는 전략을 쓰는 것이다. 조선 지배 세력의 북벌 의식과 청나라의 선진 문물의 힘을 둘다 고려한, 현실적인 생각이라고 하겠다.

연암의 주장은 박제가에게도 똑같이 나타난다. 박제가는

『북학의』「존주론尊周論」에서, 지금 청나라가 오랑캐이긴 하지만 빼앗은 주체가 오랑캐라는 것만 알고 빼앗김을 당한 존재가 중국(중화)인 줄은 모르고 있다고 비판한다. 비록 중국을 통치하는 세력은 청나라 사람이지만 만주족이 빼앗은 그 땅은 중화의 문물이라는 것이다. 청나라 것이라면 무조건 부정하는 근본주의자들을 겨냥한 발언이다. 그러면서 지금 사람들이 오랑캐를 물리치고자 한다면 우선은 누가 오랑캐인지를 먼저 분간해야 한다고 말한다. 청나라 통치 세력은 오랑캐지만 그 땅의 백성은 중화의 후손인 명나라 후예임을 말하려는 것이다. 연암과 박제가가 말하려는 진의眞意는 똑같다. 진정한 중화사상을 계승하고자 한다면 중화 때부터 전해온 청나라의 문물과 제도를 적극적으로 수용하라는 것이다. 숭명崇明을 위해서라도 청나라의 문물을 받아들여야 한다는 것이다.

연암의 주장은 『열하일기』 중 「일신수필馹汛隨筆」 7월 15일 기사에서도 똑같이 나온다. 해당 대목을 옮겨보겠다.

대개 천하를 위하는 자는 진실로 백성에게 이롭고 나라를 부강하게 하는 일이라면 비록 그 법이 오랑캐에게서 나온 것일지라도 이를 받아들여 이용한다. 하물며 삼대 이후 성스럽고 현명한 제왕들과 한·당·송·명 등 역대 왕조들이 본래부터 갖고 있던 고유한 원칙들이야 군이 말할 것도 없다. 성인 공자가 『춘추』를 지을 적에, 물론 중화를 높이고 오랑캐를 물리치려고 하셨으나, 그렇다고 오랑캐가 중국을 손아귀에 넣었다고 분개해 중국의 훌륭한 문물까지 물리치라는 말은 들은 적이 없다. 따라서 지금 사람들이 진심으로 오랑캐를 물리치려거든 중국의 전해오는 법을 모두 배워야 할 것이다. 먼저 우리나라의 무딘 습속을 바꾸어 밭 갈고 누에 치고 질그릇 굽고 풀무질하는 일에서부터 공업을 보급하고 상업의 혜택을 넓히는 데 이르기까지 모조리 배워야 할 것이다. 남이 열을 배우면 우리는 백을 배워 먼저 백성을 이롭게 해야 한다. 우리 백성들이 튼튼하게 준비해 저들의 굳센 갑옷과 날카로운 병기를 제압할 수 있게 된 다음에야 중국에는 볼만한 것이 없다고 장담할 수 있을 것이다.

본문의 말과 똑같다. 백성을 진심으로 생각하는 지도자라면 백성에게 도움을 주고 국력을 키울 수만 있다면 오랑캐 것일지라도 잘 배워서 후생厚生한다. 이념에 집착하다가 실질을 외면하면 고통받는 것은 백성들이다. 공자가 중화를 높이고 오랑캐를 물리치는 존화양이尊華攘夷를 말했지만 그렇다고 해서 중국의 좋은 제도와 전통까지 물리치라는 말은 한 적이 없다. 정말로 오랑캐를 배우고 싶다면 먼저 중국의 좋은 제도를 잘 배워서 오랑캐보다 국력을 더 튼튼하게 해야 한다. 중국의 훌륭한 법과 제도를 남김없이 배워서 백성의 삶을 풍요롭게 만들고 부국강병을 이룬 다음에야 중국은 별것 아니라고 소리칠 수 있는 것이다.

18세기 청나라는 경제, 사회, 문화 모든 면에서 유럽과 대등한 문화 강국을 이루었다고 한다. 그 당시 북경의 문화 수준은 세계 도시 가운데서도 최고 수준이었다. 아라비아 상인을 중심으로 유럽 상인들이 청나라와 교류하여 비단과 차 등을 구입해 갔고 사방으로 곧게 뻗은 거리엔 수레와 사람들이 어깨를 부딪힐 정도로 크게 붐볐다.

하지만 조선 사회의 생각은 달랐다. 조선의 선비들은 알량한 상투 하나로 세상에서 제일 낫다고 뻐기고, 지금의 중국은 비린내 노린내가 난다고 헐뜯고, 백성은 개와 돼지만도 못하다고 욕하고, 중국어는 오랑캐 말이라고 모함하면서 중화의 전통을 계승한 제도와 법까지 깡그리 부정했다. 이는 『일신수필』 장관론에 나오는 이른바 일류 선비의 태도인데 중국은 황제부터 백성에 이르기까지 모두 변발을 했으니 오랑캐일 뿐이고 오랑캐는 개, 돼지이므로 개와 돼지에게 전혀 배울 게 없다는 생각이다. 근본주의 중화론자라고 할 터인데 이런 사람들과는 대화할 여지가 조금도 없다는 데 문제의 어려움이 있다. 낡은 생각에 집착하고 융통성이 전혀 없어서 자기 입장만이

옳다고 우기므로 제대로 소통할 수가 없다. 어찌 보면 청나라
는 조선 사람들에겐 거의 유일한 문명 대국이었다. 그 문명의
땅을 잘 살펴보지도 않고 무조건 업신여기기만 하니 장차 어
디에서 배워야 하겠느냐며 연암은 깊이 탄식한다.

『북학의』에 담긴 정신

후반부에 이르러서야 연암은 『북학의』가 어떤 책인지를 말해
준다. 연암이 열하 여행을 마치고 돌아오니 재선在先이 자신
이 지은 『북학의』 내외內外 두 편을 보여주더라는 것이다. 재선
은 박제가의 자字이다. 박제가는 인생을 통틀어 네 번 중국 사
행을 다녀왔다. 1차 사행은 연암의 사행보다 2년 앞선 1778년
에 이덕무와 함께 다녀왔다. 북경에서 돌아온 박제가는 경기
도 통진에서 3개월간 틀어박혀 지내며 『북학의』 초고를 완성
했다. 이때 박제가 나이는 29살이었고 『북학의』 내편만 쓴 상
황이었다. 연암은 열하 여행을 다녀오고 나니 박제가가 『북학
의』 내편과 외편을 보여주었다고 말한다. 처음엔 내편만 썼다
가 몇 년 후에 외편 초고를 완성한 정황을 알 수 있다.
　박제가가 책 이름을 『북학의』라고 붙인 이유는 그가 쓴
「북학의자서北學議自序」에 잘 나와 있다. "『맹자』에 나오는 진량

의 말을 가져다가 책의 이름을 '북학의'라고 지었다."라고 고백하고 있다. 『맹자』「등문공」 상편에는 다음과 같은 말이 있다. "나는 중화가 오랑캐를 변화시켰다는 말은 들었지만 오랑캐에 의해 중화가 변화되었다는 이야기를 듣지 못했다. 진량은 초나라 출신이다. 주공과 공자의 도를 좋아하여 북쪽의 중국에 가서 공부했다. 그 결과 북방의 학자들 가운데 진량보다 나은 자가 없었다." 여기서 '북쪽의 중국에 가서 공부했다.'의 원문이 '북학어중국北學於中國'인데 박제가가 이 말에서 가져와 책 이름으로 쓴 것이다. 박제가는 중국의 풍속 가운데 조선에서 시행하여 생활을 편리하게 할 만한 것이 있으면 발견하는 대로 기록했고, 아울러 그것을 시행하여 얻을 수 있는 이익과 시행하지 않아서 생기는 폐단까지 덧붙여서 썼다고 말한다. 책을 저술한 뜻이 이용후생에 있다고 밝히고 있다.

연암의 말대로 박제가는 『북학의』에 중국의 각종 제도와 문물, 일상 도구 등을 하나하나 기록하고 그에 대한 자신의 견해를 밝히고 있다. 수레, 기와, 배, 벽돌, 화폐, 종이 등 중국에서 본 생활 도구와 제도를 꼼꼼하게 기록해놓았다. 이 책엔 조선을 부강한 나라로 만들어 굶주린 조선의 백성을 살리고픈 한 외로운 개혁가의 절절한 목소리가 담겨 있다.

연암은 박제가의 『북학의』가 자신이 쓴 『열하일기』와 조금도 어긋나는 것이 없어서 한 사람 손에서 나온 것 같다고 칭찬한다. 실제로는 『북학의』와 『열하일기』는 여러모로 다르다. 기본적으로 『북학의』는 자신의 주장을 밝힌 의론문議論文이고 『열하일기』는 일기 형식의 여행기이다. 그 구성이나 내용, 문체, 분량 등 모든 점에서 둘은 다르다. 물론 문학적 형상화라든가 사상적 깊이나 풍부함 등 여러 면에서 『열하일기』가 훨씬 뛰어나다는 사실은 부인할 수가 없다. 하지만 둘 다 이용후생의 정신을 담고 있다는 점에서는 그 저술 목적이 같다고 하겠다. 연암도 그 점을 말한 것이다.

『북학의』는 『열하일기』가 담고 있지 않은 제재도 많이 다루고 있고 어떤 제도는 『열하일기』보다 풍부하게 다루고 있다. 때로는 과격해 보이는 주장도 있다. 예컨대 조선이 중국어를 받아들여서 백성들이 본래 사용하는 말을 버려도 안 될 이치가 없다고 주장한다. 발언만 그대로 두고 보면 대단히 사대주의적인 발상이다. 그러나 박제가의 속생각을 들여다보면 중국어는 소리와 뜻이 일치하는 장점이 있으므로 중국과 대등해지기 위해서는 중국어를 쓰는 것이 낫다는 취지이다. 또 화려한 비단옷을 입자고 권장했는데 검소함을 미덕으로 여기는 조선 사회와는 정반대의 이색적인 주장이다. 박제가는 경제의 측면에서 소비를 활성화하기 위해선 비단옷을 입는 사람들도 필요하다고 생각한 것이다. 이 외에도 박제가만의 독특한 개성과 주장이 풍부하게 담겨 있다.

저들이 화내는 까닭

마지막 단락에서 연암은 『북학의』와 『열하일기』가 한 사람의 손에서 나온 듯한 까닭은 둘이 한양에서 함께 모여 공부하던 내용을 중국에 가서 직접 눈으로 확인한 데 있다고 한다. 연암과 초정은 한양의 원각사지 10층 석탑 부근에 살면서 서로 어울려 지냈다. 원각사지 10층 석탑은 흰 대리석으로 만들어서 백탑白塔으로 불렸다. 당시 백탑 부근엔 박지원, 홍대용, 박제가, 이덕무, 유득공, 정철조, 이서구 등 18세기 후반의 내로라하는 지식인들이 모여 살았다. 이들은 날마다 함께 모여 술 마시고 글을 지으며 지냈다. 『과정록』에 따르면 "매번 만나면 며칠을 함께 지내며, 위로 고금의 치란治亂과 흥망에 대한 일로부터 옛사람들이 벼슬에 나아가거나 물러날 때 보여준 절의節義, 제도의 연혁, 농업과 공업의 이익 및 폐단, 재산을 증식하는 법, 환곡을 방출하고 수납하는 법, 지리·국방·천문·음악, 나아가 초목·조수鳥獸·문자학·산학算學에 이르기까지 꿰뚫어 포괄하지 아니함이 없었다."라고 증언하고 있다. 이것이야말로 연대의 아름다움이 아닐까. 혼자서 생각하면 혼자만의 생각에 그치지만 열 사람이 생각을 나누면 열 사람의 생각이 내 생각이 된다. 연암의 글과 생각은 그 시대를 함께 고민했던 공동체와의 대화에서 나온 것이다. 공부는 홀로 걷는 외로운 길이면서 함께 맞잡고 갈 때 더욱 큰 힘을 발휘하는 연대의 길이기도 하다.

하지만 백탑 공동체의 개혁 구상을 주류 사회는 전혀 거들떠보지 않았다. 백탑 공동체는 대체로 서얼이었고 중앙에서 소외된 비주류였다. 한마디로 힘이 없었다. 조선의 주류, 곧 사대부들은 북벌이 대의명분이었고 무찌르자 오랑캐가 국가 이념이었다. 그러니 『북학의』와 『열하일기』에 담긴 북학의 정신을 저들에게 말할 수도 없고 말해봤자 믿지 않았을 것이다. 오히려 미쳤다고 화를 냈을 일이다. 저들이 화를 내는 까닭은 태어날 때부터 들어온 북벌 이념으로 말미암은 것이다. 중국의 문물이 뛰어나다는 사실을 믿지 않는 까닭은 어릴 때부터 중국의 땅은 노린내가 난다고 귀가 따갑도록 들어온 데 있다.

한 심리학 이론에서는 한 개인이 옳다고 믿는 것은 객관적 진리가 아니라 어린 시절부터 반복해서 들어온 지식이 굳어진 것일 뿐이라고 말한다. 똑같은 지식을 반복해서 듣다 보면 생각이 굳어진다. 조선 사회는 성리학 외에 다른 사상을 허용하지 않았다. 그저 같은 생각과 정보가 반복적으로 전달되고 주입되었다. 청나라가 오랑캐라고 생각하는 것은 사대부뿐만 아니라 피지배계급에게도 깊게 뿌리박힌 이데올로기였다. 청나라에서 배울 것이 많다는 북학파의 생각을 다수가 믿으려 하지 않았고 오히려 화부터 냈던 이유다.

상대방 입장으로 바라보기

진정한 배움이란 무엇일까? 연암은 참된 배움이란 생각을 삼가고 분명하게 논변하며 자세히 묻고 널리 배우는 것이라고 말한다. 『중용』에 나오는 말이다. 진정한 배움은 옳고 그름을 분명하게 헤아리며 대충 넘어가지 않고 자세히 묻는다. 한쪽에 치우쳐 좁게 배우지 않고 널리 배운다. 내 입장만 옳다고 고집하지 않고 상대편 입장을 깊이 숙고한다. 북학의 정신도 이와 비슷하다. 청나라를 오랑캐라고 무조건 적대시하지 않는다. 나쁜 건 나쁘다고 하고 좋은 건 좋다고 말한다. 청나라도 지구의 한 나라로 받아들이고, 훌륭한 건 인정한다. 이른바 '상대방 입장으로 바라보기' 정신이라 할 만하다.

역사는 오래된 미래라고도 한다. 강대국이자 적대국이었던 중국을 두고 벌어진 조선 지식인들의 고민과 시선은 오늘날에도 여전히 유의미해 보인다. 우리는 우리를 둘러싸고 있는 주변 열강을 어떻게 바라보고 있으며, 또 과연 얼마나 유연하게 대처하고 있는가를 돌아보게 된다. 지금에도 겉모습만 달리한 채 북벌과 북학의 논쟁은 여전히 진행되고 있다. 외부에 무조건 배타적인 시선을 갖고 있는 건 아닌지 혹은 또 다른 소중화 의식을 갖고 사는 것은 아닌지 고민해볼 필요가 있다. 우리의 형편을 잘 살피면서 주변 열강의 정세를 균형 있게 바

라볼 때 일방적인 사대주의에서 벗어나 우리의 평화와 자강自
强을 이루어 갈 수 있을 것이다. 조선 후기 지식인들이 중화주
의를 극복하고 타문화를 수용하기 위해 벌였던 노력과 한계를
명확히 파악하는 일은 '가까운 미래'를 현명하게 대처하기 위
한 작은 지혜를 얻는 길이다.

4

지금 이곳, 조선을 노래하다

영처고서

영처고 서문嬰處稿序

자패가 말했다. "저속하구나, 무관 이덕무가 시를 쓴 것이! 옛사람을 배웠건만 그 비슷한 점을 볼 수가 없다. 털끝만큼도 같은 구석이 없으니 어찌 소리인들 비슷하겠는가? 촌사람의 비루함에 편안해하고 풍속의 잗단 말을 즐겨 사용하고 있으니, 이건 오늘날 시이지 옛날의 시는 아니다."

나는 이 말을 듣고 크게 기뻐 말했다. "이것이야말로 볼만하겠다. 옛날을 기준으로 지금을 본다면 지금은 참으로 비속하다. 그러나 옛사람이 스스로를 보며 자신이 예스럽다고 생각하지만은 않았을 것이다. 당시에 본 것 또한 그때엔 하나의 지금일 뿐이다. 그런 까닭에 세월이 도도히 흘러가면서 노래도 자주 변하고, 아침에 술 마시던 사람이 저녁이면 그 자리를 떠나고 없으니 천년만년토록 그때로부터 옛날이 되는 것이다.

그러므로 '지금'은 '옛날'과 대비해 부르는 이름이고, '비슷하다'는 것은 '저것'과 비교해 쓰는 말이다. 무릇 '비슷하다'는 것은 비슷하기만 할 뿐이고 저것은 저것일 뿐이다. 비교한다고 해서 이것이 저것은 아니니, 나는 이것이 저것과 같은 것을 본 적이 없다. 종이가 희다고 해서 먹이 따라서 희게 될 수는 없으며, 초상화가 아무리 진짜 같다고 해서 그림이 말을 할 수는 없다.

우사단 아래 도저동에 푸른 기와를 얹은 사당이 있다. 얼굴이 윤기 나고 붉으며 수염이 긴 형상이 모셔져 있으니 엄연히 관운장이다. 남녀가 학질을 앓을 때 그 형상 아래에 들여보내면 정신이 놀라고 넋이 나가 한기를 느끼는 증세가 달아나 버린다. 그러나 어린애들은 무서워하지 않고 그 위엄스런 형상에 함부로 장난친다. 그 눈동자를 후벼도 눈은 꼼짝도 않고 코를 쑤셔도 재채기를 하지 못하니, 그저 한 덩어리 진흙으로 빚은 인형에 불과한 것이다. 이로 보건대, 수박의 겉만 핥고 후추를 통째로 삼키는 자와는 함께 그 맛을 이야기할 수 없으며, 이웃 사람의 담비 가죽옷이 부러워 한여름에 빌려 입는 자와는 함께 계절을 이야기할 수 없다. 가짜 형상에 옷을 입히고 관을 씌운들 진솔한 어린아이를 속일 수는 없는 것이다.

무릇 시절을 근심하고 풍속을 병통으로 여긴 사람으로 굴원屈原만 한 사람이 없지만 초나라 풍속이 귀신을 숭상하자 귀신을 노래한 구가九歌를 지었다. 한漢나라가 진秦나라의 옛 문물에 의거하여, 진나라의 땅에서 황제가 되고 진나라의 성읍에다 도읍을 정하며 진나라의 백성을 자기 백성으로 삼았지만, 임시변통의 약법삼장約法三章은 진나라의 법을 그대로 따르지 않았다.

지금 무관은 조선 사람이다. 산천과 기후는 중국과 다르고 언어와 풍속도 한나라, 당나라 시대와 다르다. 그런데도 중국의 법을 따르고 한나라, 당나라의 문체를 답습한다면 나는 그 법이 높으면 높을수록 그 내용은 실로 낮아지고, 문체가 비슷할수록 그 말은 더욱 거짓이 됨을 볼 뿐이다. 우리 조선이 비록 구석지긴 했으나 또한 천승千乘 제후의 나라이고, 신라와 고려가 비록 소박하기는 했으나 민간에 아름다운 풍속이 많았다. 그러므로 그 방언을 글자로 적고 그 민요에 운을 달면 저절로 문장이 되어 '참다운 본真機'이 드러날 것이다. 답습을 일삼지 않고 빌려오지도 않으며, 현재에 차분하게 삼라만상을 마주 대함은 오직 무관의 시가 그러하다.

오호라! 『시경』에 담긴 300편의 시는 새와 짐승, 풀과 나무의 이름이 아닌 것이 없고, 민간 길거리의 남녀가 나눈 말에 지나지 않는다. 패邶 땅과 회檜 땅 사이에는 지역마다 풍속이 같지 않고 강수江水와 한수漢水 유역에는 백성들이 그 풍속을 달리하기에, 시를 채집하는 사람이 여러 나라의 노래로 만들어 그 백성들의 성정性情을 살피고 풍속을 찾아보았던 것이다. 그러니 무관의 이 시가 예스럽지 않다고 어찌 다시 의심하겠는가? 만약 성인聖人으로 하여금 중국에 다시 태어나 여러 나라의 풍속을 살피게 한다면, 이『영처고嬰處稿』를 고찰함으로써 우리나라의 새와 짐승, 나무와 풀의 이름을 많이 알게 될 것이며, 강원도 사내와 제주도 아낙의 성정을 살필 수 있을 것이다. 따라서 그의 시를 '조선의 노래'라 불러도 괜찮을 것이다."

조숙, 〈수조도(水鳥圖)〉

지금 무관은 조선 사람이다.

그의 시를 조선의 노래라 불러도

괜찮을 것이다.

줏대도 없이 힘이 센 세력에게 몸을 굽히는 태도를 사대주의라고 말한다. 사대주의에 대해서는 강자에게 아부하고 빌붙는 비굴한 태도라는 좋지 않은 이미지가 있다. 그렇지만 고전에서는 사대주의란 말을 긍정적으로 썼다. 『맹자』「양혜왕梁惠王」에서는 다음과 같이 말한다. "어진 자만이 큰 나라 처지에서 작은 나라를 섬기고, 지혜로운 자만이 작은 나라 처지에서 큰 나라를 섬길 수 있습니다. … 큰 나라 입장에서 작은 나라를 섬기는 자는 하늘을 즐기는 사람이고, 작은 나라 입장에서 큰 나라를 섬기는 자는 하늘을 두려워하는 사람입니다. 하늘을 즐기는 사람은 천하를 보전하고 하늘을 두려워하는 사람은 자기 나라를 보전합니다." 이 구절에서 작은 나라가 큰 나라를 섬긴다는 뜻이 사대事大이다. 맹자는 사대가 지혜로운 자의 덕목이라고 말한다. 외교 맥락에서 보면 힘이 약한 나라가 큰 나라를 섬기는 것은 생존을 도모하기 위한 불가피한 조처였다. 그러므로 사대 여부를 평가할 때는 맹목적으로 따르는 것인지, 불합리하게 요구할 때는 의연하게 맞서는지를 고려해야 한다.

조선은 강대국이었던 중국의 제후국임을 자처했다. 중국은 중화의 나라, 곧 문명의 나라라고 생각했고 조선은 제후국의 나라라고 생각했다. 그러면서 조선은 작은 중화라는 뜻의 소중화로 일컬으며 중국의 제도와 문화를 충실히 따르고자 했다. 조선은 중국의 사상과 풍속을 좇고 중국의 옷차림을 따라 했다. 중국의 예법을 최고로 여기고 중국의 경전과 역사책을 열심히 배웠다. 하지만 조선 사회가 '중국을 배우자', '중국은 명품이다'라고 외칠 때 연암은 동의하지 않았다. 연암은 「영처고서嬰處稿序」에서 우리 것이 최고라고 외친다. 이를 조선풍 선언이라고 한다. 이제 조선풍 선언의 실체를 살펴보자.

자패가 비난한 이유

「영처고서」는 이덕무가 지은 『영처고嬰處稿』에 대해 연암이 머리말로 써 준 글이다. 이덕무는 연암의 수제자이다. 이덕무를 간단히 소개하자면, 자는 무관이고 호는 청장관靑莊館, 아정雅亭, 형암炯庵 등이다. 이덕무는 호리호리한 체형에 몸이 허약해서 병치레가 잦았다. 섬돌 아래에 약 찧는 절구를 항상 괴어두었다고 고백할 정도였다. 그는 쌀을 살 돈이 없을 정도로 심히 가난했지만, 누구보다 책 읽기를 즐긴 진정한 독서광이었다. 자신에게 붙인 별명인 간서치看書痴는 책만 보는 바보라는 뜻이다. 이덕무는 비가 오나 눈이 오나 굶든지 배부르든지 오로지 책만 읽었다. 그 덕분에 절친인 박제가와 함께 규장각에 소속된 초대 검서관檢書官으로 뽑혔다. 검서관은 책을 필사하거나 교정, 편찬, 관리하는 일을 맡은 임시직이다. 53세에 폐렴 증세로 사망했는데 그의 죽음을 안타까워 한 정조가 사비를 보태 『아정유고』를 간행케 했다. 연암이 날카로운 지성의 경계인이라면 이덕무는 따뜻한 감성을 품은 선비였다.

『영처고』는 이덕무가 스무 살 즈음에 자신이 지은 시문을 엮어 모은 시문집이다. 영처嬰處는 갓난아이와 처녀란 뜻이다. 그는 자신이 쓴 서문에서 시문집을 만든 뜻을 이렇게 말했다.

즐거워함이 지극한 것은 갓난아이만 한 것이 없으니 갓난아이가 장난치는 것은 순수한 마음이 발현된 것이다. 부끄러워함이 지극한 것은 처녀만 한 이가 없으니 처녀가 감추는 것은 순수한 진정이 드러난 것이다. 문장을 좋아하는 사

람 가운데 장난치며 즐거워하기가 지극하고 부끄러워하여
감추는 것이 지극한 사람에 이르면 나만 한 이가 없다. 그
런 까닭에 이 원고를 '영처嬰處'라고 한 것이다.

• 「영처고자서 嬰處稿自序」

아이가 장난치며 즐거워하는 모습은 천진난만한 순수함이
고 처녀가 부끄러워하며 감추는 모습은 순수한 진정이다. 이
덕무 자신도 아이와 처녀의 마음처럼 순수하고 진실한 마음
을 지니고 있다고 밝힌다. 자신의 작품이 근엄하고 엄숙한 고
전의 교훈 의식을 드러낸 것이 아니라 어린아이처럼 천진하고
처녀처럼 남한테 보이기 부끄러워하는 마음을 있는 그대로 담
아낸 것임을 밝히고 있다. 그러나 고전의 표현을 따르지 않고
진솔한 정情을 드러냈다는 점으로 인해 이덕무의 작품은 저속
하고 시시콜콜한 글을 쓴다는 비난에 직면해야 했다. 첫 문장
은 바로 이러한 세간의 곱지 않은 시선을 다루고 있다.
첫머리는 대뜸 딴죽을 거는 말로 시작하고 있다. 이른바 시
비 걸기형 서두라 이를 만하다. 독자는 시비를 거는 인물의 말
에 수긍하거나 부정하면서 작가는 무슨 입장일지, 어떻게 얘
기를 풀어갈지 흥미를 느끼며 작품을 읽게 된다. 특정 문집에
대한 정보나 지식을 제공하는 게 아니라 논쟁을 촉발하거나
문제를 제기함으로써 읽는 이의 참여를 유도하고 있는 것이다.

무관의 시를 혹평하는 자패란 인물은 바로 『낭환집』을 쓴 유금이다. 그가 이덕무의 시를 읽고서 옛사람을 닮지 않고 세속의 자잘한 말을 쓰고 있다며 못마땅해한다. 유금은 앞서도 잠깐 이야기한 것처럼 연암 그룹의 한 명이다. 이덕무와는 동갑이며 함께 백탑(원각사지 10층 석탑) 부근에 살면서 문학과 예술을 함께 나누는 사이였다. 이덕무와 박제가의 시 등을 엮은 『한객건연집』을 조선 문단에 소개해준 이가 유금일 정도로 둘은 돈독한 우정을 나누었다. 둘의 친밀한 관계라든가 『낭환집』이 일상의 소소하고 작은 소재를 다루고 있다는 점에서 유금이 이덕무의 시에 대해 비루하다고 나무라는 장면은 어색하게 느껴진다. 그것은 아마도 연암이 이 글을 쓸 당시엔 유금이 전통적인 시관詩觀에서 벗어나지 못하다가, 연암의 가르침 및 동료들과의 치열한 논쟁을 거쳐 생각이 바뀌어간 것이 아닐까 싶다. 연암이 「영처고서」를 쓴 시기는 유금의 나이 스물일곱 살인 1767년 직후였고, 유금이 『낭환집』을 엮은 시기는 그보다 4년 후인 1771년 무렵이었다. 이십 대 중반까지 유금은 여전히 시는 옛것을 본받아야 한다는 생각을 고수하고 있었던 것으로 보인다. 그리하여 이덕무의 시가 옛글을 닮지 않고 새로운 생각과 언어를 담고 있음에 못마땅했던 것이다.

　　하지만 연암은 오히려 기뻐하면서 "이것이야말로 살펴볼 만하다."라고 칭찬한다. 연암의 평소 지론에 비추어 충분히 예상된 반응이다. 이 부분의 원문은 '차가이관此可以觀'인데, 『논어』「양화陽貨」에 출처를 둔 발언이다. 공자는 제자들에게 시경을 배워야 한다고 나무라면서 『시경』은 "(그 시대 다스림의 득실得失을) 살펴볼 수 있다可以觀."라고 가르쳐주었다. 『시경』에는 그 당시 민간 백성의 삶과 풍속이 여실히 드러나 있다. 따라서 『시경』을 통해 당대의 풍속과 백성의 삶과 정치 상황을 살필 수가 있다. "살펴볼 수 있다可以觀"라는 언급은 그저 범상하게 쓴 표현이 아니라 작품의 후반부와 조응되어 글 전체의 주지主旨가 된다. 『영처고』가 『시경』과 같은 역할을 하는 훌륭한 저술임을 은밀하게 병치竝置하고 있는 구절이다.

이것은 저것이 아니다

이제 연암은 자패의 생각을 차근차근 반박하기 시작한다. 그러니깐 앞으로 전개될 연암의 말은 제자인 이덕무에 대한 격려이면서 한편으로는 제자인 자패에 대한 따끔한 훈계이기도 하다.

일반적인 상식을 뒤집는 주장을 하기 위해서는 상대방을 설득할 수 있는 치밀한 논리가 필요하다. 연암은 다짜고짜 상대의 의견을 반박하지 않는다. 연암은 먼저 상대방의 입장을 수긍해준다. 옛날을 기준으로 지금을 본다면 지금은 비속하다고 맞장구를 쳐준다. 자신의 주장을 완곡하게 설득하려면 먼저 상대방을 인정해주고 나서 자기 입장을 들려주는 것이 효과적이다.

연암은 시간의 상대성을 꺼내 든다. 옛날이라고 일컫던 시대에 살던 사람이 그 자신을 옛사람이라고 생각하지는 않았으리라는 것이다. 그 당시에 글을 보던 사람도 그때에는 그 역시 하나의 '지금 사람'일 뿐이다. 세월이 흘러가면 노래도 바뀌고 사람도 바뀐다. 아침에 술 마시던 사람이 저녁이 되면 그 자리에 없다. 아침의 시간도 '지금'이 지나면 영원히 옛날이 되는 것이다. '그때의 지금'은 시간이 흘러버리면 옛날로 불린다. 그렇다면 지금이니 옛날이니 하는 시간은 고정된 개념이 아니라 서로 상대적인 개념일 뿐이다. '지금'이 지나고 나면 '옛날'이 되는 것이고 보면 '옛날'이란 개념은 다 한때의 지금일 뿐이다.

그와 비슷한 논리로 비슷하다는 말은 '이것'의 상대가 되는 '저것'과 비교해서 쓰는 말이다. 연암은 무관의 시가 옛날과 비슷하지 않아서 형편없다고 비난받자 비슷해지려는 행위가 뭐 대수냐고 반박한다. 비슷하다고 하는 것은 그저 비슷한 것일 뿐 진짜가 아니다. 저것은 저것이고, 이것은 이것이다. 이것이 저것이 되는 일은 없다. 종이가 희다고 해서 먹도 따라서 희게 될 수는 없다. 오히려 먹은 검어야 흰 바탕의 종이에 글씨가 선명히 써진다. 초상화가 아무리 실물과 똑같이 닮아도 그림은 그림일 뿐 그림이 실물처럼 말을 할 수는 없다. 그러니 무언가를 닮으려 애써봤자 헛짓일 뿐이다.

관우 사당에서 장난치는 아이들

분위기가 전환되어 관운장 사당에서 관우 형상에 함부로 장난치는 어린이들 이야기가 나온다. 『삼국지연의』에 따르면 관우는 신장이 9척이며, 2척이나 되는 길고 아름다운 수염을 지녔다. 82근 되는 청룡언월도를 휘두르고 적토마를 탄 용맹한 장수였다. 관우는 의리를 최고의 가치로 여긴 동양 사회에서 큰 인기를 끌었으며, 『삼국지연의』에 나타난 관우의 충의와 용맹함은 관우 신앙이 더욱 널리 퍼지는 기폭제가 되었다. 관우는 청나라에 이르면 공자를 뛰어넘는 인기를 누린다. 관왕묘關王廟로 불리던 관우 사당은 황제의 위상이 되어 관제묘關帝廟로 격상되었다. 공자의 시호는 문선왕文宣王에 그친 반면 관우는 대제大帝 시호까지 받았다. 그리하여 청나라 시절에는 전국에 수십만 개의 관우 사당이 생겨났다. 재물의 신, 학문의 신으로까지 숭상되며 부처와 나란히 모셨다.

　우리나라에서 관왕묘는 임진왜란 때 조선에 구원하러 왔

던 명나라 군인의 요청으로 세워졌다. 처음엔 불교와 도교의 이미지가 강한 탓에 조선에서는 그다지 호응을 얻지 못했다. 그러다가 청나라가 들어선 후, 관우의 의리 이미지는 명나라에 대한 의리와 겹쳐져 전국에 퍼지게 되었다. 서울의 남산 아래에 남묘, 동대문 밖에 동묘를 세웠다. 우사단 아래 도동桃洞(예전의 도저동)에 있는 관왕묘가 바로 남묘이다.

『삼국지연의』에 의하면 관우의 형상은 굉장히 무섭다. 얼굴이 불콰하고 수염이 길며 큰 키에 적토마를 타고 청룡언월도를 휘두르면 수많은 적이 추풍낙엽처럼 쓰러진다. 게다가 유교 불교 도교에서 모두 숭상하는 삼교三敎 통합의 신이다. 조선 사람들은 관우의 무서운 이미지를 잘 알고 있었다. 관우 사당에서 관우의 형상을 보면 학질을 앓은 사람도 관우의 위세에 넋이 나가 덜덜 떠는 증세가 싹 사라졌다고 전할 정도다. 하지만 어린애들에게 관우는 한갓 진흙으로 만든 가짜 사람일 뿐이다. 관우상에 올라가 관우의 눈동자를 긁고 코를 마음대로 건드린다. 어른들은 관우상을 무서운 실체로 받아들이지만, 아이들은 관우에 대해 선입견이 없으므로 관우는 그저 진흙 인형에 불과하다. 연암은 가짜 이미지에 현혹되는 어른과 있는 그대로 보는 어린아이의 순수한 눈을 대비한다.

겉모습과 이미지에 갇혀 실체를 보지 못하는 사람은 본질을 볼 수가 없다. 수박을 겉만 핥고 후추를 통째로 삼키는 사람과는 맛에 대해 얘기할 수 없고, 이웃 사람의 담비 털옷이 부럽다고 한여름에 빌려 입는 사람과는 계절을 논할 수 없는 것과 마찬가지다. 수박은 껍질 안을 먹어야 시원한 참맛을 알 수 있다. 후추를 통째로 삼키면 후추의 쌉싸름하고 매운맛을 전혀 알 수 없다. 겉만 애써 찾은들 실질을 모르면 참된 맛을 알 수가 없는 것이다. 담비 털옷은 겨울옷이다. 비싸고 좋아 보인다고 해서 여름에 입는다면 땀띠만 날 뿐이다. 아무리 좋아도 딱 맞는 자리에 놓이지 않으면 별 쓸모가 없다. 기존의 관습에 갇힌 어른은 진흙으로 만든 가짜 형상에도 벌벌 떨며 무서워한다. 하지만 어린이는 선입견이 없는 순수한 눈을 지녀서 가짜 형상에 옷을 입히고 관을 씌운다 해도 속지 않는다. 연암은 겉모습과 이미지에 갇혀 눈앞의 실체를 왜곡해서 받아들이는 어른의 어리석음을 지적하며, 눈앞의 사물을 있는 그대로 순수하게 보는 어린이의 눈을 지녀야 한다고 말한다.

연암이 어린아이를 비유로 끌어들인 건 이덕무의 시문집인 『영처고』를 염두에 둔 것으로 보인다. 어린아이는 천진하게 즐긴다. 가짜 이미지나 선입견에 휘둘리지 않고 꾸밈없는 눈으로 본다. 연암은 어린아이의 순수한 눈을 통해 기존 이데올로기의 허구를 들추고 어른의 허위성을 꼬집는다. 연암이 어린아이를 순수함의 상징으로 내세우는 건 공안파公安派 문학의 선구자인 이지李贄의 영향과 관련이 깊다. 이지는 호가 탁오라서 이탁오로 잘 알려져 있는 사람이다. 그는 「동심설童心說」에서, 동심은 참 마음이며 천하의 지극한 글은 동심에서 비롯되었다고 말한다. 동심의 문학만이 참된 문학眞文學이고 나머지는 가짜 문학假文學이라고 주장한다. 연암은 낡은 관습을 모방하는 문학 풍토에 반대하여 어린아이를 내세워 진솔하고 순수한 눈을 갖추어야 한다고 말하고 있다.

　이어 연암은 굴원이 구가九歌를 지은 일과 한고조의 약법삼장約法三章 고사를 들려준다. 굴원은 전국시대 초나라의 정치가이다. 간신의 모함으로 쫓겨나 가슴에 돌을 안은 채 멱라강에 뛰어들어 죽은 비운의 시인이다. 그가 쓴 장편 서사시 「이소離騷(근심을 만나다)」는 자신의 억울함과 나라를 근심하는 마음이 잘 표현된 최고의 서정시로 꼽힌다. 굴원은 자기 시대의 풍속이 병들었다고 근심했다. 「구가九歌」라는 시에서 자신이 병통으로 여겼던 귀신을 끌어와 글에 녹였다. 그가 귀신 얘기를 쓴 것은 귀신을 믿어서가 아니었다. 자신의 원통한 생각을 전하는 데는 사람들이 널리 믿고 있던 귀신을 이야기하는 것이 효과적이라 판단한 것이다. 유학에서는 괴력난신怪力亂神(괴이한 일과 엄청난 힘, 난리와 귀신)에 대해 말해서는 안 된다고 가르친다. 그러나 그가 귀신을 이야기했다고 해서 「구가」의 위상이 깎이지는 않았다. 오히려 당시의 풍속을 효과적으로 담아냄으로써 「구가」의 문학적 가치는 더욱 높아졌다. 한고조漢

高祖 유방은 진나라를 멸망시킨 후 효율적인 통치를 위해 진秦나라의 땅과 백성들은 건드리지 않았다. 그러나 각박하고 가혹한 법인 약법삼장(한나라 초기의 법)의 내용을 새롭게 뜯어고쳤다. 백성은 그대로 두되 법은 시대정신을 따라 새롭게 바꾸었다. 현실에 맞게 법을 바꿈으로써 한나라는 오랫동안 부강한 국가를 만들어갈 수 있었다. 옛것이냐 지금 것이냐, 속되냐 고귀하냐를 따질 것이 아니라 그 상황에 적합한지를 살필 수 있어야 하는 것이다.

옛날을 모방하는 태도를 비판하던 연암은 이제 중국을 모방하는 태도를 비판하기 시작한다.

조선의 국풍, 지금 여기를 노래하다

연암은 "지금 무관은 조선 사람이다."라고 규정짓는다. 연암은 이덕무가 중국인이 아니라 조선 사람이라는 점을 말하려 한다. 과거가 아닌 현재가 중요하다는 생각은 현재를 살아가는 인간 주체에 대한 자각으로 이어진다. 그리고 이는 다시 현재의 인간이 발 딛고 있는 조선이라는 공간으로 확장된다.

조선과 중국은 생활 조건과 환경이 서로 다르다. 기후도 다르고 언어도 다르고 풍속도 서로 다르다. 사람에게는 각자에게 맞는 삶의 조건이 있고, 각 문화에는 고유하게 발전시켜 온 생활 방식이 있다. 아무리 좋은 것도 조건에 맞지 않으면 한여름에 담비 가죽옷을 입는 어리석음과 같을 뿐이다. 그러니 남의 법과 비슷해지려 하고 남의 문체를 답습한다면 비슷할수록 거짓되고, 답습할수록 비루해질 뿐이다. 비록 조선이 중국에 비하면 턱없이 작은 땅이지만 천승이나 되는 제후의 나라이고 아름다운 풍속을 간직한 나라이다. 자신의 말을 글자로 적고 민요에 운을 달면 저절로 문장이 되어 참된 정취가 드러날 것이다.

이러한 주장은 중국을 최고로 여기는 당시의 관행을 생각하면 대단히 혁신적인 발언이다. 앞 시대의 서포 김만중金萬重(1637~1692)이 『서포만필』에서, 민간의 나무하면서 노래 부르는 사내와 물긷는 아낙의 노래가 비록 천박해도 선비와 양반의 한시보다 진실하다고 한 주장이 면면이 계승되는 것이다. 민요와 방언에는 우리 고유의 정서와 풍습이 담겨 있다. 당시 사대부들은 옛 중국을 모방하는 것을 당연하게 여겼다. 거기에 우리의 삶과 문화는 없었다. 그런데 무관의 시는 중국을 답습하지도 않고 지금 이곳 조선의 삶과 조선의 사물을 진술하게 표현했으니 무관의 시야말로 참된 정취를 보이는 시이다.

연암은 『시경』과 『영처고』를 대비하여 이덕무의 시가 '조선의 노래'라는 선언을 끌어낸다. 유교 경전인 『시경』은 본래 길거리를 돌아다니며 글을 채록하는 사람이 백성들이 부르던 노래를 수집한 것이다.『시경』은 그 당시의 풀과 나무, 새와 짐승의 이름을 이야기하고 민간 남녀의 정을 이야기하고 있다. 중국 각 지역의 풍속과 백성들의 삶을 잘 담아냈다. 그러니 이와 똑같이 조선 각 지역의 풍물과 일상을 담아낸 무관의 시도『시경』못지않은 조선의 고전이 되리라는 것이다. 만약 공자가 다시 태어나 각 제후국의 풍속을 살핀다면, 조선이라는 나라의 풍물과 사물의 이름은 이덕무의『영처고』를 보고 잘 알게 될 것이다.『시경』이 중국의 풍속을 대표하는 시라면『영처고』는 조선의 풍속을 대표하는 시라 할 수 있다. 그러므로 이덕무의 시를 조선풍朝鮮風, 곧 조선의 노래라고 불러도 무방하다.

이것이 '조선풍' 선언의 배경이다. 과거가 아닌 지금, 중국이 아닌 조선의 정서를 노래하고 있다는 것이 조선풍의 요체이다. 조선풍 선언에는 그때 저기 중국이 아닌, 지금 여기 조선을 중요하게 여기는 생각이 있다. 지금 눈앞의 현실을 즉사卽事라고 한다. 눈앞의 현실에 참된 문학 정신이 있다.

조선풍 선언에는 나는 조선인이라는 주체성이 담겨 있다. 내가 살아가는 현재라는 시간, 내가 발 딛고 있는 조선이라는 공간을 소중하게 여기는 생각이 깔려 있는 것이다. 지금이야 너무나 당연한 생각이지만 고전 시대엔 그렇지 않았다. 중화 사상을 갖고 있던 조선 사람들은 고대 중국의 요순 임금 시절을 그리워하고 진한 시대의 경전과 역사서, 당송의 시를 최고로 여겼다. 하지만 연암은 조선인이라는 각성 아래, 조선의 노래를 주창했다. 고전 시대에 우리의 주체성을 이야기한 사람을 찾기는 쉽지 않다. 그중에 다산 정약용이 있다. 다산은 「노인의 한 즐거운 일老人一快事」에서 "나는야 조선 사람이니 / 즐겨 조선 시를 지으리我是朝鮮人 甘作朝鮮詩"라고 말한다. 연암의 조선 풍과 다산의 조선 시 선언, 둘은 우리의 주체성을 이야기하는 매우 소중한 정신이다. 실학의 주체성은 이 지점에서 나왔다.

우리는 미국인도 아니고 중국인도 아니다. 우리는 대한민국에서 살고 있다. 그러므로 유럽, 미국, 중국, 일본을 비롯한 국제 사회가 치열하게 패권 다툼을 벌이고 있을 때 우리도 우리의 미래를 최우선으로 두어야 한다. 우리를 둘러싼 강대국이 각자 자국의 이익을 위해 우리나라를 이용하고 있듯이 우리 역시 우리 국익의 관점에서 생각해야 한다. 사대가 과거에는 정당성을 지녔을지라도 지금은 바람직하지 않다. 우리 스스로 부국강병을 이루어 자강하는 것만이 세계열강의 틈바구니에서 독자적으로 생존하는 길이다. 어느 강대국도 우리의 미래를 온전히 책임져주지 않는다. 어느 나라든 자신에게 불리하다 싶으면 언제든 발을 빼는 것이 냉정한 국제 현실이다.

연암의 조선풍 선언은 오늘날처럼 세계열강의 각축이 치열한 시절에 더욱 소중히 간직해야 할 정신이다. 남의 나라 추종하지 말기, 과거에 얽매이지 말기, 내가 발 딛고 있는 곳을 자각하기, 지금 현실을 똑바로 인식하기, 이것이 「영처고서」가 우리에게 들려주는 메시지이다.

5

비슷한 것은 참되지 않다

녹천관집서

녹천관집 서문 綠天館集序

옛글을 모방해 글을 쓰기를, 거울이 형체를 비추듯 쓴다면 비슷하다고 할 수 있을까? 왼쪽과 오른쪽이 서로 반대로 되는데 어찌 비슷할 수 있겠는가? 물이 형체를 비추듯 쓰면 비슷하다고 할 수 있을까? 아래와 위가 거꾸로 나타나니 어찌 비슷할 수 있겠는가? 그림자가 형체를 따라가듯 쓴다면 비슷하다고 할 수 있을까? 한낮이 되면 난쟁이가 되었다가 해가 지면 키다리가 되니 어찌 비슷할 수 있겠는가? 그림이 형체를 묘사하듯 쓴다면 비슷하다고 할 수 있을까? 걸어가는 자는 움직이지 않고 말하는 사람은 소리가 없는데 어떻게 비슷할 수 있겠는가? 그렇다면 끝내는 비슷할 수 없는 걸까?

도대체 왜 비슷하기를 구하는가? 비슷함을 구하는 것은 참되지 않다. 세상에서 이른바 서로 같은 것을 말할 때 '꼭 닮았다'는 뜻으로 혹초酷肖라 일컫고, 분별하기 어려운 것을 말할 때 '진짜에 아주 가깝다'는 뜻으로 핍진逼眞이라고 말한다. 무릇 '진眞'이라고 말하거나 '초肖'라고 말하는 사이에는 '가짜假'와 '다름異'이라는 의미가 그 속에 담겨 있다.

그러므로 천하에는 이해하기 어려우나 배울 수 있는 것이 있고, 전혀 다르지만 서로 비슷한 것이 있다. 언어가 달라도 통역을 통해 뜻이 통할 수 있고, 자체字體가 다 달라도 모두 문장을 이룰 수 있다. 왜냐? 다른 것은 겉모습이고 같은 것은 마음이기 때문이다. 이로 보자면 마음이 비슷한 것心似은 뜻志意이고, 겉모습이 비슷한 것形似은 껍데기皮毛일 뿐이다.

이씨 집 자제인 낙서洛瑞 이서구는 나이가 열여섯으로, 나를 따라 배운 지가 여러 해 된다. 생각이 일찍 트이고 지혜와 식견은 구슬같이 빛났다. 한번은 『녹천관집綠天館集』을 들고 와서 내게 질문했다. "아, 제가 글을 쓴 지가 몇 해밖에 되지 않으나 남의 노여움을 살 때가 많습니다. 한마디라도 조금 새롭다거나 한 글자라도 기이한 것이 나오면 '옛글에도 이런 예가 있느냐?'고 묻습니다. 없다고 하면 얼굴빛을 발끈하며 어떻게 감히 그렇게 쓰느냐고 합니다. 아! 옛글에 있다면 제가 뭣하러 다시 쓰겠습니까? 스승님께서 판정해 주십시오."

나는 손을 모아 이마에 얹고 세 번 예를 표한 다음 꿇어앉고 말했다. "네 말이 지극히 옳구나. 끊어진 학문을 일으킬 만하다. 처음 문자를 만들었던 창힐이 글자를 만들 때 어떤 옛것을 모방했겠느냐? 안연은 배우기를 좋아했지만 유독 저서는 없었다. 만약 옛것을 좋아하는 사람이 창힐이 글자를 만들 때를 생각하고, 안연이 펴내지 못한 생각을 저술한다면 글이 비로소 바르게 될 것이다. 너는 나이가 어리니, 남의 노여움을 사게 되면 공손하게 '널리 배우지 못해 옛글을 살펴보지 못했습니다.'라고 사과하거라. 그래도 그치지 않고 따지며 노여움을 풀지 않거든, 조심조심 이렇게 대답하거라. '『서경』과 『시경』은 하夏·은殷·주周 삼대三代 당시에 유행하던 문장이고, 이사와 왕희지의 글씨는 그가 살던 나라에서 유행하던 속된 글씨였습니다.'"

도대체 왜 비슷하기를 구하는가?
비슷함을 구하는 것은 참되지 않다.

춘추 시대 월나라의 서시西施는 중국의 4대 미인이다. 서시는 평소에 심장병을 앓았다. 그녀는 심장에 통증이 올 때마다 손으로 가슴을 누르고 눈썹을 찡그렸다. 근심에 젖은 듯 눈썹을 찌푸린 그녀의 모습은 더욱 예뻐 보였다. 그 모습을 본 한 마을의 추녀가 자신도 예뻐 보이고 싶은 생각에 미간을 찡그리고 다녔다. 그러자 동네 사람들은 그 모습이 싫어서 문을 굳게 걸어 잠그거나, 다른 마을로 이사 갔다고 한다. 이 고사에서 서시빈목西施嚬目이란 말이 나왔다. 서시가 눈을 찌푸린다는 뜻으로 본질은 잊고 무조건 남을 따라 하는 행위를 이른다. 따르더라도 추종하지는 말아야 한다. 맹목적으로 좇으면 본질을 잃어버린다.

그런데 중세 시대엔 모방이 옳다고 가르쳤다. 옛것을 닮는

게 미덕이었다. 고전 시대 사람들은 중국을 추종하는 사고방식을 갖고 있었기 때문에 가장 이상적인 정치를 펼친 임금은 세종대왕이 아니었다. 중국 전설상의 황제인 요임금과 순임금이라고 생각했다. 가장 좋은 책은 『삼국유사』가 아니었다. 중국의 사서四書와 육경六經을 모범으로 떠받들었다. 육경은 6개의 유가 경전으로 『시경詩經』, 『서경書經』, 『역경易經(주역)』, 『예기禮記』, 『춘추春秋』, 『악경樂經』이다. 사람들은 진리의 기준을 중국의 고대 시절로 정해놓고 그때의 정신과 표현을 닮으려고 노력했다. 문학과 예술의 성취 여부는 옛날 중국의 수준에 도달했느냐에 달려 있었다.

따라야 할 이상을 고정해 놓으면 동일성同一性(남도 자신과 똑같아야 한다는 생각)의 원리가 작동한다. 그 기준과 닮기를 강요하고 그 기준과 비슷해지려고 애쓰게 된다. 다양성이 제거되고 모두가 똑같은 생각을 지니게 되는 것이다. 바람직한 도덕 윤리는 과거의 모범을 따르는 데 그쳐버리고 만다. 한 개인의 개성이 사라지고 모든 사람이 특정한 틀에 갇혀 생각하게 된다.

조선 시대의 성리학자가 그리는 산수 자연은 눈으로 직접 보는 산과 강이 아니었다. 실제로 경험하기 이전에 이미 머릿속에 일방적으로 주입된 산이었다. 주자가 중국 무이산 계곡의 아홉 구비 경치가 아름답다고 노래하자 선비들은 아름다운 산을 표현할 때면 으레 주자가 말한 무이구곡武夷九曲의 경치를 이야기했다. 고려 시대에는 소동파(소식)의 시를 모범으로 떠받들었다. 소동파의 표현을 그대로 따라 쓰다 보니 과거 급제자는 소동파의 시를 닮게 되었다. 그래서 과거 급제자가 발표되면 사람들은 '금년에도 서른 명의 소동파가 나왔군.'이라고 빈정거렸다. 시대에 따라 모범이 조금씩 달라지긴 했지만, 옛것을 닮을수록 좋은 글이라는 생각은 변하지 않았다.

그런데 연암은 비슷해지려고 하는 건 참되지 않다고 주장한다. 지금이야 상식적인 생각이지만 옛것을 닮는 것이 훌륭하다고 생각했던 그 시절을 떠올리면 삐딱한 시선이다. 왜 그런 말을 한 것인지 연암의 생각을 따라가보자.

비슷한 것은 참되지 않다

연암은 묻는다. 옛글을 모방해서 글을 지어야 한다고들 말하는데, 그렇다면 거울이 형체를 비추듯이 한다면 비슷하다고 할 수 있겠느냐는 것이다. 거울은 사물의 모습을 그대로 비추어준다. 하지만 왼쪽과 오른쪽을 반대로 비춘다. 오른손에 물건을 쥐고 있으면 거울에선 왼손에 쥐고 있다. 그러면 물에 비추는 건 어떨까? 하지만 물은 위와 아래를 거꾸로 비춘다. 나보다 높이 뜬 구름이 물에 비춘 모습에서는 나보다 아래에 있다. 그러면 그림자가 형체를 따르는 것은 비슷할까? 하지만 그림자는 대낮에는 본래의 나보다 작고 해가 질 무렵에는 키다리로 변한다. 그러면 똑같이 그린 그림은 비슷하다고 할 수 있을까? 그림은 움직이지도 않고 소리도 없다. 그러니 어떤 것도 결코 비슷할 수가 없다. 연암은 똑같이 닮는 것이 애초에 불가능하다고 말하려는 것이다.

비슷한 예를 장황하게 반복하는 데는 이유가 있다. 중세 시대에는 모방이 최고라는 입장이었기에 연암은 이 당연한 생각을 깨뜨리기 위해 닮는다는 것이 왜 잘못인가를 확실하고도 분명하게 제시할 필요가 있었다. 그 당시의 글쓰기 관행을 떠올려보면 서두의 반복적인 자문자답 글쓰기는 장황한 느낌이 아니라 긴장되고도 단호하게 다가온다.

연암은 원본과 똑같게 하기는 불가능하다고 말한다. 아무리 사물을 똑같이 표현해도 실제와 똑같을 수 없듯이 아무리 옛글을 모방한다고 해도 원본과 똑같을 수는 없다. 아무리 완벽하게 따라 그려도 모방은 실제를 뛰어넘을 수 없다. 계수나무를 아무리 멋지게 그려도 살아 있는 오동나무만 못하고 초상화가 아무리 실물과 닮았다고 해도 그림이 실물처럼 말을 할 수는 없는 이치다. 비슷하기만 할 뿐 진짜는 아니다. 이것은 이것이고 저것은 저것일 뿐이다.

이와 관련해 『열하일기』「난하범주기」에는 재미있는 내용이 있다. 누군가 난하의 경치를 보고 "강산이 그림같이 아름답네."라고 탄성을 질렀다. 연암은 그에게 강산도 모르고 그림도 모른다고 핀잔을 준다. 강산이 원본인 A라면 이를 그린 그림은 복사물인 B이다. 강산이 그림 같다는 말은 강산이 아름다운 그림을 닮았다는 뜻이다. 그러면 그림이 원본이 되고 강산이 복제물이라는 뜻이 된다. 곧 강산이 그림 같다는 말은 원본과 복제물이 바뀌었기 때문에 잘못된 표현이라는 것이다. 연암 생각에 그림은 결코 원본인 강산의 아름다움을 능가할 수가 없다. 연암은 비슷한 것을 가지고 비슷하다고 비유하는 것은 어디까지나 비슷한 것일 뿐, 진짜는 아니라고 말한다.

연암은 말을 한 번 더 뒤집는다. 비슷함을 왜 구하느냐고 반문한다. 비슷하기를 추구하는 것은 원본이 참이 아니라는 것을 자인하는 꼴이다. 사람들은 B가 A와 똑같아 보이면 몹시 닮았다고 말한다. 진짜와 구별하기가 너무 어려우면 핍진하다고 말한다. 그러나 닮았다거나 핍진하다고 하는 말속엔 이미 '다르다, 진짜가 아니다'는 의미가 포함되어 있다. '너 정우성 닮았어.', '너 전지현 닮았어.'라고 말한다면 내가 정우성이나 전지현이 아니라는 의미가 이미 전제되어 있다.

유명한 가수의 특징을 모방해서 그 가수 마냥 노래 부르는 사람을 모창 가수라고 한다. 나훈아를 모방한 나운하, 조용필을 모방한 주용필, 방실이를 모방한 방쉬리 등은 진짜의 권위에 힘입어 노래를 부른다. 나운하가 아무리 나훈아와 똑같이 따라 한들 진짜와 똑같을 수는 없다. 주용필이 아무리 조용필의 모창을 똑같이 따라 불러도 주용필일 뿐이다. 아무리 명품과 똑같은 제품을 만들어도 짝퉁은 짝퉁일 뿐 원본을 능가할 수는 없다. 아무리 핍진하고 몹시 닮았어도 가짜가 진짜는 될 수 없다. 수많은 모나리자 그림이 이발소에 걸려 있어도 진품은 하나일 뿐 여럿이 아니다. 그러니 굳이 비슷하기를 추구할 필요는 없다. 이에 연암은 심사心似와 형사形似에 관한 흥미로운 견해를 들려준다.

심사心似와 형사形似

이 세상에는 이해하기 어렵지만 배울 수 있는 것이 있고, 전혀 다르면서도 서로 비슷한 것이 있다. 전자의 예로 통역이 있다. 통역은 언어는 각기 다르나 번역을 통해 그 뜻을 알게 해준다. 외국어는 이해하기 어렵지만, 통역이나 번역을 통해 그 뜻을 이해할 수 있다. 후자의 예로 한자의 서체를 들 수 있다. 서체는 글씨 모양은 제각기 다르지만 모두 같은 뜻을 갖는다. 예서, 전서, 행서, 초서로 쓰면 모양은 전혀 다르나 뜻은 똑같아서 어느 서체로 쓰든 같은 문자가 된다. 이에 대해 연암은 다른 것은 겉모습이고 같은 것은 마음이기 때문이라고 말한다. 그러면서 심사心似는 마음이 비슷한 것이고 형사形似는 겉모습만 비슷한 것이라고 말한다.

연암은 비슷함에는 내면을 닮은 심사와 겉모습만 비슷한 형사가 있다고 말한다. 그러면서 닮아야 하는 것은 형사가 아닌 심사라고 한다. 형사는 겉모습은 똑같아 보이는데 실질은 전혀 다른 것이고, 심사는 겉으로 보기엔 전혀 달라 보이지만 실질은 같은 것이다. 거울이 형체를 비추는 것, 물이 형상을 비추는 것, 그림자가 형체를 따라가는 것은 모두 형사이다. 겉모습만 비슷할 뿐 실질은 전혀 다르다. 서시를 따라 한 추녀이고, 명품을 모방한 짝퉁이다. 반면 심사는 새로움과 다름을 추구하면서도 그 안에 담긴 정신은 하나로 통한다.

글쓰기에 비유한다면 형사는 다른 글을 똑같이 베끼는 행위이다. 자기 목소리가 없는 글, 단순 모방한 글이다. 반면 심사는 작가의 정신을 표현하는 행위이다. 이와 관련한 연암의 글을 살펴보자.

글이란 뜻을 쏟아내면 그만일 뿐이다. 제목을 앞에 두고 붓을 들 때마다 옛말을 떠올린다거나, 애써 경전의 뜻을 찾아내 그 뜻을 빌려와 근엄하게 만들며 글자마다 무게를 잡는 자는, 비유하자면 화공을 불러서 초상화를 그리게 할 때 용모를 가다듬고 화공 앞에 앉는 사람과 같다. 눈동자는 움직이지 않고 옷의 주름은 쫙 펴져 있어 평소 모습을 잃어버리니, 아무리 훌륭한 화공이라도 그 참모습을 그려내기는 어렵다. 글을 쓰는 것도 또한 이것과 뭐가 다르겠는가?

• 「공작관문고 자서孔雀館文稿自序」

'뜻을 쏟아내다'의 원문은 사의寫意이다. 고전의 문인들은 경전의 말과 뜻을 빌려와 우아하고 근엄하게 표현하고자 했다. 하지만 연암은 이런 글은 겉멋이 들어간 가짜 글이라고 주장한다. 연암은 비유의 달인답게 화가의 초상화 그리기로 쉽게 자신의 뜻을 풀어낸다. 초상화를 그릴 때 사람들은 용모를 반듯하게 꾸미고 옷의 주름살을 펴서 매무새를 최대한 단정하게 한다. 시선은 반듯하게 앞을 본다. 평소의 자연스러운 모습은 온데간데없어진다. 중국의 화가인 진조陳造는 '옷을 화려하게 입고 엄숙하게 바라보며 꼿꼿이 앉아 숨죽이게 하고서 그린다면 터럭만큼의 차이가 없을지라도 거울 속 그림자와 같아서 나무 인형에 불과할 것'이라고 말한다. 글 짓는 법도 화공이 초상화 그리는 태도와 같다. 좋은 글은 작가의 뜻을 진실하게 쏟아내는 데 있다. 억지로 꾸며 쓰거나 예전의 점잖고 고상한 표현을 그대로 따라 해서는 안 되며 나의 속생각을 거짓 없이 자연스럽게 표출하는 것이 중요하다.

> 고문을 배우려는 자는 자연스러움을 구해야 마땅하며 자
> 기 자신의 언어로부터 문장의 입체적 구성이 생겨나도록
> 해야지 옛사람의 언어를 표절하여 주어진 틀에 메워 넣으
> 려 해서는 안 된다. 바로 여기서 글이 난해한지 쉬운지의
> 차이가 생겨나며 참된지 거짓인지 여부가 결정된다.
>
> • 박종채, 『과정록』

글은 자연스러움이 생명이며 그러기 위해서는 자기 자신
의 언어自家文字로부터 나와야 한다. 남의 생각이나 옛말을 베
껴봐야 글만 난삽해진다. 글이 진짜인지 가짜인지의 구별은
남의 언어를 표절하는지 자신의 언어를 쓰는지에 달려 있다.
자기의 언어를 쓴다는 것은 꾸미거나 본뜨지 않고 솔직한 자
기 생각을 표현하는 것이다. 곧 참된 글은 내 생각을 솔직하고
꾸밈없이 드러내는 것이다. 남이 한 말을 따라 쓰는 행위는 가
짜 언어에 불과하다. 옛말을 베낀 언어는 사이비 글이다. 나의
생각을 쏟을 때 진짜 글을 얻을 수 있다. 심사는 작가의 내면
을 진실하게 드러내는 것이다.

학생들의 과제물을 읽다 보면 자기 생각을 솔직하게 표현
한 글이 가슴에 들어온다. 얼마나 멋지게 표현했느냐보다는

얼마나 솔직하게 썼느냐가 더 와닿는다. 그 학생의 생각에 동의하느냐 아니냐는 부차적인 문제일 뿐이다. 자기 생각을 자연스럽게 내보인 글이 가슴에 닿기 마련이다. 글은 진실하면 그뿐이다.

고전도 그때는 통속 문학

연암은 이서구李書九(1754~1825)에 얽힌 사연을 들려준다. 이서구는 연암보다 17살 어린 제자이다. 자는 낙서洛瑞이고, 호는 척재惕齋, 강산薑山, 소완정素玩亭이다. 박제가, 이덕무, 유득공과 함께 4가 시인으로 불릴 정도로 시에 뛰어난 재능을 갖추었다. 집안은 명망 있는 사대부로서 그의 아버지 이원李遠은 영의정까지 역임했다. 연암의 제자가 서얼이 많은 점을 고려한다면 남다른 신분이었다. 연암이 그를 위해 독서의 방법에 대해 써준 「소완정기素玩亭記」가 있다. 낙서는 일찍부터 연암의 제자가 되었는데 머리가 좋고 식견도 있었다. 어느 날 낙서가 자신이 쓴 「녹천관집」을 들고 와 연암에게 하소연한다. 사람들이 자신에게 왜 경전에 있는 표현을 쓰지 않고 새로운 말을 지어내냐며 꾸짖는다는 것이다. 글을 쓸 때는 모방하지 말라고 스승에게 배웠건만 사람들은 새로운 표현을 쓴다고 욕을 하니깐 답답한 마음에 한걸음에 달려와 스승에게 하소연한 것이다.

제자의 사연을 들은 연암은 짐짓 두 손을 모아 세 번 절을 한 후 창힐과 안연을 예로 삼는다. 창힐은 한자를 처음 만든 전설상의 인물이다. 네 개의 눈으로 새와 짐승의 무늬를 살피고 땅을 자세히 관찰해서 문자를 만들었다고 한다. 창힐이 만든 문자는 기존의 무엇을 모방한 것이 아니라 오직 눈앞에서 보는 자연 사물을 잘 관찰한 후 탄생한 것이었다.

안연顔淵은 노나라의 현자로 청빈한 삶을 뜻하는 단사표음簞食瓢飲 고사의 주인공이다. 이름은 안회顔回이고 자는 연淵이다. 공자가 가장 아꼈던 제자로 학문도 뛰어나고 인품도 훌륭했다. 안연은 가난으로 무척 고생하다가 서른한 살 남짓의 나이로 세상을 떠난 탓에 남긴 저술이 하나도 없다. 하지만 사람들은 안연을 성인에 버금가는 인물로 떠받든다. 연암은 창힐의 창작 정신, 안연이 글로 펼쳐내지 못한 생각을 담아낼 수 있다면 글이 비로소 바르게 될 것이라고 격려한다. 참된 배움은 지나버린 것을 베끼는 것이 아니라 지금 여기의 삶의 현장을 관찰하는 것이다.

연암은 이서구가 제대로 된 글을 쓰고 있다고 칭찬하고 있다. 이서구는 이전에 없던 표현을 쓰고 이전에 없던 언어를 쓴다는 이유로 비난받았다. 그러나 진짜 글은 바로 그와 같이 모방하지 않는 정신, 지금 이곳에서 발견한 깨달음을 표현하는 데 있다. 그러면서 연암은 사람들의 비난에 대응하는 방법을 알려준다. 먼저 대꾸하기보다는 공손하게 응하라고 한다. "아직 나이가 어려서 넓게 배우지 못한 까닭에 옛글을 미처 살펴보지 못했습니다." 그런데도 상대방이 계속 비난하면 다음과 같이 답하라고 조언한다. "경전인 『시경』과 『서경』도 그 당시에는 유행하던 글이었고 이사와 왕희지의 글씨도 그들이 살던 나라에서 유행하던 서체였습니다."

경전인 『서경』과 『시경』은 그 당시의 정치와 풍속을 그 시절의 언어로 옮긴 글일 뿐이고, 서예의 최고봉으로 칭송받는 왕희지의 서체는 그가 살던 시절에 유행하던 글자체였다. 오늘날 고전으로 부르는 작품은 그 작품이 쓰일 당시에는 그 시대의 언어로 쓰고 그 시대의 생활과 문화를 담아냈을 뿐이다.

최고의 고전으로 평가받는 셰익스피어의 희곡도 그가 살던 당시엔 인기 만점의 통속극이었다. 우리 고전인 시조, 속요, 판소리, 민요도 그 당시에는 대중들이 즐겨 부르던 유행가요였다. 시조時調는 시절의 가락이란 뜻이니, 쉽게 번역하면 유행가다. 지금엔 고전으로 불리는 작품들은 그 작품이 쓰인 당시엔 가장 통속적인 언어로 쓰고 그 당시 백성들의 정서를 노래했다. 지금 이곳의 삶과 현실을 잘 살펴 시대 정신을 옮기면 훗날엔 진정한 고전이 되는 것이다.

사마천이 다시 태어나도 모방하지 않으리

육경의 글자로만 글을 엮는 건
　　/ 비유하자면 사당에 숨어 사는 쥐와 같다네
고전의 자구 해석한 말 주워 모으면
　　/ 못난 선비들은 입이 다 벙어리 되네
태상이 제물을 벌여 놓으니
　　/ 절인 생선과 젓갈 뒤섞여 썩은 내 진동하고
한여름철에 농사꾼이 허술한 제 차림 잊고
　　/ 창졸간에 갓끈과 띠쇠로 겉치장한 셈이지
눈앞 일에 참된 멋이 들어 있는데
　　/ 하필이면 옛것을 취해야 하나
한나라 당나라는 지금 세상 아닐뿐더러
　　/ 우리 민요 중국과 다르다네
반고나 사마천이 다시 태어난들
　　/ 반고나 사마천을 결코 모방하지 않으리
새 글자는 만들어내기 어렵더라도
　　/ 내 생각은 마땅히 다 표현해야 할 텐데
어쩌자고 옛 법에만 구속이 되어
　　/ 붙잡고 매달리듯이 허겁지겁 따르나
지금 시대 비천하다 이르지 말라

/ 천 년 뒤엔 비하면 응당 고귀하리니

• 「좌소산인에게 주다贈左蘇山人」

문장에 고문과 금문의 구별이 있지 않다. 자신의 문장이 한
유와 구양수의 글을 모방하고 반고와 사마천의 글을 본떴
다고 해서 우쭐하고 으스대면서 지금 사람을 하찮게 볼 것
은 아니다. 중요한 것은 나의 글을 쓰는 것이다. 귀로 듣고
눈으로 본 바에 따라 그 형상과 소리를 극진히 표현하고
그 정경을 고스란히 드러낼 수만 있다면 문장의 도는 그것
으로 지극하다.

• 박종채, 『과정록』

첫 번째 인용문은 연암이 좌소산인 이덕무에게 보낸 글이
다. 연암은 새 글자를 만들지는 못해도 옛 법에 구속받지 말고
자기 생각을 다 표현하라고 말한다. 반고와 사마천은 후대인
들에게 문장의 모범이 된 훌륭한 문장가이다. 후세 작가들은
이들의 문체를 닮으려고 무던히 애를 썼다. 그러나 이들도 자
신이 살던 시대의 언어와 생각을 글로 남겼을 뿐이다. 지금은
지나가 버린 과거의 사람에 불과하다. 그러므로 이미 지나가
버린 남의 표현과 생각을 베끼지 말고 지금 이곳에서 발 딛고
살아가는 내 생각을 진솔하게 표현해야 한다. 지금 시대를 수

준 낮다고 낮추어 보아선 안 된다. 현재라는 시간이 흐르면 훗날에는 사람들이 떠받드는 고전이 된다.

두 번째 인용문에선 나의 글을 쓰라고 권유한다. 사람들은 특정한 과거를 법으로 삼고 닮으려 애쓴다. 한유와 구양수의 글을 베끼고 반고와 사마천의 표현을 따라하면서 잘 쓴 글이라며 마냥 우쭐댄다. 그러나 고전과 지금 글이 따로 있는 것이 아니다. 내가 직접 듣고 보고 느낀 것을 진실하게 드러내면 좋은 글이 된다. 중요한 것은 나의 글文을 쓰는 것이다. 내 생각을 쓰는 것이 '나의 글'이다. 남의 생각, 남의 표현, 남의 주장이 아니라 내가 느끼고 생각한 바를 쓰면 비로소 나의 글이 된다.

우리가 과거에서 본받아야 할 것은 형식이 아니다. 주자는 위대한 인간이었지만 주자의 정신이 아닌 주자의 언어를 절대화하게 되자 조선 사회는 주자 이외의 언어는 배척하는 독단에 빠지고 말았다. 유대의 바리새인과 서기관들은 율법과 형식주의에 빠짐으로써 가장 거짓된 위선자가 되고 말았다. 문자를 고정하고 형식에 매몰되면 세상을 단순히 흑백으로 나누는 근본주의자가 된다. 형식 너머를 배울 때 틀을 깨고 새로운 길로 나아갈 수 있다. 우리가 과거로부터 본받아야 할 것은 그때의 창조적인 정신이다. 반고와 사마천이 다시 태어나도 결코 이들을 배우지 않겠다는 연암의 선언은 모범을 부정하려는 의도가 아니다. 오히려 연암은 사마천의 정신을 적극적으로 배운 사람이다. 사람들은 자기 생각을 사마천의 틀에 맞추었지만, 연암은 자기 생각에 사마천의 정신을 녹여냈다. 사마천을 모방하지 않는 것이 사마천을 가장 잘 배운 것이다. 과거를 모방하지 않는 것이 과거를 잘 배우는 것이며, 지금 내 생각을 내 언어로 표현하는 것이 가장 좋은 글이다.

비슷한 것이 진짜다?

우리는 지금 이미지가 실체를 압도하고 가상세계가 현실보다 더욱 실제 같은 세상을 향해 나아가고 있다. 이른바 시뮬라크르simulacre의 시대이다. 시뮬라크르는 복제물이 원본을 대신하고 아예 원본의 지위를 갖는 것이다. 영화 〈알리타〉를 보면 주인공이 인간인지 사이보그인지 구별하기가 어렵다. 〈쥐라기공원〉이나 〈어벤저스〉를 보노라면 가상으로 만든 컴퓨터 세계가 더 진짜처럼 실감 난다. 컴퓨터로 만든 가상 인간이 현실 공간에서 실제의 인플루언서 못지않은 인기를 누리는 시대다. 우리가 직접 눈으로 보고 있는 대상이 과연 실재하는 존재인가에 대한 의심마저 든다.

　　메타버스는 가상과 현실의 경계가 무너지는 현실을 여실히 보여준다. 메타버스는 초월, 가공을 뜻하는 Meta와 우주,

세계를 의미하는 Universe를 합친 말로 현실을 초월한 3차원의 가상 현실이란 뜻이다. 앞으로 인간은 상상과 현실을 통해 만들어진 메타버스 세계에 살면서 시간과 공간과 언어의 장벽을 허물고 가상의 공간에서 현실 활동을 하거나 현실 공간에서 가상 체험을 하게 될 것이다. MZ 세대 이후의 세대는 현실 세계보다 메타버스 공간에서 더 많은 시간을 보내게 될 것이다. 우리가 사는 세계가 거대한 매트릭스 세계가 아니라고 어떻게 장담하겠는가? 미래의 세상은 복제물과 가상세계가 원본과 현실을 밀어내고 그 자신이 진짜가 될 것이다.

오늘날 상품을 팔기 위한 각종 광고의 카피들은 진짜가 아니라 이미지일 뿐이다. 이미 오래전에 프랑스의 철학자이자 사회학자인 장 보드리야르Jean Baudrillard(1929~2007)는 현대 사회는 제품의 기능이 아닌 기호를 소비하게 될 것이라고 예견하기도 했다. 사이버 세상도 그 본질은 이미지이며 허상이다. 연암이 지금 시대에 다시 태어난다면 모방 미학에 대해 어떻게 이야기했을까? 아마도 이번에는 '비슷한 것이 진짜다'라고 말하지 않을까? 초창기 컴퓨터가 나오기 시작했을 무렵 학자들은 원고지가 아닌, 컴퓨터 화면을 보며 자판을 두드리는 쓰기 행위는 진정성이 없다고 생각했다. 그러나 지금은 누구나 컴퓨터 자판에서 글을 쓰고 시를 짓는다. 감성이니 진정성이니 하는 감정도 시대 환경에 따라 변한다. 그러므로 연암은 이미지 뒤에 숨은 허구성을 간파하면서도 시대의 변화를 잘 살피라고 하면서 모방 미학에 대해 많은 얘기를 들려주었을 것이다.

'미래가 현재가 되고 지금이 고전이 된다. 그러므로 지금 이곳의 현장을 잘 관찰하고 변화를 응시하라.' 이것이야말로 연암이 진짜로 하고 싶은 말일 것이다. 연암을 잘 배운다는 것은 연암의 말을 좇는 것이 아니라 연암의 창조적인 정신을 배우는 것이다.

6

눈과 귀를 믿지 말고 명심하라

冥心

일야구도하기

일야구도하기 一夜九渡河記

강물은 두 산 사이에서 흘러나와 바윗돌과 부딪치며 세차게 흘러간다. 그 놀란 파도와 성난 물결, 분노하는 듯한 물결과 슬프게 원망하는 듯한 여울은 내달려 부딪치고 휘말려 뒤엎어지며 울부짖고 고래고래 소리치니, 언제나 만리장성을 무너뜨릴 기세가 있다. 전차 만 대와 기마 만 마리, 대포 만 대와 북 만 개로도 그 무너져 내려앉고 터져 나와 압도하는 강물 소리를 비유하기에 부족하다. 모래밭 위에 거대한 바위는 우뚝하게 늘어서 있고, 강둑의 버드나무는 어두컴컴하다. 마치 물 밑에 있던 물귀신들이 앞다투어 나와 사람을 놀리려는 것 같고, 양 옆에서는 교룡과 이무기가 낚아채 붙들려는 것 같다. 어떤 이는 이곳이 옛 전쟁터인 까닭에 강물이 이렇듯 운다고 말한다. 이는 그런 것이 아니다. 강물 소리는 어떻게 듣느냐에 달려 있을 뿐이다.

내 집은 산중에 있는데 집 앞에는 큰 시냇물이 있다. 해마다 여름철에 소나기가 한차례 쏟아지면 시냇물이 갑자기 불어나 항상 전차와 기마, 대포와 북소리를 듣게 되어 마침내는 귓병이 날 지경이었다. 나는 언젠가 문을 닫고 누워 다른 사물과 비교해 시냇물 소리를 들은 적이 있다. 깊은 솔숲에서 나는 퉁소 같은 소리는 맑은 마음으로 들은 것이고, 산이 갈라지고 벼랑이 무너지는 듯한 소리는 분개한 상태서 들은 것이다. 수많은 개구리가 다투어 우는 듯한 소리는 교만한 상태서 들은 것이고, 수많은 비파가 연달아 울리는 듯한 소리는 화가 난 상황에서 들은 것이다. 천둥이 울리고 번개가 내리치는 듯한 소리는 듣는 사람이 놀란 상태인 것이고, 찻물이 뽀글뽀글 끓는 듯한 소리는 듣는 사람이 운치 있는 상태다. 거문고가 웅장하게 들리는 듯한 소리는 슬픈 마음으로 들은 것이고 바람에 문풍지가 떠는 듯한 소리는 의심스런 마음으로 들은 것이다. 하지만 이 모든 소리는 올바로 들은 것이 아니다. 다만 마음속에 미리 정해놓은 생각에 따라 귀가 그렇게 들었을 뿐이다.

이제 나는 한밤중에 한 줄기 강을 아홉 번 건넜다. 이 강은 북쪽 변방 밖으로부터 흘러나와 만리장성을 뚫고 유하, 조하, 황화, 진천 등 여러 물줄기와 모여 밀운성 아래를 지나 백하가 된다. 내가 어제 배로 백하를 건넜는데 바로 이 강의 하류였다.

눈과 귀를 믿지 말고 명심하라
「일야구도하기」

139

내가 아직 요동 땅에 들어가지 못했을 때는 바야흐로 한여름이었다. 뙤약볕 속을 걷고 있는데 갑자기 큰 강이 앞을 가로막았다. 시뻘건 흙탕물이 산더미같이 일어나 끝을 볼 수 없었다. 천 리 밖에서 큰비가 내린 것이다. 물을 건널 때 사람들은 모두 고개를 쳐들고 하늘을 우러러보았다. 나는 저들이 모두 하늘을 향해 속으로 기도한다고 생각했다. 한참 지나서야 알게 되었지만, 강을 건너는 사람들이 강물이 소용돌이치거나 세차게 용솟음치는 것을 보면, 몸은 물살을 거슬러 올라가는 것 같고, 눈은 물살을 따라 내려가는 것 같아서, 갑자기 현기증이 일어나 물에 빠지게 된다. 고개를 쳐든 것은 하늘에 기도하려는 것이 아니라 물을 피해서 보지 않으려는 것이었다. 역시나 목숨이 경각에 달렸는데 어느 겨를에 기도할 경황이 있었으랴! 위험이 이와 같았는데도 강물 소리는 들리지 않았다. 일행들은 모두 요동의 벌판이 평평하고 드넓어서 강물이 화내며 울지 않는 것이라고 했다. 그러나 이는 강물을 알지 못하는 말이다. 요동의 강물이 울지 않은 적은 없었다. 다만 밤중에 건너지 않았을 뿐이다. 낮에는 강물을 볼 수 있으므로 눈이 오로지 위험한 데에만 쏠려, 벌벌 떨며 도리어 눈이 있음을 걱정해야만 할 판에, 어찌 귀에 들리는 소리가 있겠는가? 지금은 내가 밤중에 강물을 건너므로, 눈으론 위험한 광경이 보이지 않으니 위태로움이 오직 듣는 데로 쏠리게 되었다. 그리하여 귀가 바야흐로 벌벌 떨려서 그 걱정을 이기지 못했다.

나는 지금에야 도道를 알았다. 마음을 잠잠하게 하는冥心 사람은 귀와 눈이 폐가 되지 않으나, 귀와 눈만을 의지하는 사람은 보고 듣는 것이 자세하면 할수록 병통이 된다.

오늘 내 마부가 말발굽에 발을 밟혀 뒤따라오는 수레에 그를 실었다. 그런 후에 나는 손수 말의 고삐를 풀어 강물에 뜨게 한 다음 두 무릎을 오므리고 발을 모아 안장 위에 앉았다. 한번 추락하면 바로 강바닥이다. 강으로 땅을 삼고, 강으로 옷을 삼으며, 강으로 몸을 삼고, 강으로 성정性情을 삼으리라 생각하며, 한번 떨어질 것을 마음으로 각오했다. 그러자 내 귓속에는 강물 소리가 들리지 않게 되었다. 무려 아홉 번이나 건넜는데도 아무런 걱정이 없었다. 마치 침대 위에서 앉았다 누웠다 일어섰다 하는 것 같았다. 옛날 우임금이 강을 건너는데, 누런 용이 배를 등에 얹는 바람에 매우 위험해졌다. 그러나 죽고 사는 판가름이 먼저 마음에 분명해지자 용이든 지렁이든 그 앞에서는 크기가 아무 문제가 되지 않았다.

소리와 색은 외부의 허상外物이다. 외부의 허상이 항상 귀와 눈에 폐가 되어 사람으로 하여금 그 보고 듣는 올바름을 이같이 잃어버리게 한다. 하물며 인생이 세상을 살아간다는 것은 그 험하고 위태로움이 강을 건너는 일보다 더 심해, 보고 듣는 것이 수시로 병폐가 됨에랴! 나는 장차 연암 산중으로 돌아가 다시 앞의 시냇물 소리를 들으며 이를 검증해볼 것이다. 아울러 자기 몸 챙기는 데 약삭빠르면서 자기의 총명함을 스스로 믿는 자들에게 경고하련다.

작자 미상, 〈산수도(山水圖)〉

명심冥心하는 사람은 귀와 눈이
폐가 되지 않으나
귀와 눈만을 의지하는 사람은
보고 듣는 것이 자세할수록 병통이 된다.

연암은 한때 소설가로 더 알려진 적도 있지만 진짜 정체성은 산문가이다. 산문 가운데서도 환하게 빛나는 작품이 「일야구도하기―夜九渡河記」이다. 「일야구도하기」는 하룻밤에 강을 아홉 번 건넌 이야기라는 뜻이다. 연암 일행이 북경에서 열하를 향해 달려가던 도중에 같은 강줄기를 아홉 번 건넌 경험이 바탕이 됐다. 연암은 마흔네 살이던 1780년에 사신단의 최고 책임자였던 박명원의 개인 수행원 자격으로 중국에 갔다. 사신단의 주요 임무는 건륭 황제의 칠순 생일을 축하하기 위한 것이었다. 북경에 도착하니 건륭제는 북경에서 4백 리 떨어진 열하(지금의 승덕)에 머물고 있었다. 명목은 피서를 즐기기 위함이지만 실제로는 북쪽 지역의 몽골과 티베트를 고려한 외교 전략 차원이었다. 연암 일행은 고희 축하연에 늦지 않기 위해 부랴부랴 일흔네 명의 사신단을 추려 열하로 향해 달려갔다. 북경에서 열하를 향해 출발한 날짜는 8월 5일이고 건륭제의 고희 생일은 8월 13일이니 일주일 이내에 4백 리를 달려가야 하는 급박한 일정이었다. 시간은 촉박하고 갈 길은 멀었기에 하루하루가 고된 강행군이었다. 그리하여 하룻밤에 강물을 아홉 번이나 건너는 사연이 생겨난 것이다.

「일야구도하기」는 연암의 산문 가운데 가장 널리 알려진 작품이다. 고등학교 교과 교재의 개편 중에도 꾸준히 교과서에 실렸을 정도로 뛰어난 문학성과 참신한 주제임을 인정받고 있다. 연암 생전에도 사람들 입에 널리 오르내린 수작이다. 개인의 경험과 관찰을 바탕으로 글을 전개하고 있으며 눈과 귀에 현혹되지 말고 마음으로 보아야 한다는 명심冥心을 주제로 한다. 현재와 과거를 오가며 글을 전개하는 입체적 구성은 다른 고전의 기문記文에서는 발견하기 힘들다. 작가의 직접 체험을 바탕으로 쓰고 있어서 감각적이고 구체적이며 무엇보다 인식론적이고 철학적인 주제를 다뤄 흥미롭다. 객관적인 인식은 가능한가에 대한 깊은 문제의식을 품고 있다. 제대로 듣는다는 것, 올바로 보는 것이 얼마나 힘든 일인가를 들려주고 마음을 잠잠하게 하는 명심을 행하라고 말한다. 본다는 것의 위험성과 명심의 깨달음이 작품의 요지이다.

소리는 심리 상태의 표현

연암은 글 첫머리에서 대뜸 눈 앞에 펼쳐진 엄청난 기세의 강물 소리를 묘사하고 있다. 시각과 청각이 동원된 강물 묘사로 인해 독자는 눈앞의 무시무시한 강물에 압도당하는 느낌을 받는다. 강물 소리가 너무 무서우니까 누군가가 이곳이 옛날 전쟁터였기 때문이라고 귀띔한다. 하지만 연암은 강물 소리는 어떻게 듣느냐에 달렸을 뿐이라고 한다. 소리는 듣는 사람의 마음 상태를 반영하고 있다는 의미이다. 모든 것은 마음이 지어내는 것이라는 일체유심조一切唯心造의 취지를 이야기하려는 것일까?

다음 단락에서 연암 골짝에 살던 시절을 이야기한다. 연암은 사십 대 초반에 홍국영의 전횡을 비판한 일이 있었는데, 홍국영에게 화를 당할지 몰라 황해도 금천군의 연암燕巖 골짝으로 피신해서 살았다. 연암 골짝의 집 앞에는 시원한 계곡물이 흐르고 있었다. 연암은 가끔 계곡의 냇물 소리를 듣곤 했는데 심리 상태가 어떠하냐에 따라 물소리가 제각기 다른 소리로 들렸다고 고백한다. 그런데 이들 소리는 올바로 들은 것이 아니라 마음에 미리 설정해놓은 바에 따라 귀가 소리를 만든 것이라고 한다.

소리는 객관적으로 들리는 것이 아니다. 나의 심리 상태에 따라 다양하게 들린다. 내가 깊은 슬픔에 빠져 있을 때는 세상의 온갖 소리가 구슬프게 들린다. 내가 행복한 마음에 젖어 있을 때는 세상의 모든 소리가 나를 위해 노래하는 것만 같다. 그래서 시에서 새가 노래한다고 표현하면 화자의 마음이 즐거운 상태임을 말해주고 새가 운다고 표현하면 화자가 슬픈 상태임을 나타내는 것이다. 이를 감정이입이라고 한다. 새 소리를 과학적으로 표현하면 새가 지저귄다고 해야 맞다. 연암은 한 개인이 듣는 소리는 객관적인 소리가 아니라고 본다. 마음에 이미 정해놓은 생각에 따라 귀가 그렇게 들리게끔 된다는 것이다.

우리가 듣는 소리는 객관적이지 않다. 우리는 개가 '멍멍' 짖는다고 표현하지만, 미국과 유럽 영어권에서는 '바우와우bowwow'라고 표현한다. 중국에서는 '왕왕汪汪'이고 일본에서는 '완완ワンワン'이다. 나라마다 그 소리가 제각기 다르다. 고양이 울음과 닭 소리도 마찬가지다. 우리가 배운 동물의 소리가 객관적인 소리라면 지구촌 사람들에게 똑같이 들려야 한다. 우리가 표현하는 울음소리는 한 사회가 임의로 정해놓은 소리를, 객관적 소리라고 믿고 사용하는 선험적 지식일 뿐이다. 방문은 반드시 '드르륵' 열릴 필요가 없고, 기차는 꼭 '칙칙폭폭' 소리를 낼 이유가 없다.

구도하九渡河의 진실과 눈과 귀의 한계

학자들은 연암이 건넌 강의 본 줄기가 밀운 지역 인근을 지난 것으로 보고 있다. 한 줄기 강을 아홉 번 건넌 사정은 일직선으로 가로질러 가다가 구불구불한 강을 아홉 번이나 건너게 된 것이다. 그런데 수십 명의 일행이 하룻밤 사이에 강을 아홉 번이나 건널 수 있을까? 북경에서 열하를 향해 떠난 사신단은 74명이었고 말은 55필이었다. 여기에 황제에게 바칠 선물과 여정 중에 먹을 식량 등 수행 인원과 짐의 무게를 합치면 만만치 않은 부피였다. 이 인원이 강을 한번 건너려면 어림잡아도 대략 1시간은 소요된다. 하룻밤 사이에 강물을 아홉 번이나 건넜다는 기록은 과장처럼 들린다. 그런 생각이 드는 차에 북경에 교환교수로 있던 후배 학자가 흥미로운 정보를 알려주었다. 중국에 구도하九渡河라는 실제 지명이 있다는 것이었다. 그리하여 열하 답사 중에 구도하를 찾아갔다. 정말로 구도하진九渡河鎭이라는 마을이 있었고 일도하一渡河, 사도하四渡河라는 이름의 마을도 있었다. 본래 일도하부터 구도하까지 아홉 개 마을이 전부 있었지만 하나씩 사라졌다고 한다. 그렇다면 구도하는 지명으로 볼 수도 있지 않을까? 하지만 구도하를 지명으로 이해하면 문장 번역이 부자연스러웠다. 게다가 구도하라는 마을은 연암 일행이 거쳤을 것으로 예상되는 사행 코스에서 벗어나 있었다.

그렇다면 구도하의 구九를 아주 많다는 뜻의 관습적 표현으로 보면 어떨까? 예를 들어 구미호는 꼬리가 아홉 개 달린 여우가 아니라 꼬리가 아주 많다는 뜻이다. 구절양장九折羊腸은 아홉 굽이나 되는 양의 창자라는 뜻인데 구불구불한 길을 비유적으로 쓴 것이다. 구는 아주 많다, 아주 길다는 뜻으로 쓰이는 관습적인 표현이다. 그러므로 꼭 아홉 번 건넜다는 뜻으로 보기보다는 여러 번 건넜다는 뜻으로 볼 수 있다. 혹은 '하룻밤'으로 이해하기보다는 '하루 동안'으로 이해하는 것이다. 또한 가지 가능성은 연암이 건넌 강의 줄기가 황하처럼 넓은 너비가 아니라 작은 냇물 줄기 정도였을 가능성이다. 여하튼 한밤중에 강물을 아홉 번이나 건너는 상황이 불러온 의구심은 이런저런 해석의 가능성을 열어두게 한다.

연암은 과거로 돌아가 사신단이 중국 요동에 들어섰을 때 강물을 건넜던 경험을 이야기한다. 연암 일행이 요동에 이르렀을 때가 7월 8일 즈음이니 때는 바야흐로 한여름 장마철이었다. 큰 강물을 건너려는데 먼 지역에서 폭우가 내려서 시뻘건 물결이 떠밀려 왔다. 강물을 건널 적에 사람들은 모두 고개를 쳐들고 건넜다. 하늘에 기도를 드리는 건가 싶었는데, 실은 강물을 보지 않으려 한 행동이었다. 물이 소용돌이치고 용솟음쳐서 흘러가므로 물을 보면 어지럼증이 생겨 물에 빠질까 두려워 물을 외면한 것이었다. 강을 건넌 사람들은 하나같이 강물 소리를 듣지 못했다고 증언했다. 강물이 평평한 요동 벌판에서 흘러갔기에 강물이 소리를 내지 않은 것이라고 사람들은 말한다. 하지만 연암은 단지 밤중에 건너지 않았기 때문이라 말한다. 낮에는 눈이 오직 보는 데에 정신이 쏠려 소리가 들리지 않았을 뿐이라는 것이다. 시뻘건 흙탕물에 온 정신이 쏠리자 귀로 소리가 들어와도 들리지 않은 것이다.

밤중에 강물을 건너게 되자 이번엔 강물 소리 때문에 무서운 마음이 생겼다. 낮에는 시뻘건 흙탕물이 보여서, 밤에는 무시무시한 소리가 들려서 두려움이 생긴 것이다. 보는 눈과 듣는 귀가 마음에 두려움을 심어주어 위태로운 마음으로 강물을 건너게 된 것이다.

눈과 귀는 인간이 세상을 인식하고 지식을 얻는 거의 유일한 통로이다. 그런데 연암은 귀와 눈으로 얻는 정보가 위태롭다고 말한다. 귀와 눈은 현상을 그릇되게 인식하고 착각하게 만든다. 심리학에서는 눈의 착각에 대한 실험이 많다. 그 가운데 「움직이는 고릴라」 동영상이 잘 알려져 있다. 화면 안에 검은 옷과 흰옷을 입은 사람들이 서로 농구공을 던지고 있다. 안내자는 흰옷을 입은 사람들이 농구공을 주고받는 횟수를 세어보라고 한 후 동영상을 틀어준다. 흰옷과 검은 옷을 입은 사람들이 서로 공을 주고받는 가운데 고릴라가 춤을 추면서 화면

한가운데를 유유히 지나간다. 하지만 흰옷 입은 사람들이 공을 주고받는 횟수를 세는 데 집중하다 보면 지나가는 고릴라가 보이지 않는다.

본다고 해서 보이는 것이 아니다. 강의를 들으면서 딴생각에 젖다 보면 눈으로는 멍하니 강사를 보면서도 강사를 인식하지 못한다. 후각도 마찬가지다. 시골의 재래식 화장실을 들어가면 처음엔 역한 냄새가 코를 찌른다. 하지만 십 분 정도 지나면 냄새가 느껴지지 않는다. 코가 역한 냄새에 익숙해지면 냄새가 나지 않는다고 착각하는 것이다. 인간의 감각기관은 불완전하다. 실체를 그릇되게 받아들이게 해서 위태로운 마음을 심고 사물과 현상을 잘못 인식하게 한다.

명심冥心의 깊은 뜻

그렇다면 현상을 참되게 인식하는 방법은 없는 걸까? 연암은 명심을 이야기한다.

> 나는 지금에야 도를 알았다. 마음을 잠잠하게 하는冥心 사람은 귀와 눈이 폐가 되지 않으나, 귀와 눈만을 의지하는 사람은 보고 듣는 것이 자세하면 할수록 병통이 된다.

명심에서 명冥은 어둡다, 깊숙하다는 뜻이다. 글자 그대로 풀이하면 '마음을 고요하게 하다, 마음을 잠잠하게 하다'라는 의미이다. 명심은 귀와 눈만을 의지하는 사람과 대비된다. 명심은 귀, 눈 등과 같은 감각 세계와 대비되는 개념이다. 곧 명심은 보는 눈과 듣는 귀가 만드는 편견과 선입견을 없애고 공정하고 순수하게 보는 마음가짐이다.

연암의 글에서 명심과 비슷한 의미로 사용되는 용어가 소경이다. 연암의 글에는 간혹 소경이 등장하는데 공평한 눈을 지닌 지혜자를 의미한다. 「일야구도하기」의 창작 배경이 나타나는 『열하일기』의 8월 7일 기사에도 소경이 나온다. 8월 7일 기사에서 연암은 강물을 건널 때 말 고삐를 붙잡고 강물을 건너는 것이 굉장히 위험하다는 걸 깨닫는다. 그리하여 말 다루는 법의 위험함을 여덟 가지로 이야기하고 그 중요한 원인이 말을 탈 때 넓은 소매 옷을 입고 말 고삐를 잡는 데 있다고 본다. 넓은 소매 옷과 고삐가 말의 눈을 가리고 손도 자유롭지 못하게 만들어 여러 가지 위험한 상황을 일으킨다는 것이다. 하지만 온 나라의 습속이 되어 없애지를 못하고 있으니, 한번 굳어진 습속은 참으로 바꾸기 어렵다고 한탄한다. 그리곤 다음과 같은 우화를 들려준다.

수역관이 주부 주명신에게 말했다. "옛날에 위험한 것을 말할 때 소경이 애꾸눈의 말을 타고 한밤중에 깊은 연못가를 가는 것이라고 했는데, 정말 오늘 밤 우리들의 일을 두고 말하는 것 같습니다." 내가 말했다. "그게 위험하다고 한다면 위험할 수도 있겠으나 정말 위험을 알고 있다고 말할 수 없을걸." 그들이 물었다. "무엇 때문에 그렇다는 말입니까?" 나는 말했다. "소경을 보는 사람은 멀쩡하게 눈이 있는 사람일세. 소경을 보는 사람들이 자기 스스로 마음속으로 위태롭다고 느끼는 것일 뿐이지. 소경 스스로야 위험을 아는 것이 아니네. 소경의 눈은 위험한 것을 볼 수가 없는데 무슨 위험이 있단 말인가?" 서로 크게 웃었다. 이때의 느낌을 적은 「일야구도하기」는 『산장잡기』편에 따로 실었다.

- 『열하일기』 8월 7일 기사

소경이 애꾸눈인 말을 타고 한밤중에 깊은 연못을 건너가는 일은 상당히 위태로워 보인다. 그러나 연암의 생각은 다르다. 강물 건너는 소경을 보는 사람이 위험하다고 느낄 뿐이지 소경 자신은 위험한 상황을 볼 수 없으니 전혀 위험하지 않다는 것이다. 위험하다는 인식은 보는 사람이 느끼는 것뿐이다.

『열하일기』 「도강록」에도 소경 이야기가 있다. 6월 28일 기사에서 연암은 중국의 국경 관문인 책문이 믿기지 않을 만큼 변화한 모습을 보고 질투심이 확 일어난다. 오랑캐인 중국이 가장 변두리 마을조차 발달한 것을 보니 인정하고 싶지 않았던 것이다. 하지만 이내 돌이키며 본 것이 적은 탓에 시기하는 마음이 생겼다고 반성한다. 그리곤 석가여래의 혜안으로 세상을 두루 본다면 질투하지 않는 평등한 눈을 갖게 될 것이라 한다. 마침 한 소경이 비단 주머니를 메고 거문고를 뜯으며 지나간다. 연암은 크게 깨달아 말한다. "저 소경이야말로 평등한 눈平等眼을 가진 사람이구나." 연암은 앞을 보지 못하는 소경과 온 세상을 두루 보는 석가여래가 똑같이 평등한 눈을 가졌다는 역설적인 생각을 내비친다. 소경은 눈으로 보지 않는다. 소경은 마음으로 보는 자이다. 기존의 지식에 물들지 않아서 편견과 선입견이 없다. 그러니깐 소경은 명심하는 자가 되는 것이다. 명심하는 사람은 마음을 잘 다스려 사회 관습과 선입견에 휘둘리지 않고 공명정대한 시선으로 세상을 본다.

명심을 깨닫자 연암은 꽉 쥐고 있던 말의 고삐를 풀어버리고 강물을 건너간다. 말의 고삐를 풀어주는 행위는 평범하지 않다. 말을 탈 때 말고삐를 잡는 경마잡이를 두는 것은 조선의 오랜 관습이다. 옷소매가 넓고 한삼이 길다 보니 어쩔 수 없이 남에게 말고삐를 맡기게 된 사정도 있다. 말고삐로 인해 말타기가 번잡해졌지만, 습속이 되어버리자 편안히 여기게 되었다. 연암도 처음부터 말의 고삐를 푼 것은 아니었다. 8월 7일

기사를 보면 처음에 강물을 건널 때는 "다리를 옹송그리고 두 발을 모은 채 한 손으로 고삐를 잡고 또 한 손으로 안장을 꽉 잡았다."라고 기술되어 있다. 고삐를 잡고 건너기가 위험하다는 사실을 깨닫고는 우리나라 말 다루는 법이 위험한데도 불구하고 습속에 젖어버려 고치지 않는다고 탄식한다. 깨달음 뒤에 비로소 연암은 직접 말의 고삐를 푸는 모험을 감행하는 것이다. 말 고삐를 풀고 건너자 흥미로운 상황이 벌어졌다. 귓속에는 아무 소리도 들리지 않았고 두려운 마음이 싹 사라져버려 아홉 번이나 강을 건넜는데도 침대 위에서 앉았다 누웠다 일어섰다 하는 편안함을 경험했다.

이로 보아 연암이 손수 말의 고삐를 푼 행동은 위험하고 잘못된 습속을 거부하는 몸짓이자, 새로운 깨달음을 적극적으로 실천하는 행위이다. 일상의 습속에서 벗어나려는 행위는 위험하기 짝이 없다. 사람들의 의심을 받고 따돌림을 감수해야 한다. 그 관습이 이데올로기와 깊이 관계될수록 목숨을 걸어야 하는 일이 되기도 한다. 그렇다면 말의 고삐를 푼 행동은 잘못된 관습을 거부하는 실천 행위라 보아도 좋겠다. 명심이란 용어는 본래 개인 수양 차원에서 사용하던 말인데, 연암은 사회적이고 실천적인 맥락으로 쓴다는 점에서 중요한 의미를 갖는 용어라 하겠다.

뒷부분은 글의 주제와 더불어 독자에게 건네는 따끔한 일침이 담겨 있다. 소리와 색은 외부의 허상이다. 그런데도 인간의 눈과 귀는 외부의 허상에 휘둘려서 진실을 잘못 보고 듣는다. 강물을 건너는 작은 상황도 눈과 귀가 외물에 현혹되는 바람에 위태로운 상황을 만든다. 인생이 세상을 살아가는 일은 강물을 건너는 일보다 훨씬 위험할뿐더러 수시로 외물이 눈과 귀를 잘못된 방향으로 이끈다. 잘못된 습관과 편견, 지배 이데올로기를 사람들은 아무런 여과장치 없이 그대로 수용한다. 온갖 편견과 선입견은 강을 잘못 건너게 하고 현실을 위험에 빠뜨린다.

마지막 문장에서 경고한 자기 몸 챙기는 데 약삭빠르면서 제 귀와 눈의 총명함만 믿는 사람들은 누구일까? 연암은 「북학의서」에서, 태어나 죽을 때까지 자기 땅을 벗어난 적이 없어 자기가 사는 곳이 제일인 양 뻐기며 사는 선비들, '단지 한 줌의 상투를 가지고 스스로 천하에서 제일 낫다고 여기는' 조선의 선비들을 비판하였다. 또 「능양시집서」에서는 한 가지라도 자기 생각과 다르면 만물을 모조리 모함하는 사람들을 지적하고 있다. 「호질」에서는 수많은 글을 읽고 책을 저술했지만, 오직 자신을 합리화하고 변명하는 데만 지식을 사용하는 위선적인 유학자를 조롱한다. 연암은 젊은 시절부터 우물 안 개구리로 살면서 스스로 가장 똑똑하다고 여기는 조선의 지식인에 대해 깊은 문제의식을 품어왔다. 글의 마지막 문장은 자기 이익만 챙기면서 잘났다고 젠체하는 위선적인 조선의 지식 계층을 겨냥한 발언이다. 「일야구도하기」는 보고 듣는 인식론의 문제를 사회 비판의식으로 연결하고 있는 문제적 작품이다.

눈을 감고 마음으로 보라

「일야구도하기」는 강을 아홉 번 건넌 경험을 바탕으로 사물을 참되게 인식하는 삶의 자세, 곧 외물에 현혹되지 않는 삶의 자세를 이야기한 작품으로 알려져 있다. 그러나 현실 맥락으로 접근하면 삶과 현실을 위험하게 만드는 외물外物과 그 대응 자세를 말한 작품이 된다. 삶과 현실을 위험하게 만드는 것은 귀와 눈만 의지함으로써 만들어진 편견과 선입견이다. 무서운 소리와 시뻘건 물결로 가득한 강을 건너는 행위는 관습과 편견으로 가득한 위험한 세상을 건너가는 현실을 은유한다. 명심은 사회적 관습과 선입견에서 벗어나 순수하고 사심 없이 보는 마음 태도이다.

눈과 귀는 세상을 인식하고 지식을 만드는 거의 유일한 통로이다. 하지만 감각기관은 한계가 많다. 보이는 대로 보고 들리는 대로 듣게 되면 진실을 잘못 알게 될 위험성이 크다. 감각기관을 지식의 유일한 수단으로 삼게 되면 올바름을 잃어버리고 삶은 더욱 위태로워진다. 그러므로 눈과 귀를 전적으로 믿지 말고 내가 보고 들은 것이 허위일 수 있다는 가능성을 항상 열어두어야 한다. 기존의 지식이 만들어놓은 편견에 속지 말아야 하고 선입견 없이 보아야 한다.

생각을 확장해 간다면 인간은 자신이 보고 들은 것만을 믿어서는 안 되고 한 가지 정보만 의지해서도 안 된다. 인식하지 못하는 것은 존재하지 않는 것과 같다. 저 아프리카 내전으로 수만 명이 죽든, 동남아시아에서 쓰나미로 수십만이 죽든 내가 그 사실을 알지 못하면 그 사건은 존재하지 않는 것과 같다. 내 가족 가운데 누군가가 손톱에 가시가 박히면 내게는 아주 중요한 일이 된다. 아무리 큰 사건도 인식하지 못하면 내게는 존재하지 않는 일이고 아무리 작아 보이는 일도 나와 관련되면 큰 사건이 된다. 그러므로 정보를 누가 장악하고 있느냐가 사건의 크기를 결정한다. 정보를 독점한 집단이 나쁜 권력이라면 대중은 정의와 불의를 거꾸로 아는 우민愚民이 된다.

히틀러가 유대인 수백만 명을 학살했다는 사실보다 그 당시 독일인의 9할 이상이 히틀러 정부를 지지했다는 점이 더욱 의아하기만 하다. 왜 그런 학살자를 지지했을까? 히틀러가 정보를 장악하고 독점한 탓이다. 히틀러의 최측근이 되어 독일 국민을 우민으로 만들었던 선동 정치가 괴벨스는 다음과 같은 말을 했다. "거짓과 진실의 적절한 배합이 백 퍼센트의 거짓보다 더 큰 효과를 낸다." "일반 대중은 흔히 생각하는 것 이상으로 원시적인 모습을 갖고 있다. 따라서 선전은 항상 단순하며 반복되어야 한다. 지식인이 반대하더라도 무시하고서 모든 문제를 가장 단순하게 축소하고 단순한 언어와 이미지로 끊임없이 반복할 수 있는 힘을 지닌 자만이 성공적으로 여론을 움직일 수 있다." 참 무서우면서도 경계로 삼아야 할 말이다. 권력이 나쁜 의도를 갖고 거짓말을 반복해서 노출하면 그 정보를 되풀이해서 듣는 사람들은 처음엔 의심하다가도 나중엔 믿는다는 것이다. 거짓말도 반복해서 들으면 진짜라 믿게 되고 아무리 선한 사람도 누군가가 반복해서 약점을 공격하면 그 말을 듣는 사람들은 그를 악마로 여기게 된다. 인간의 눈과 귀는 참과 거짓을 거꾸로 인식하기도 하니 감각기관의 한계를 잘 성찰해야 한다.

연암은 말한다. 눈에 보이는 것을 아무런 생각 없이 보고 믿지 말라. 귀로 들리는 온갖 소리에 현혹되지 말라. 편견과 사회 관습에 갇히지 마라. 눈을 감고 마음으로 보라. 파블로 피카소도 말한다. "그저 보지만 말고 생각하라. 표면적인 것 배후에 숨어 있는 놀라운 속성을 찾아라. 눈이 아니고 마음으로 읽어라."

7

진실은 관계에 따라 달라진다

상기

상기象記

괴상하고 진기하고 황당하고 거창한 구경거리를 보려면 먼저
북경의 선무문 안에 있는 상방象房에 가보는 게 좋다. 나는 북
경에서 코끼리 열여섯 마리를 보았으나, 모두 쇠사슬로 발을
묶어놓아 움직이는 모습은 보지 못했다. 지금 열하 행궁의 서
편에서 코끼리 두 마리를 보니, 온몸을 꿈틀거리며 움직이는
데 마치 폭풍우가 몰아치는 것 같았다.

나는 예전에 이른 아침에 동해 바닷가를 거닐다가 파도 위
에 말 같은 물체가 수도 없이 서 있는 것을 본 적이 있다. 모두
집채같이 커서 물고기인지 짐승인지 알 수가 없을 정도였다.
해가 돋기를 기다려 자세히 보려 했으나, 해가 막 바다 위로
떠오르려 하자 파도 위에 말처럼 섰던 것들은 이미 바닷속으
로 숨어버리고 말았다. 지금 열 걸음 밖에서 코끼리를 보고 있

자니 오히려 동해에서의 경험이 떠오른다.

코끼리의 생김새는 소의 몸에 나귀의 꼬리, 낙타의 무릎에 호랑이의 발굽, 짧은 털에 회색이다. 모습은 어질며 소리는 구슬프다. 귀는 구름을 드리운 듯하고, 눈은 초승달 모양이다. 두 어금니는 크기가 두 아름되고, 길이는 한 자 남짓이다. 코는 어금니보다 길어 자벌레같이 굽혔다가 펴고, 굼벵이처럼 도르르 만다. 코끝은 누에 꽁무니 같아, 족집게처럼 물건을 끼워 말아서 입에다 넣는다. 혹 코를 주둥이로 생각하는 자가 있어, 다시 코끼리의 코가 있는 곳을 찾기도 하는데, 대개 그 코가 이처럼 길 줄 생각지 못하는 것이다. 간혹 코끼리 다리가 다섯이라고 말하는 자도 있으며, 누군가는 눈이 쥐 눈처럼 동그랗다고 말하기도 한다. 대개 생각이 코와 어금니에만 정신을 팔다가 그 온몸 가운데서 가장 작은 것에 미치다 보니 이렇듯 엉터리 비유가 있게 된 것이다. 대개 코끼리의 눈은 매우 가늘어 간사한 사람이 아양 떨 때 그 눈이 먼저 웃는 것과 같다. 그러나 그 어진 성품은 눈에 있다.

강희 시대에 남해자에 두 마리의 사나운 호랑이가 있었다. 오래되어도 길들일 수가 없자 황제는 화가 나서 호랑이를 내몰아 코끼리 우리로 들여보내라고 명령을 했다. 코끼리가 몹시 겁을 먹고 그 코를 한 번 휘두르자 두 호랑이가 그 자리에서 죽어버렸다. 코끼리가 호랑이를 죽일 마음이 있었던 건 아니었으나, 냄새나는 것이 싫어 코를 휘두르다가 잘못 때린 것이다.

아아! 세상의 사물 가운데 겨우 털끝만 한 미물조차도 하늘이 내지 않은 것은 없다고 한다. 그러나 하늘이 어떻게 하나하나 명령을 내렸겠는가? 형체를 가지고 말한 것이 하늘天이고 성정을 가지고 말하면 건乾이라고 한다. 주재하는 것으로 말하면 제帝라 하고, 오묘한 작용으로 말하면 신神이라고 말한다. 그 부르는 이름이 여러 가지고 일컬어 말하는 것이 너무 번거롭다. 이에 이理와 기氣를 용광로의 풀무로 여기고, 명령을 선포하는 것을 조물주라고 여기게 되었다. 이는 하늘을 솜씨 좋은 장인으로 보는 것이니, 망치질하고 끌질하며, 도끼질하고 칼질하느라 조금도 쉴 틈이 없을 것이다.

그런 까닭에 『주역』에 이르기를, '하늘이 혼돈 속에서 창조했다.'고 했다. 혼돈(초매草昧)이란 것은 그 빛이 까맣고 그 모습은 흙비가 내리는 것과 같다. 비유하자면 새벽이 될락 말락 할 때 사람과 사물을 분간하지 못하는 상태와 같다. 나는 모르겠다, 하늘이 까맣고 흙비 내리는 가운데서 만들었다는 것이 과연 어떤 물건인지를. 국숫집에서 밀을 갈 때 가늘고 굵고 곱고 거친 것이 뒤섞여 바닥에 흩어진다. 대저 맷돌이 하는 일은 회전하는 데 있을 뿐이다. 애초 어찌 진작에 곱고 거칠게 빻으려는 뜻이 있었겠는가?

그러나 다른 설을 말하는 자들은 "뿔이 있는 자에겐 이빨을 주지 않았다."라고 해, 조물주에게 부족함이 있는 듯이 여긴다. 이것은 잘못이다. 감히 묻겠다. "이빨을 준 것은 누구인가?" 사람들은 말할 것이다. "하늘이 주었다." 다시 묻겠다. "하늘이 이빨을 준 것은, 무엇을 하게 하려는 것인가?" 사람들은 말할 것이다. "음식물을 씹게 하려는 것이다." 또다시 묻겠다. "음식물을 씹도록 한 까닭은 무엇인가?" 그들은 또 이렇게 말할 것이다. "그것이 바로 이치다. 새나 짐승은 손이 없으므로, 반드시 부리나 주둥이를 숙여 땅에 닿아야 먹을 것을 얻는다. 그러므로 학은 다리가 길고 보니 목이 길지 않을 수 없는 것이다. 그래도 혹여 땅에 닿지 않을까 염려해 또 그 부리를 늘여준 것이다. 만일 닭의 다리를 학처럼 만들었더라면 반드시 뜰 가운데서 굶어 죽었을 것이다." 나는 크게 웃으며 말하겠다. "그대가 말하는 이치란 것은 소나 말, 닭이나 개에게나 해당할 뿐이다. 하늘이 이빨을 준 것이 부리나 주둥이를 숙여 음식물을 씹게 하려는 것이라고 하자. 지금 저 코끼리는 아무 쓸모도 없는 어금니를 갖고 있어 땅으로 고개를 숙이면 어금니가 먼저 닿는다. 이른바 음식물을 씹는 것이 스스로 방해되지 않겠는가?" 누군가는 말할 것이다. "그것은 코의 신세를 지면 된다." 나는 말하겠다. "긴 어금니를 주고서 코의 신세를 지라고 할 바에야, 차라리 어금니를 없애고 코를 짧게 하는 것이 낮지 않겠는가?" 그제야 말하던 자는 처음 주장을 우길 수 없어 자기가 배운 학설을 조금 굽히게 된다. 이것은 생각의 수준이 미치는 바가 단지 소나 말, 닭이나 개에게만 있을 뿐, 용이나 봉황, 거북이나 기린에게까지는 미치지 못했기 때문이다.

코끼리는 호랑이를 만나면 코를 휘둘러 죽여버리니 그 코는 천하무적이다. 그러나 쥐를 만나면 코를 둘 곳이 없어 하늘을 우러르며 그대로 서 있다. 그렇다고 쥐가 호랑이보다 무섭다고 말한다면 앞서 말한 이른바 이치는 아니다.

대저 코끼리는 직접 눈으로 보는데도 그 이치를 알 수 없는 것이 이와 같다. 하물며 천하 사물은 코끼리보다 만 배나 됨에랴! 그러므로 성인께서 『주역』을 지으면서 상象을 취해 드러냈던 것은 만물의 변화를 남김없이 밝히고자 한 까닭이 아니었을까?

코끼리는 직접 눈으로 보는데도

그 이치를 알 수 없는 것이 이와 같다.

하물며 천하 사물은 코끼리보다

만 배나 됨에랴!

15세기부터 17세기까지 유럽에서는 여자가 지나치게 똑똑하면 마녀로 몰아 잔혹하게 고문하거나 불에 태워 죽이는 형벌에 처했다. 이른바 마녀사냥이다. 교회를 아예 다니지 않거나너무 열심히 다녀도 마녀로 몰렸다. 특히 혼자 사는 여자나 과부가 마녀의 주요 대상이 되었다. 마녀가 아니라는 사실을 증언해줄 사람이 없었기 때문이다. 마녀사냥은 당시 부패한 교회를 보호하고 질병과 가뭄 등 재난의 원인을 떠넘길 희생양을 만들기 위한 종교와 기득권의 합작품이었다. 마녀사냥의내막에는 여성은 유혹에 쉽게 넘어가고 머리가 나쁘다는 남성들의 지배 욕망이 숨어 있었다. 그 고문 방법은 참 잔인했다.예를 들면 여자를 물속에 넣고 오 분 이상 버티면 마녀로 판정했다. 오 분 이상을 버티지 못해도 죽고 버티면 마녀로 몰려 죽었으니 버티나 못 버티나 죽기는 마찬가지였다. 잘 알다시피 프랑스를 구한 영웅인 잔 다르크(1412~1431)도 마녀재판을 받아 화형을 당했다. 발가벗은 여성을 산 채로 매달아 화형당하는 장면을 지켜보는 일은 당시 남성들의 최고 흥행거리였다고 한다. 이렇듯 특정한 시대에 정의처럼 통용되던 도덕 윤리가 세월이 흐르고 나면 끔찍하고 비윤리적인 행위였음이 드러나기도 한다.

시대의 변화에 따른 윤리뿐만 아니라 공간의 윤리도 살펴보아야 한다. 같은 행동이라도 민족마다 각기 다른 뜻을 갖는다. 우리나라에선 손가락으로 동그라미를 그리면 '좋다'는 뜻이지만 브라질이나 남미에선 욕설의 표시이다. 우리는 고개를 끄덕이면 상대방의 의견에 동의한다는 뜻이지만, 튀르키에에서는 거절의 의미이다. 초대받았을 때 우리는 음식을 남기지 않는 것이 식사 예절이지만 중국에선 음식이 모자란다는 뜻이 되므로 조금 남겨두어야 한다. 윤리와 관습은 시공을 초월해서 보편적인 가치를 갖지 못한다. 그 시대와 사회에 갇혀 있는 개념일 뿐이다. 도덕과 아름다움에 대한 정의도 그 공동체에서만 정당성을 갖는 개념이라서 세월이 흐르고 환경이 바뀌면 그 기준이 달라진다. 그리하여 특정한 시대엔 진리로 행세했던 행동 양식이 훗날에는 인간의 존엄성을 짓밟는 악습으로 규정되기도 한다. 변화하는 현실과 시대 정신을 살피지 못하면 훗날 끔찍한 불의에 동조한 흔적이 되고 말 뿐이다.

「상기象記」를 통해 그 시대 닫힌 이데올로기를 비판하고 변화의 가치를 역설한 연암의 생각을 살펴보려 한다. 『발해고』의 저자인 영재 유득공은 「상기」를 읽고 이렇게 말했다. "박연암의 열하일기 가운데 「상기」 한 편은 내가 예전에 천하에 가장 기이한 글이라고 평한 적이 있다." 세상에서 가장 기묘한 글로 「상기」 한 편을 딱 꼬집고 있는 것이다. 구한말의 창강 김택영金澤榮(1850~1927)은 「상기」에 대해 웅변신품雄辯神品이라고 극찬했다. 이분들이 어째서 그런 말을 남겼는지가 자못 궁금하다.

「상기」는 연암이 중국에 갔을 때 열하에서 코끼리를 보고 쓴 글이다. 누구나 한 번쯤은 코끼리를 보고 신기해한 경험이 있을 것이다. 나도 어린 시절에 어린이 대공원에 간 적이 있었는데 호랑이와 코끼리가 특별히 인상 깊었다. 코끼리는 몸집이 어마어마한 데다가 코가 길어서 참 신기했다. 정말로 과자를 주면 코로 받았다.

코끼리에 대한 우리의 첫인상은 덩치가 어마어마하고 코가 무척 길며 상아가 멋지다는 것이다. 그런데 연암은 여기에서 그치지 않는다. 코끼리의 남다른 코와 상아를 보며 조물주의 실재에 의문을 품는다. 연암의 생각을 글의 순서대로 따라가 보겠다.

코끼리 눈은 초승달

조선의 사신들은 중국에서 코끼리와 범, 낙타를 신기하게 여겼다. 특히 생전 처음 보는 코끼리의 긴 코와 상아, 거대한 몸집은 가히 충격적이었다. 『연행록』을 읽어보면 사신들이 처음 본 코끼리의 모습에 크게 놀라워하는 장면을 종종 접하게 된다.

그런데 연암은 여기에 그치지 않고 새로운 호기심을 일으킨다. 만물이 조물주의 일관된 법칙에 따라 만들어졌다면 왜 유독 코끼리는 어금니 상아를 길게 만들어서 씹는 데 거추장스럽게 했을까 하는 의문이다. 연암은 단순히 '무엇'을 서술하는 데에 머물지 않고 '왜 그럴까?'를 고민하는 작가이다. 관찰에서 생긴 의문을 철학적 깨달음으로 연결하고 이를 현실의 재료로 만들어낸다. 똑같은 비빔밥 재료를 가지고도 요리사가 어떻게 만드느냐에 따라 그 맛은 천차만별이다. 많은 사행 작가들은 북경에서 코끼리를 보고 코끼리가 신기하다는 소감에 머물렀다. 그러나 연암은 코끼리라는 소재를 요리해서 차원 높은 논쟁으로 나아간다. 코끼리 코는 왜 길까?, 어금니는 어떤 용도일까? 하는 호기심에서 출발한 의문은 하늘의 이치에 의문을 품게 하고 깊은 철학의 담론으로 나아간다.

첫머리에서 연암은 거창한 구경거리를 보고 싶다면 선무문의 상방象房으로 가라고 조언한다. 상방은 코끼리 우리이다.

북경의 남천주당 바로 옆에 상방이 있어서 조선의 사신들은 천주당에 갈 때면 상방을 꼭 들렀다. 천주당과 상방을 보고 나서 선무문으로 나와 서점가인 유리창으로 가는 것이 일반적인 유람 코스였다. 연암은 열하 행궁에서도 두 마리의 코끼리를 구경했다. 거대한 코끼리의 움직임을 '폭풍우가 몰아치는 듯했다.'고 간결하게 표현한 솜씨가 돋보인다. 연암은 문득 젊은 시절 새벽에 동해에서 보았던 신기한 동물을 떠올린다. 연암은 말 같은 사물이라고 표현했는데 그 정체가 무엇인지는 정확히 모른다. 코끼리와 비슷한 바다코끼리가 아닐까 조심스레 추측해본다. 그때 동해에서 본 동물과 지금 코끼리를 보고 느낀 충격이 너무 비슷해서 불현듯 연상된 것이 아닐까 싶다.

코끼리를 구체적으로 묘사하는 대목의 원문은 네 글자씩 반복해서 썼다. 똑같은 구의 반복은 리듬감을 만들어서 기억하기 쉽게 하고 안정감을 준다. 코끼리의 이미지를 머릿속에 새기도록 하는 데 효과적인 방식이다. 코끼리를 묘사한 대목은 참 흥미로운데 이처럼 자세하게 묘사한 글은 고전에 한정해서 보자면 찾기 힘들 듯하다.

코가 자벌레처럼 구부렸다 폈다 하고 굼벵이처럼 도르르 말리기도 한다거나 코끝은 누에 꽁무니처럼 생겼다거나 하는 표현은 재치가 넘친다. 평소에 다른 사물을 유심히 살피는 습관이 있었기에 나올 수 있는 표현이다. 좋은 글은 사물을 꼼꼼히 관찰하는 데서 나온다는 사실을 다시금 확인할 수 있는 대목이다.

상식에서 벗어난 코끼리의 희한한 외모는 사람들에게 착각을 일으킨다. 코끼리 코를 처음 본 사람은 코를 주둥이라 생각한다. 또 코끼리 다리를 다섯이라고도 하고 코끼리 눈이 쥐눈처럼 동그랗다고 말한다. 실은 나도 코끼리 눈이 동그란 줄 알았다. 코끼리가 워낙 거대하다 보니 눈도 동글동글하게 크다고 생각했다. 연암의 글을 읽고서야 코끼리 눈이 초승달 모양임을 알았다. 연암은 코끼리 눈이 초승달처럼 가늘어서 사람이 간사하게 눈웃음치는 모습과 비슷하다고 말한다. 초승달 모양의 눈 하면 아양 떨 때 눈웃음치는 모습이 연상된다. 하지만 연암은 코끼리의 어진 성품은 눈에 있다고 말한다. 나는 초승달 모양의 눈에서 간사한 아첨꾼의 눈을 생각했는데, 연암은 부처의 눈을 떠올렸다. 이러한 세심한 관찰력과 남다른 사물 묘사가 참신한 글을 만드는 기반이다.

하늘의 의도적 개입은 없다

다음은 코끼리가 코를 휘둘러 범을 죽인 흥미로운 일화이다. 갑자기 엉뚱한 화제를 꺼낸 것 같지만 이곳이 「상기」의 절묘한 부분이다. 이 일화에는 코끼리에 대한 두 가지 진실이 있다. 먼저 코끼리는 낯선 냄새, 즉 새로운 냄새를 무척 싫어한다고 한다. 『연원직지』「상방기象房記」에는 "코끼리는 낯선 사람을 싫어하여 가까이 가면 재빨리 코를 휘둘러 쳐서 죽을 지경까지 이르게 한다."라고 기록하고 있고 『무오연행록』에서는 "낯설고 맡아 보지 못한 냄새가 나는 사람에게는 코를 둘러쳐서 즉각 죽인다."라는 기록이 있다. 황제가 범을 코끼리 우리에 넣은 이유도 코끼리 코를 이용해 범을 죽이려는 의도였다. 또 하나는 코끼리의 코가 매우 위력적이라는 것이다. 코끼리 코는 맹수조차 죽일 수 있는 위력을 갖고 있다. 코끼리를 다루는 사람을 상노象奴라고 하는데, 상노는 사람들이 행여 코끼리 코에 맞아 죽을까 봐 코끼리에게 가까이 가지 못하도록 철저하게 막는다.

연암은 코끼리가 범을 의도적으로 죽인 것이 아니라 어쩌다 코를 휘두르다 일어난 일이라고 말한다. 이는 우연성에 관한 것이다. 코끼리와 범 가운데 실제로 누가 더 힘이 센지는 모를 일이다. 코끼리가 호랑이 냄새가 싫어 우연히 코를 휘두르다 범이 잘못 맞아 죽었을 뿐이다. 범이 코끼리에게 죽은 건 코끼리가 더 세서가 아니라 우연한 사건이었다. 이제 코끼리 코가 일으킨 우연한 사건을 연결고리 삼아 연암은 본격적인 화제로 직진한다. 다음 단락에서 연암은 하늘은 과연 만물을 다스리는 실체인지를 묻는데, 이는 우연성과 필연성에 대한 문제의식이다.

　코끼리에 대한 관찰기를 끝낸 연암은 코끼리와는 상관없어 보이는 철학적 담론을 꺼내 든다. 하늘은 과연 만물을 지배하는 실체적 존재인가에 대한 물음이다. 이 질문은 코끼리를 매개로 작품 전체의 주제에 접근하기 위한 본격적인 출발 지점이다. 옛사람들은 만물의 질서와 생명은 하늘(조물주)이 만들었다고 생각했다. 유학에서 하늘은 자연이면서 인격신이기도 하다. 하늘은 이 세상 모든 것을 통제하고 지배하는 주재자主宰者로, 인간과 만물을 만들어냈다고 보았다. 그런데 연암은 삐딱하게도 하늘이 어찌 일일이 명령을 내렸겠느냐고 따짐으로써 강한 긴장감을 조성한다. 앞으로 치열한 논쟁이 전개될 것임을 예고하는 대목이다.

　연암은 하늘이 절대적인 실체가 아니라는 점을 설득하기 위해 유학의 구절을 꺼낸다. "형체를 가지고 말한 것이 하늘天이고 성정을 가지고 말하면 건乾이라고 한다. 주재하는 것으로 말하면 제帝라 하고, 오묘한 작용으로 말하면 신神이라고 말한다."라는 구절은 송나라 유학자인 정자程子의 말이다. 정자는 이 구절을 하늘이 존귀하다는 점을 말하기 위해 썼다. 하지만 연암은 하늘을 일컫는 명칭이 너무 번거롭다고 비판한다. 이른바 유학의 말로 유학의 생각을 비판하는 이이제이以夷制夷의 전략이다. 이 방식은 연암 산문 전편全篇에 걸쳐 연암이 즐겨 사용하는 글쓰기 방식이기도 하다.

이 단락은 이른바 언어의 자의성을 말한 것이다. 하늘天이라는 기호는 유일한 실체를 갖는 명칭이 아니다. 어떤 기준으로 바라보느냐에 따라 하늘 건乾으로도 부르고, 상제上帝로도 부르며, 신神으로도 부른다. 기준이 바뀌면 다른 기호로 바뀌는 것이다. 연암은 초월자로서의 하늘은 고정된 의미망을 갖는 것이 아니라 다양한 이름(기호)으로 바뀐다고 함으로써 하늘은 편의에 따라 불리는 자의적 명칭일 뿐 하나의 고정된 실체는 아님을 말하려 한다.

사람들은 조물주가 이理와 기氣를 움직여 만물을 만들어냈다고 한다. 『주역』의 둔괘屯卦에서는 '천조초매天造草昧', 곧 하늘이 만물을 혼돈 속에서 만들었다고 말한다. 초매草昧란 동트기 전 깜깜한 상황이라서 사람인지 아닌지 분간할 수 없는 상태를 말한다. 이에 대해 연암은 하늘이 어떻게 칠흑 같은 혼돈의 상태에서 물건을 만들 수가 있겠느냐고 반박한다. 합리적이고 상식적인 정황을 내세워 조물주의 작용을 부정하고 있다. 연암은 주자가 말한 맷돌의 비유를 꺼내 조물주의 의도성을 반박한다. 맷돌이 밀을 갈면 고르지 않은 위와 아래의 맷돌이 부딪혀 돌면서 다양한 굵기의 밀가루를 쏟아낸다. 밀가루가 다양한 굵기를 갖는 이유는 맷돌이 의도적으로 그런 것이 아니다. 가늘고 굵고 곱고 거친 밀가루와 맷돌 사이엔 일정한 인과 관계가 없다. 맷돌이 빙빙 돌면 자연스럽게 가루가 나올 뿐이다. 사물이 하늘의 의도에 따라 만들어지는 것이 아니라 자연스레 생기는 것임을 말하려는 것이다. 이는 우연성의 문제이다. 우연은 어떤 상황이 일정한 법칙에 따라 움직이는 것이 아니라 뜻하지 않은 방향으로 진행되는 것이다. 이 단락은 코끼리가 범을 죽이고자 하는 의도가 없었다는 앞의 일화와 똑같은 논리를 갖고 있다. 각종 현상은 조물주의 의도적인 개입으로 만들어지는 것이 아니라 우연히 생기는 것이다.

이처럼 연암은 유학의 말을 빌려와 유학의 생각을 깨뜨리는 이이제이의 방식으로 자기 생각을 펼쳐나간다. 작가가 말하고자 하는 바는 하늘의 의도적인 개입은 없다는 데 있다. 하지만 꼬리에 꼬리를 물면서 논의를 전개하다 보니 작가의 진의는 감추어져 있고 그 의도를 알아채기가 쉽지 않다.

코끼리 어금니가 긴 이유

『한서漢書』의 「동중서전董仲舒傳」에는 "무릇 하늘은 골고루 나누어, 이빨을 준 것엔 뿔을 주지 않았고 날개를 달아준 것엔 두 발만 주었다."라고 했다. 하늘이 한 존재에게만 재능을 몰아주지 않고 각각 골고루 나누어 주었다는 의미로, 조물주의 공평함을 이야기할 때 흔히 쓰는 말이다. 혹 누군가 잘못하거나 억울한 일을 당하면 "이빨을 준 것엔 뿔을 주지 않았다."라고 하며 조물주에 대해 아쉬워하곤 했다. 연암은 이러한 말이 온당치 않다고 여긴다. 존재하지도 않는 조물주 탓을 하니 가당치가 않다는 것이다. 그러면서 두 사람의 문답을 통해 하늘이 일정한 질서에 따라 사물을 만들었다는 전통적인 생각을 비판한다. 요약하자면 하늘이 동물에게 이빨을 준 것이 음식물을 씹게 하려는 의도였다면 왜 코끼리에겐 어금니라는 이빨을 만들어서 씹는 데 방해되게끔 했느냐는 것이다. 그 대신 긴 코를 만들어 주었다는 상대방의 반박에 대해 연암은 재반박한다. 긴 어금니를 주고 코의 신세를 지게 하는 것보다 어금니를 없애고 코를 짧게 만드는 것이 상식이라고.

이는 단순한 문답식 전개가 아니다. 먼저 질문을 건 다음 예상되는 상대방의 답변을 다시 반박하는 방식으로 진행된다. 상대방의 말꼬리를 붙드는 방식으로 진행되므로 두 사람의 대화는 팽팽한 대결로 이어진다. 질문에 대답하던 상대방은 논리적인 모순에 걸려들어 자신의 오류를 깨닫고 견해를 굽힌다. 연암의 질문과 응답은 상대방을 아포리아(해결하기 어려운 난제)에 빠뜨려 무지를 자각하게 하는 소크라테스의 문답법과 매우 닮았다. 연암은 상대방이 단견短見에 머문 까닭이 생각이

미치는 범위가 소나 개 등과 같이 일상에서 자주 보는 사물에만 머물러 있고 용이나 봉황 등 볼 수 없는 존재에게는 미치지 못했기 때문이라고 본다. 연암은 경험의 한계를 지적하며 인간의 지식 너머에는 단순한 원리로는 설명할 수 없는 다양한 현상이 존재한다고 말하려 한다. 내가 경험하지 못한 세계에는 질서와 법칙이라는 말로 설명할 수 없는 다양한 삶의 형태와 존재 방식이 있다.

　사물마다 이理가 있으며 그 이理를 하늘이 주관한다고 믿은 사람들은 현상 하나하나마다 하늘이 만들었다고 말했다. 이빨을 준 것도 하늘이고, 이빨로 물건을 씹게 한 것도 하늘이라고 생각했다. 이렇게 되면 이성적인 탐구 정신이 실종되고 오직 조물주의 '의도'만이 만능열쇠가 된다. 합리적 판단이나 비판 정신이 끼어들 여지가 사라진다. 연암은 세상이 다양한 현상으로 가득하며 눈으로 볼 수 없는 존재에 미치면 이치에 맞지 않는 현상이 수두룩하다고 말한다. 저 코끼리의 상아 어금니에 대해서도 기존의 질서관으로는 설명할 수가 없는 것이다. 그러니 조물주가 만든 질서의 세계란 없다. 스스로 다양한 모습으로 변화해가는 세계만이 있을 뿐이다.

코끼리 상象에 담긴 비밀

마지막 단락에서는 호랑이를 죽인 코끼리 일화를 다시 끌어들여 앞의 글과 조응을 이루게 한다. 앞글에서는 우연성을 이야기한 것이라면 뒷부분에서는 상대성을 이야기한다. 코끼리는 쥐를 만나면 꼼짝하지 못하고 뻣뻣이 굳는다고 한다. 코끼리는 쥐 소리만 들어도 쩔쩔매기 때문에 코끼리 조련사인 상노는 쥐가 갉아먹지 못하도록 평소에 코끼리의 발을 푸른 베로 싸둔다고 한다. 그렇다면 코끼리가 호랑이를 이기고 쥐가 코끼리를 이기니, 쥐가 호랑이를 이긴다고 할 수 있을까? 일관된 질서를 따르자면 호랑이 < 코끼리 < 쥐의 순서가 되어야 하지만 실제로는 전혀 그렇지 않다.

사물의 질서는 일률적으로 정해지지 않는다. 진실은 사물과 사물 간의 관계에 따라 개별적으로 만들어진다. 사슴은 파리와 비교하면 크지만, 코끼리와 비교하면 작다. 파리는 사슴과 비교하면 작지만, 개미와 비교하면 크다. 사물의 질서는 고정되어 있지 않으며 관계와 배치에 따라 달라진다. 크고 작음, 길고 짧음, 아름다움과 추함은 무엇과 관계하느냐 어디에 놓이느냐에 따라 임의로 정해질 뿐, 조물주의 체계적인 배치에 따라 이루어진 것이 아니다.

고대 그리스의 헤라클레이토스는 다음과 같이 말했다. "아무리 멋지게 생긴 원숭이일지라도 인간과 비교하면 추하게 보일 뿐이다. 아무리 지혜로운 인간일지라도 신과 비교하면 원숭이와 다를 바 없다." 아름답다는 규정도 무엇과 비교하느냐에 따라 달라진다. 19세기 프랑스 작가인 에밀 졸라의 「돋보이게 해주는 사람」이라는 작품에서 주인공 듀랑뜨는 마을에서 무슨 장사를 할까 고민하다가 추녀 대리점을 만든다. 무도회 갈 때 추녀들을 데리고 나가 당신의 아름다움을 마음껏 돋보이게 하라는 광고를 낸다. 사업은 매우 성공적이었다. 귀부인들은 자신보다 못생긴 추녀를 데리고 나가서 자신의 얼굴을 더욱 돋보이도록 했다. 아름답다, 추하다 하는 것은 누구와 비교하느냐에 따라 상대적으로 정해지는 것이다.

사물의 진실은 관계에 따라 변화한다. 현상은 자연의 원리에 따라 일어난다. 존재마다 고유한 삶의 방식이 있으며 특정한 시대의 옳음이 보편적 진리를 확보한 것은 아니다. 진실은 관계 속에서 개별적으로 존재한다. 그러므로 하나의 원칙, 하나의 질서, 하나의 잣대로 판단해서는 안 된다. 하늘이 이빨을 준 것이 주둥이를 숙여 물건을 씹게 하려는 조물주의 의도라는 일반적인 생각은 코끼리의 긴 코와 어금니의 존재로 인해 여지없이 깨졌다. 눈으로 확인할 수 있는 사물로도 이치가 딱 들어맞지 않은 것이다. 그러니 저 드넓은 삼라만상의 온갖 현상을 하나의 이치로 규정하기란 애초에 불가능하다. 내가 알지 못하는 세상에는 너무도 무궁무진한 각자의 존재 방식이 있는 것이다.

『주역』에서는 수數를 지극히 하여 천하의 상象을 정하고, 그 상을 드러내 천하의 길흉吉凶을 정했으니, 64괘卦와 384효爻는 변화의 도를 다한 것이라고 말한다. 『주역』의 정신은 만물의 변화가 끝이 없다는 것이다. 연암은 『주역』에서 형상象을 취한 것이 만물의 변화를 다 밝히려 한 것이라고 끝맺었다. 그런데 주역의 형상 상象은 코끼리 상象이기도 하다. 코끼리 상은 변화를 뜻하는 형상 상과 하나로 통한다. 곧 연암은 코끼리를 통해 만물은 스스로 변화하는 가운데 있으며 진실은 관계에 따라 달라진다는 점을 말하고자 했다. 그러므로 변화하는 현실을 잘 살펴야 하며 고정된 하나의 규칙, 제도, 윤리로 존재를 구속해서는 안 되는 것이다.

진실은 관계에 따라 달라진다

중세 유가 철학에서 하늘은 인격을 가진 존재였다. 사람들은 조물주가 우주 만물을 일관된 질서로 다스린다고 생각했다. 하지만 연암은 하늘의 의도성을 부정한다. 연암은 「담연정기澹然亭記」에서 어리석은 사람은 담장 밑에서 천명天命을 기다리지만, 하늘은 본래 아득하여 형체가 없고 저절로 되도록 맡겨둔다고 말한다. 하늘은 자질구레하게 사물마다 비교하고 따진 적이 없다는 것이다.

옛사람들은 인간의 행동 양식과 사물의 현상을 일일이 하늘의 의도와 연결했다. 모든 현상은 하늘의 의도에 따라 움직인다고 생각했으며 제도와 현상을 일정한 틀에 가두는 보편의 원리를 만들었다. 중용이니 예의니 하는 질서로 묶어놓고 사람들이 따르게 했다. 연암은 이러한 획일적이고 폐쇄적인 사회 윤리가 갇힌 사회를 만들고 고정관념과 편견을 만든다고 생각했다. 그리하여 연암은 다양한 논리를 동원하여 획일적인 질서를 깨뜨리고자 했다. 자의성, 우연성, 상대성 등을 총동원하여 조물주의 의도성을 부정하고, 진실은 관계와 배치에 따라 개별적으로 드러난다는 사실을 밝히고자 한 것이다. 궁극적으로는 우주 만물은 스스로 움직이며 삼라만상은 스스로 자라고 번성한다는 변화의 정신을 말하고자 했다. 변화하는 세계를 하나의 질서로 규정해서는 안 된다는 것이다.

진실은 배치와 관계에 따라 달라지므로 일대일의 관계 속에서 찾아야 한다. 그러기 위해서는 사물과 현상을 고정된 잣대로 보아서는 안 되며 열린 시선으로 보아야 한다. 사물의 크고 작음, 길고 짧음도 무엇과 비교하느냐에 따라 달라지므로, 작은 경험으로 손쉽게 판단하지 말고 매 순간 변화하는 세계를 있는 그대로 바라보아야 한다. 우리 시대의 윤리와 제도가 생명 다양성을 존중하고 있는지, 다양함으로 빛나는 사회로 나아가고 있는지를 성찰해야 한다. 나의 낡은 예법으로 남의 존재 방식을 무시하는 것은 아닌지를 돌아볼 수 있어야 한다. 다수 집단이 소수의 인권을 억압하고 파괴하는 마녀사냥의 욕망이 여전히 도사리고 있는 것은 아닌지를 살펴야 한다. 그것이 폐쇄적인 이데올로기에 용기 있게 도전한 한 지식인이 지금의 우리에게 던지는 메시지이다.

8

도로 눈을 감아라

환희기후지

환희기후지 幻戲記後識

이날 홍려시 관청의 차관인 조광련과 의자를 나란히 하고 요술을 구경했다. 나는 조광련에게 말했다. "눈이 옳고 그름을 판단하지 못하고 참과 거짓을 살피지 못한다면 비록 눈이 없다고 말해도 상관없을 것입니다. 그러나 항상 요술쟁이에게 속는 것은 눈이 헛보기 때문일 터인데, 이때 밝게 본다는 것이 도리어 탈이 됩니다." 조광련이 말했다. "비록 요술을 잘하는 사람이 있다 해도 소경은 속이기 어려울 테니, 눈이란 과연 믿을 만한 것일까요?"

나는 말했다. "우리나라에 서화담 선생이 외출 나갔다가 길에서 울고 있는 자를 만났지요. '너는 왜 우느냐?' 물으니, 그가 이렇게 대답했습니다. '저는 세 살에 눈이 멀어 지금 마흔 살입니다. 예전에 길을 갈 때는 발에 보는 것을 맡기고, 물

186

건을 잡을 때는 손에 보는 것을 맡기고, 소리를 듣고서 누구인지를 분간할 때는 귀에다 보는 것을 맡기고, 냄새를 맡고서 무슨 물건인가를 살필 때는 코에다 보는 것을 맡겼습니다. 사람들은 두 눈만 가졌지만 저에게는 손과 발과 코와 귀가 눈 아닌 것이 없었습니다. 또 어찌 손과 발, 코와 귀뿐이겠습니까? 해가 뜨고 지는 것을 낮에는 피곤함으로 보고, 물건의 모습과 빛깔은 밤에 꿈으로 보았습니다. 아무런 장애도 없고 의심과 혼란도 없었습니다. 그런데 오늘 길을 가는 도중에 두 눈이 별안간 맑아지고 눈동자가 저절로 열렸습니다. 천지는 드넓고 산천은 뒤섞여 온갖 사물이 눈을 가리고 온갖 의심이 마음을 막았습니다. 손과 발, 코와 귀는 뒤죽박죽 착각을 일으켜 온통 예전의 일상을 잃어버렸습니다. 집이 어디인지 까마득하게 잃어버려 홀로 돌아갈 방법이 없기에 울고 있습니다.' 그러자 화담 선생이 말했지요. '네가 네 지팡이에게 물어본다면 지팡이가 응당 저절로 알 것이다.' 그러자 소경이 말합니다. '제 눈이 이미 밝아졌으니 지팡이를 어디에다 쓰겠습니까?' 이에 화담 선생이 말합니다. '도로 네 눈을 감아라. 바로 거기에 네 집이 있을 것이다.' 이로써 말해본다면 눈은 그 밝음을 믿을 수 없습니다. 오늘 요술을 보니, 요술쟁이가 속인 것이 아니라 사실은 구경하는 사람이 스스로 속은 것일 뿐입니다."

조광련이 대답했다. "그렇습니다. 세상 사람들은 조비연은 너무 말랐고 양귀비는 너무 살쪘다고들 말합니다. 무릇 '너무'라는 말은 지나치게 심하다는 뜻입니다. 이미 살찌고 마르다고 말해놓고서 또 '너무'라는 말을 덧붙였으니, 이미 절세의 미인이 아님에도 불구하고 두 임금의 눈은 오직 살찌고 깡마른 데 홀렸던 것입니다. 세상에는 밝은 안목과 진정한 견해가 사라진 지 오래되었습니다. 태백이 동생에게 왕위를 양보하려고 문신을 하고 약초를 캔 것은 효로써 요술을 부린 것이고, 예양이 자신이 모셨던 군주의 복수를 하려고 몸에 옻칠을 하고 숯을 삼킨 것은 의로써 요술을 부린 것입니다. 기신이 한 고조를 살리려고 황제의 수레에 대신 앉아 깃발을 왼쪽에 꽂은 행동은 충으로써 요술을 부린 것입니다. 패공은 깃발로 요술을 부렸고 그 신하인 장량은 돌로 요술을 부렸습니다. 전단은 소로, 초평은 양으로, 조고는 사슴으로, 황패는 참새로, 맹상군은 닭으로 요술을 부렸습니다. 치우는 구리 머리와 쇠 이마로 요술을 부렸고 제갈량은 목우유마木牛流馬로 요술을 부렸습니다. 왕망은 금으로 봉인한 상자로 황제가 되는 천명을 부르는 요술을 부리다 미처 성공하지 못했습니다. 조조가 동작대에서 향을 나누어준 것은 파투가 난 요술이고, 안녹산의 일편단심과 간신 노기의 귀신 같은 얼굴은 모두 졸렬한 요술이었습니다. 예로부터 부인들은 더욱 요술을 잘했으니 포사가 봉화烽火를 올리게 한 것과 여희가 벌을 사용해 모함한 것이 있습니다.

그러나 성인도 도를 세우고 교화를 베풀기 위해 요술을 썼습니다. 제가 비록 요임금의 뜰에 난 풀이 아첨꾼을 가리켰다고 한 일과 순임금의 음악을 듣고 봉황이 뜰에 날아왔다는 이야기는 감히 의심할 수 없습니다만 우임금 때 황룡이 나와 배를 등에 졌다는 일과 무왕이 정벌하러 갈 때 하늘에서 붉은 불이 날아와 빨간 까마귀가 되었다는 일은 다 믿을 수가 없습니다. 예로부터 신성한 성인이든 어리석은 자든 누구나 알 수 없는 일이 한 가지씩 없는 사람은 없습니다. 부스럼 딱지瘡痂를 즐긴 사람도 있고 노새 울음소리를 잘 흉내 낸 자도 있었으니 이는 비록 요술이라 해도 괜찮을 것이고, 천성이라고 해도 괜찮을 것입니다. 요술의 기술은 비록 천변만화의 기술이지만 두려워할 만한 것은 없습니다. 그러나 천하에 두려워할 만한 요술이 있으니 크게 간사한 자가 충성스럽게 비치는 것과 겉과 속이 다른 사이비 군자가 덕행이 있는 척하는 것입니다."

내가 말했다. "호광胡廣은 삼공三公이 되어 중용中庸으로 요술을 하고 풍도馮道는 다섯 대에 걸쳐 명철함으로 요술을 했으니 웃음 속에 칼이 있는 것이 입안으로 칼을 삼키는 것보다 더 심하지 않을까요?" 서로 크게 웃으면서 일어났다.

도로 네 눈을 감아라.

바로 거기에 네 집이 있을 것이다.

미국을 비롯해 서양의 많은 나라 법원에는 정의의 여신상이 세워져 있다. 여신상은 로마 신화에 나오는 정의의 여신인 유스티티아나 혹은 그리스 신화에 나오는 디케의 형상을 나타낸 것이다. 정의의 여신상은 대개 오른손에는 칼을, 왼손에는 저울을 들고 있다. 칼은 불의에 대해 엄정하게 단죄하는 것을 의미하고 저울은 한편에 치우치지 않고 공정한 기준을 갖는 것을 의미한다. 특이하게도 정의의 여신상은 두 눈을 눈가리개로 가리고 있다. 아무것도 볼 수 없는데 어떻게 판결을 내릴 수 있을까? 여기에는 깊은 뜻이 있다. 눈을 뜨고 보게 되면 선입견과 편견이 생겨 공정한 판결에 영향을 끼치게 된다. 눈을 가림으로써 어떠한 편견이나 선입견에 흔들리지 않고 공평무사公平無私하게 판결하라는 의미를 담은 것이다. 인간은 외모와 지위와 권력을 보게 되면 저절로 사사로운 마음이 생기므로 이를 원천적으로 차단하고자 하는 뜻을 담은 것이다.

「환희기후지幻戱記後識」에는 '도로 눈을 감아라'라는 구절이 나오는데, 두 눈을 안대로 가린 정의의 여신상이 저절로 겹쳐진다. 「환희기후지」는 연암이 열하에서 요술 공연을 보고 요술 장면에 대한 소감을 기록한 후기이다. 「환희기후지」를 통해 본다는 것의 문제를 고민해보고, 연암이 바라본 현실을 통해 지금의 현실을 생각해보려 한다.

요술 쇼를 기록한 이유

환희幻戱는 마술, 혹은 요술이란 뜻이다. 환술幻術이라고도 부른다. 영화 〈조선 마술사〉의 남자 주인공 이름이 환희인데, 주인공 이름을 환희로 지은 이유를 쉽게 짐작할 수 있다. 환희 즉 요술은 도구나 손재주를 이용해 상식적으로는 이해가 가지 않는 재주를 부리는 일이다.

유교는 기본적으로 합리성과 현실주의를 지향한다. 괴력난신, 곧 불가사의한 힘이나 귀신 등과 같이 초월적인 현상을 배격한다. 그리하여 유교에서는 요술은 사람의 눈을 속이는 사기술이라고 생각하고, 요술사는 남을 속여 사람을 현혹하는 천한 직업으로 취급했다.『고려사절요』등의 기록을 보면 부적을 사용하거나 점술을 행하는 술사들을 사기꾼으로 몰아 감옥에 가두거나 매를 때리는 등 국법으로 다스렸다. 그런데 연암이 중국을 가니 북경과 열하의 길거리에서는 공공연하게 요술을 공연하고 있었다. 연행록을 살피면 18세기 이전까지는 요술 공연에 대한 기록이 별로 없다. 멀리해야 할 천한 속임수로 생각했기에 다룰 가치가 없다고 판단한 것이다. 기술하더라도 요사스럽다거나 해괴하다는 등 부정적인 소감을 간단하게 썼을 뿐이다. 18세기 후반에 이르러야 연행자들은 요술 공연을 자세히 기록하는데 그 중심에「환희기후지」가 있다.

연암이 열하에서 직접 본 요술 관람의 사연은 다음과 같다. 연암이 아침에 열하의 '광피사표' 거리를 지나가는데 한쪽에서 사람들이 떠들썩하게 모여 있었다. 사람들 틈에 끼어들었던 하인이 달려와 연암에게 알렸다. "어떤 사람이 복숭아를 하늘 위에서 따다가, 지키는 사람에게 맞아서 땅바닥에 떨어졌답니다." 연암은 해괴한 소리를 한다며 꾸짖고는 뒤도 돌아보지도 않고 떠났다. 다음 날 다시 그곳을 지나가는데 어제와 똑같은 상황이 펼쳐졌다. 그제야 연암은 요술사들이 건륭제의 고희연 축하 행사를 위해 요술을 연습하는 장면임을 깨달았다. 일행 중 한 명이 연암에게 물었다. "이런 요술하는 재주를 팔아서 생계로 살아가는 사람들은 법 밖에서 활동하는 것인데도 죽여 없애지 않는 것은 무슨 까닭일까요?" 이에 연암은 다음과 같이 말해주었다.

"중국은 땅덩어리가 워낙 넓어서 모든 것을 포용하여 아울러 길러낼 수 있기 때문에 나라를 다스리는 데 병폐가 되지 않는다는 사실을 알 수 있습니다. 만약 천자가 이를 절박한 문제로 여겨서 법률로 요술사들의 잘잘못을 따져서 막다른 길까지 추격하여 몰아세운다면 도리어 궁벽하고 눈에 띄지 않는 곳으로 꼭꼭 숨어 때때로 출몰하면서 재주를 팔고 현혹하여 장차 천하의 큰 우환이 될 것입니다. 그래서 날마다 사람들로 하여금 요술을 하나의 놀이로써 보게 하니, 비록 부인이나 어린애조차도 그것이 속이는 요술이라는 것을 알아서 마음에 놀라거나 눈이 휘둥그레지는 일이 없습니다. 이것이 임금 노릇하는 사람에게 세상을 통치하는 기술이 되는 것입니다." 드디어 보았던 여러 요술을 기록한다. 모두 스무 가지인데 요술을 아직 보지 못한 우리나라 사람들에게 장차 보여주려고 한다.

• 「환희기 幻戲記」

중국은 땅이 워낙 커서 하찮은 직업조차 넉넉히 품어주니 오히려 정치에 해를 끼치지 않는다는 것이다. 만약 천자가 좀스럽게 억압한다면 은밀한 곳에 숨어 살면서 혹세무민하여 세상을 어지럽힐 수 있다. 오히려 널리 공개해서 요술의 실체를 알게 하는 것이 지도자가 세상을 꾸려가는 올바른 정책이다. 이 논리로 연암은 앞으로 소개하는 요술에 대한 기록이 요술의 실체를 알려주려는 것임을 말하려 한다. 중국이라는 권위를 빌려와 왜 천박한 요술에 대해 기록하느냐는 비난을 피해 가는 고난도 전략을 쓰고 있다. 연암이 기록한 요술 기사에 대해 따지는 자가 있다면 그것은 좀스러운 사람이 되는 것이다.

그렇다면 연암이 뒤도 돌아보지 않고 요술 공연장을 떠났다는 언급은 조선 유학자들의 비난을 무마하기 위한 전략으로도 보인다. 일종의 속임동작이다. 겉으로는 자신도 요술에 대해 싫어한다는 뜻을 보임으로써 유학 사회의 시선에 동의하는 모양새를 취한다. 그러나 실제로는 그때 그냥 떠난 것은 붓과 종이가 없었기 때문이었다. 다음 날 붓과 종이를 작심해서 가져간 다음에 요술 장면을 하나하나 기록했을 것이다. 해괴하여 거들떠보지도 않고 떠나갔다는 진술은 양반들의 반발 심리를 무마하기 위한 일종의 눈속임으로 보인다. 이데올로기와 호오好惡를 뛰어넘어 새롭고 낯선 것이라면 물불을 가리지 않고 기록하려는 사람이 연암 아니던가!

연암은 스무 가지의 요술 기예를 하나하나 기록하고 있는데 느린 화면으로 들여다보듯 묘사가 지극히 자세하다. 요술

동작을 하나도 빠뜨리지 않았으며 심지어 구경꾼의 반응, 자신의 심리까지도 전부 담았다. 한 대목을 들여다보자.

요술쟁이는 또 높이 한번 던지고는 하늘을 향해 입을 벌리니 칼끝이 곧바로 떨어져 입속으로 내리꽂혀 들어갔다. 그러자 구경꾼들은 얼굴이 새파랗게 질려 일제히 일어나 놀라서 찍소리도 못했다. 요술쟁이는 얼굴을 위로 향하여 두 손을 늘어뜨리고 한참 동안 빳빳하게 서서는 눈도 깜짝하지 않고 푸른 하늘을 똑바로 쳐다보았다. 잠시 만에 칼을 꿀꺽꿀꺽 삼키는데 마치 병을 기울여 뭘 마시는 듯하고 목과 배가 씰룩씰룩 서로 움직이는 것이 마치 두꺼비가 성이 나서 배를 씰룩거리는 것 같았다. 칼의 날 밑이 이빨에 걸려서 오직 가죽으로 된 줄만 안 넘어가고 있었다. 요술쟁이는 네발로 기어가듯 땅바닥을 짚고서 칼자루로 땅을 다지는데, 이빨과 칼의 고리가 서로 부딪히며 달그락달그락 소리를 냈다. 또다시 일어나서 주먹으로 자루 끝을 치고 한 손으로는 배를 문지르고 한 손으로는 칼자루를 쥐었는데 뱃속에서 칼이 어지럽게 놀았다. 칼이 뱃가죽 사이에서 오가는 모습이 마치 붓이 종이에 금을 긋듯 왔다 갔다 하니 구경꾼이 전율하며 차마 똑바로 쳐다보지를 못했다. 어린아이들은 겁에 질려 울면서 등을 돌리고 달아나다 엎어지고 넘어졌다. 그러자 요술쟁이가 손뼉을 치고 사방을 돌아보고는 의연하게 바로 서서 서서히 칼을 뽑아 두 손으로 받쳐 들고 두루 구경꾼에게 보이고는 앞으로 나와서 예를 표했다. 칼끝에선 핏방울이 뚝뚝 떨어지고 더운 김이 모락모락 났다.

•「환희기」

요술사가 뱃속에 칼을 넣었다가 빼는 묘기이다. 얼마나 실감 나는지 구경꾼은 전율하고 아이들은 겁에 질려 울면서 도망친다. 요술사의 요술 장면과 구경꾼의 동작까지 하나하나 세밀하게 묘사하고 있다. 촬영 도구나 사진기도 없던 시절에 어떻게 이같이 자세하게 관찰 기록을 남길 수 있었는지 신기할 정도이다. 사행록을 통틀어 요술 장면을 이처럼 자세하게 묘사한 기록물은 없다.

도로 눈을 감아라

연암은 요술 기예 스무 가지를 기록한 다음에 구경한 소감을 썼다. 그것이 「환희기후지」이다. 후지後識는 덧붙이는 말이란 뜻이다. 일반적으로 후지는 작품을 보완해주는 보조 역할에 머물지만, 연암의 후지는 대부분 독립적인 주제 의식을 담고 있다. 연암은 홍려시鴻臚寺 관원인 조광련과 나란히 앉아 요술을 구경하고 나서 그 소감을 나누었다. 홍려시는 중국에서 외국 사신을 안내하거나 접대하는 등 주로 예절에 관한 업무를 담당하는 부서이다.

연암은 사람들이 요술에 속는 것을 보고 문득 눈의 기능에 의문이 들었다. 분명하게 보려 할수록 눈은 더 잘 속기 때문이다. 조광련도 공감하며 연암에게 묻는다. "아무리 요술을 잘하는 사람이 있더라도 소경을 속일 수는 없으니, 눈이 과연 올바르다고 말할 수 있을까요?" 오히려 보지 못하는 소경은 속일 수가 없으니 과연 눈은 믿을 수가 있느냐는 문제의식이다. 단순한 구경거리 소재가 인식론으로 연결된다. 연암의 생각하기는 늘 이런 식이다. 일상의 평범한 사물을 관찰하고 거기에서 생긴 의문이나 발견을 철학과 인식의 문제로 연결한다. 거기에 그치지 않고 그러한 관념적인 문제의식을 실제의 현실과 삶에 적용한다.

이어지는 대답에서 연암은 세 살에 눈이 멀었다가 마흔 살에 갑자기 눈이 떠지고 나서 집을 찾지 못해 울고 있는 소경의 우화를 들려준다. 사십 년간 소경이었던 사람이 어느 날 갑자기 눈을 떴다. 그러나 눈을 뜨고 본다는 것이 감각의 혼란을 초래하여 집으로 돌아가는 길을 찾지 못한다. 그렇다면 어떻게 집을 찾아갈 수 있을까? 서화담 선생의 첫 번째 해결책은 항상 짚고 다니던 지팡이를 의지하라는 것이다. 그러나 눈이 떠졌으니 지팡이는 이미 소용이 없어졌다. 그러자 화담 선생은 다시 해답을 제시한다. 도로 눈을 감으라는 것이다. 본다는 것이 집을 찾아가는 데 장애가 되었으니 이전의 상황으로 돌아가 도로 눈을 감으면 되는 것이다. 눈뜬 소경의 비유는 눈을 통해 보는 세상이 얼마나 망상적이고 왜곡되었는가를 말해주려는 것이다.

눈을 감아야 집을 찾을 수 있다는 말은 역설적이다. 세상을 인식하는 거의 유일한 통로가 '눈'인데 눈을 믿지 않고서 어떻게 집을 제대로 찾아갈 수 있을까? 연암은 눈의 한계를 깊이 자각했으나 그렇다고 해서 눈 자체의 역할을 부정한 것은 아니다. 눈은 착각을 일으키고 참과 거짓을 뒤죽박죽 인식한다. 그러므로 보이는 대로 보아서는 안 되며 제대로 보는 눈을 길러야 한다고 말하려는 것이다. 연암은 다른 글에서 평등한 눈平等眼과 명심冥心의 중요성을 이야기했다. 평등한 눈은 질투와 편견에서 벗어나 공정한 눈으로 세계를 보는 것이다. 명심은 마음을 잠잠하게 한다는 뜻으로 눈과 귀만을 의지하는 데서 벗어나 선입견을 없애고 순수한 눈으로 보는 것이다. 인간은 확증편향의 경향이 있어서 보고 싶은 것만 보고, 믿고 싶은 것만 믿으려는 경향이 있다. 색안경을 벗고 다양한 빛깔을 편견 없이 보는 주체적이고 적극적인 보기가 필요하다.

소경이 찾아가야 하는 '집'은 일종의 메타포이다. 소경의 집은 집 밖을 나가기 이전, 즉 거짓과 허위로 가득한 세상을 경험하기 전의 편견이 없는 순수한 세계를 의미한다. 눈을 전적으로 의지하는 순간, 세상의 허위적 이데올로기와 편견에 갇혀버린다. 곧 "도로 눈을 감아라."라는 말에는 편견과 가짜 이데올로기에 갇힌 감각기관을 완전히 믿지 말라는 뜻이 담겨 있다. 눈과 귀를 전적으로 믿으면 뒤죽박죽된 세상에 속고 말 테니 지각과 경험에 갇히기 이전의 순수한 마음으로 돌아가야 한다.

그러므로 눈을 감고 본다는 것은 소경의 눈을 갖는 것이다. 소경의 눈은 세상을 공평무사하게 보는 평등의 시선이다. 연암의 글에서 소경의 평등한 눈, 「일야구도하기」의 명심, 어린 아이의 눈은 모두 같은 상징이다. 선입견과 편견에 갇히지 않고 공평하고 순수하게 보는 지혜의 눈을 의미한다.

연암은 요술사가 속여서 속는 것이 아니라 보는 사람이 자신을 속이는 것이라고 말한다. 기본적으로는 요술사가 속이는 것일 텐데도, 연암은 보는 사람에게 책임을 묻는다. 「답임형오론원도서答任亨五論原道書」에도 비슷한 이야기가 있다. 길을 갈 때 어떤 경우엔 옆길로 빠질 때가 있다. 일반적으로는 남이 알려준 말을 잘못 들었거나 빨리 가려고 요행을 바라다 옆길로 빠졌다고 생각한다. 하지만 연암은 길을 가다가 길을 잘못 든 것이 아니라 대문을 나서기 전에 사사로운 마음이 앞섰기 때문이라고 한다. 잘못된 길로 가는 근본적인 이유를 주체의 사사로운 마음에서 찾고 있다. 연암은 올바른 세상이 이루어지려면 무엇보다도 세계를 바라보는 인간 스스로가 그 책임을 져야 한다고 생각한다. 깨어 있는 한 지식인의 냉철한 자기 성찰이라고 하겠다.

양귀비는 미인이 아니었다!

이에 조광련은 양귀비와 조비연은 실제로는 미인이 아니었다는 사뭇 흥미로운 이야기를 한다. 중국에는 4대 미인이 있다. 먼저 춘추전국시대 월나라의 서시가 있다. 그녀는 별명이 침어沈魚였다. 침어는 물고기를 가라앉게 한다는 뜻이다. 그녀가 연못 안을 들여다보고 있었는데 노닐던 물고기가 그녀의 아름다움에 반해 헤엄치는 것을 잊고 밑으로 가라앉았다고 한다. 두 번째는 왕소군이다. 한나라 원제의 궁녀로 들어갔다가 흉노의 선우에게 끌려간 여인이다. 그녀의 별명은 기러기가 떨어졌다는 뜻의 낙안落雁이다. 그녀가 흉노 땅으로 갈 때 하늘을 날던 기러기가 그녀의 아름다움에 넋을 잃고 떨어졌다고 한다. 세 번째는 양귀비(본명은 양옥환)로 당 현종의 후궁이다. 당 현종의 사랑을 받아 귀비貴妃의 자리까지 올랐다. 그녀가 꽃을 감상하자 꽃이 양귀비의 아름다움을 보고 부끄러워서 잎을 말아 올렸다고 한다. 그리하여 그녀의 별명은 꽃이 부끄러워했다는 뜻의 수화羞花이다. 네 번째는 초선이다. 『삼국지연의』에 등장하는 여인이다. 그녀가 밤에 뜰을 거닐 때 그녀를 본 달이 부끄러워 구름 뒤로 숨었다고 해서 폐월閉月이란 별명을 갖고 있다. 그런데 초선은 실제 인물이 아니라 소설 속 인물이다. 그래서 그녀 대신에 초한 시대 항우의 연인이었던 우희를 넣기도 한다. 이 넷이 중국을 대표하는 4대 미녀이다. 조비연을 넣으면 중국의 5대 미인이 된다. '나는 제비'라는 뜻을 지닌 비연飛燕은 동서고금을 통틀어 가장 날씬했던 여인이다. 그녀를 깊이 아꼈던 한나라 성제의 손바닥에서 춤을 추었다는 일화가 있다.

그런데 반전이 있다. 실제 조비연은 너무 말랐고, 양귀비는 너무 뚱뚱했다고 한다. 조비연을 본 사람들은 그녀가 너무 비쩍 말랐다고 웅성거렸고 양귀비는 너무 살쪘다고 수군거렸다. 하지만 한나라 성제는 마른 체형을 좋아했고 당 현종은 풍만한 스타일을 좋아했다. 두 여인은 일반인의 눈에는 미인이라고 보기 어려웠지만, 성제와 현종이 그녀들에게 홀리는 바람에 절세가인의 대명사가 되었다는 것이다. 비단 두 미인의 사례뿐이겠는가? 세상 사람들은 직접 보지도 않고서 남에게 주워들은 말을 자신이 본 것처럼 옮겨 전한다. 세상은 이미 오래전부터 밝은 안목과 참된 견해가 사라져 버리고 말았다는 것이다.

이어서 인간의 위선과 속임수에 대해 장황하게 나열하고 있다. 많은 신하와 장수, 효자들이 겉으로는 충忠이니 의義니 효孝니 하는 것들을 내세웠으나 실제로는 사람들의 눈을 속여 요술을 부린 데 불과하다는 점을 말하고 있다. 비단 여기에 그치지 않고 성인도 도를 다스리고 가르침을 베풀기 위해 요술을 부렸다. 누구나 좋아하는 말을 내세워 자신의 욕망을 합리화하는 요술 행위가 비단 과거의 일에 그치겠는가? 지금도 진리의 말씀이니, 나라를 위한 일이니, 의리이니, 예법이니 등의 말을 앞세워 자신의 이기심과 나쁜 욕망을 채우는 요술과 눈속임은 일상의 어디에나 있다.

이어서 말하길 요술의 기술이 두려운 것이 아니라, 크게 간사한 자가 충성스러운 척하는 것과 향원이 덕행이 있는 척하는 것이 크게 두려운 요술이라고 한다. 요술사가 교묘한 기술을 이용해 속임수를 쓴다 해도 단순한 눈속임에 불과하다. 진짜 무서운 요술은 간사한 자가 충성스럽게 보이는 것이고 향원이 덕 많은 군자처럼 보이는 것이다. 향원鄕原은 사이비 군자를 말한다. 겉으로는 고결한 도덕군자처럼 보이지만 실제로는 사회적 지위를 이용해 자기의 이익을 취하는 위선자이다. 향원은 일견 옳은 말을 많이 한다. 이미지 관리에 철저해서 사회에서 존경도 받는다. 그러나 겉과 속이 다르며 자신의 위선을 감출 뿐 반성할 줄 모른다. 공자는 향원에 대해 도덕의 적이라고 비판한다. 율곡은 『성학집요』에서 향원을 이렇게 말했다. "탐관오리나 아첨꾼은 소인의 전형으로서 누구나 어렵지 않게 간파할 수 있다. 그러나 사이비 인물은 그 실체를 알아보기가 쉽지 않다. 낯빛은 근엄하고 입은 옳은 소리만 하는지라 자태와 언행이 참된 군자와 비슷하고, 온전하고 허물이 없는 군자의 행실과 비슷하다. 이들은 음흉하게 세상에 아부하면서도 항상 자기가 옳다고 여기며 속된 무리와 한패가 되어 무사안일과 비겁한 적당주의에 안주함으로써, 결국은 혹세무민보다 국가 사회에 더 심대한 해악을 끼친다. 이들이 바로 향원이다." 향원은 위선자이고 사이비이다. 향원은 어느 시대건 존재해왔으며, 지위와 명분을 남용해 사람들을 속이고 자신의 이익을 도모해왔다.

진짜로 무서운 요술

글의 뒷부분은 촌철살인의 풍자가 담겨 있다. 호광과 풍도는 여러 대에 걸쳐 임금을 섬겼던 신하이다. 호광은 여섯 임금을, 풍도는 열 명의 황제를 섬겼다. 사람들은 호광이 중용中庸의 도를 행했고 풍도는 총명했기 때문에 여러 임금을 섬길 수 있었다고 칭찬한다. 그러나 연암은 이들이 자기 이익을 얻기 위해 중용과 명철을 빙자하여 남의 눈을 속였을 뿐이라고 생각한다. 기회주의로 처신하여 벼슬자리를 오랫동안 유지했다고 보는 것이다.

연암은 충과 효, 의리, 중용, 명철 등 유교에서 중요한 가치로 여기는 덕목을 이용해 자기 이익을 챙기는 사람들을 웃음 속에 칼을 감춘 자들이라 말한다. 입으로는 꿀을 바르고 뱃속에는 칼을 감춘 구밀복검口蜜腹劍과 같다. 세상 사람들은 요술이 세상을 어지럽히는 속임수라고 생각하지만, 사이비 유학자가 더 위험하고 무서운 존재라고 조롱한다. 입으로는 달콤한 말을 하면서 속으로는 자기 이익을 도모하는 위선자가 입안으로 칼을 삼키는 요술 묘기를 부리는 사람보다 훨씬 해로운 존재다.

연암은 요술과 위선을 모두 속임수라고 하여 같은 속성으로 만들었다. 이른바 '물귀신 작전'이다. 요술을 깎아내릴수록 위선적인 유학자가 더욱 추락하는 아이러니가 만들어진다. 「환희기」는 '요술'이라는 하찮은 소재를 사용해 사이비 군자를 공격하는 노련한 글쓰기가 빛을 발하는 작품이다. 사이비 군자에 대한 조롱으로 마무리 지었지만, 그 안에는 공정한 눈, 참된 견해가 회복되기를 간절히 바라는 한 인간의 휴머니티가 담겨 있다.

연암은 말한다. 세상에는 진짜 무서운 요술이 있는데, 옳음을 내세우면서 남을 속이고 자신의 출세 수단으로 삼는 자들이다. 입안으로 칼을 삼키는 요술 묘기가 무서운 것이 아니라 웃음과 인자함 속에 칼을 감추는 거짓 군자들의 행태가 진짜 무서운 것이다. 그러니 겉으로 도덕과 윤리를 내세우면서 사사로운 욕망을 채우는 사이비 군자에 속지 말라. 겉모습을 보지 말고 본질을 보라.

다시 처음의 이야기로 돌아가면, 우리나라 대법원에도 정의의 여신상이 있다. 그런데 서양의 조각상과는 달리 앉아 있는 채 오른손에는 저울을 높이 들고 있고, 왼손에는 칼 대신 법전을 들고 있다. 무엇보다 눈가리개 없이 두 눈을 뜨고 있다. 과연 정의의 여신은 두 눈을 뜨고서도 공평하게 판결을 내릴 수 있을까? 눈을 뜨고 있는 여신상의 모습에서 오늘날 우리의 현실이 떠오르는 것은 왜일까?

9

열녀 이데올로기의 음모

열녀함양박씨전

열녀함양박씨전 烈女咸陽朴氏傳

제齊나라 사람의 말에, "열녀는 두 남편을 섬기지 않는다."라
고 했으니, 『시경』의 백주장柏舟章이 그와 같다. 그러나 『경국
대전』에 "다시 결혼한 여자의 자손은 문무 양반만이 하는 벼
슬인 정직正職에는 등용해선 안 된다."라고 했으니, 이 조항이
어찌 일반 백성과 무지한 평민들을 위해 만든 것이겠는가. 그
러므로 우리 왕조 400년 동안 백성들은 오랫동안 말해온 교화
에 이미 젖어, 여자는 귀천을 막론하고 그 일족이 천하거나 유
명하거나를 막론하고 과부로 수절하지 않음이 없어 드디어 풍
속을 이루고 말았다. 옛날에 열녀라 일컬었던 바가 지금 과부
로 있는 이들이다. 심지어 시골구석의 어린 아낙이나 여염의
젊은 과부의 경우 부모가 그 마음을 몰라주어 개가하라며 핍
박하는 일이 있는 것도 아니고 자손이 벼슬길에 등용되지 못

하는 수치가 있는 것도 아닌데도, 한갓 과부로 사는 것으로는 절개가 되기에 부족하다 여겨 종종 낮 촛불을 스스로 꺼버린다. 남편 따라 죽기를 빌며 물에 빠지고 불에 뛰어들고 독약을 마시고 목매달아 죽기를 마치 즐거운 세상을 밟듯 하니 열렬하기는 열렬하지만 어찌 지나치지 않겠는가!

예전에 이름난 벼슬아치로 있는 형제가 장차 남의 벼슬길을 막으려고 어머니 앞에서 의논했다. 어머니가 물었다. "무슨 잘못이 있기에 막으려 하느냐?" 아들들이 대답했다. "그 윗대에 과부가 있었는데 바깥의 소문이 자못 시끄럽습니다." 어머니가 깜짝 놀라며 물었다. "부녀자의 방에서 일어나는 일인데 어떻게 알았느냐?" 아들들이 대답했다. "바람결에 들리는 소문이 그렇습니다." 어머니가 말했다. "바람은 소리는 있으나 형체가 없단다. 눈으로 보아도 볼 수 없고, 손으로 잡아도 잡을 수 없으며, 허공에서 일어나 만물을 뒤흔드는 것이다. 어찌하여 형체 없는 일을 가지고 뒤흔들림 속에 남을 넣으려 하느냐? 더구나 너희는 과부의 자식이다. 과부의 자식이 오히려 과부를 논할 수 있단 말이냐? 앉아라. 내가 너희에게 보여줄 것이 있다." 품 안에서 엽전 한 닢을 꺼내며 말했다. "이 엽전에 테두리가 있느냐?" "없습니다." "이 엽전에 글자가 있느냐?" "없습니다." 어머니는 눈물을 흘리며 말했다. "이것은 너희 어미가 죽음을 견뎌내게 한 부적이다. 10년을 손으로 만졌더니 다

닳아 없어진 것이다. 무릇 사람의 혈기는 음양에 근본을 두고, 정욕은 혈기에 작용하며, 그리움은 고독에서 생겨나고, 슬픔은 그리움으로 인해 생기는 것이다. 과부란 고독한 처지요, 슬픔이 지극한 존재다. 혈기가 간혹 왕성해지면 어찌 혹여 과부라고 해서 정욕이 없겠느냐? 깜박이는 등불 아래 제 그림자를 위로하며 홀로 밤을 새기란 여간 어렵지 않단다. 게다가 처마 끝에서 빗물이 뚝뚝 떨어지거나, 달빛이 창으로 하얗게 비쳐들거나, 낙엽 하나가 뜰에 날리고 외기러기가 하늘을 울고 갈 적에 멀리 닭 울음도 들리지 않고 어린 종은 요란히 코를 골면 수심에 겨워 잠을 이룰 수 없으니 그 괴로운 심정을 누구에게 하소연하겠느냐? 나는 이 엽전을 꺼내 굴리며 온 방을 더듬고 다녔단다. 둥근 것이라 잘 구르다가 모서리를 만나면 넘어진단다. 나는 찾아서 다시 굴렸지. 밤새 늘 대여섯 번 굴리면 날이 밝더구나. 10년 사이에 해마다 그 횟수가 줄어들어 10년이 지난 후에는 혹 닷새 밤에 한 번 굴리고, 때로는 열흘 밤에 한 번 굴렸으며, 혈기가 약해지자 나는 더 이상 이 엽전을 굴리지 않게 되었단다. 그럼에도 내가 열 겹으로 싸서 20년간 간직해 온 것은 엽전의 공로를 잊지 않으려는 것이고, 때로는 스스로를 경계하려는 것이란다." 마침내 모자母子는 서로 붙들고 울었다. 식자識者가 이 이야기를 듣고는 말했다. "이야말로 열녀라고 말할 만하다."

아! 그 혹독한 절개와 맑은 행실이 이와 같건만 당시 세상에 드러나지 않고 이름이 묻혀버려 전해지지 못한 것은 무엇 때문인가? 과부가 수절을 지키는 것이 온 나라의 일상적인 법이 된 까닭에 일단 죽지 않으면 과부의 부류에서 특별한 절개를 보일 수 없게 된 것이다.

내가 안의 현감으로 부임한 이듬해 계축년(1793)의 어느 달 어느 날이다. 날이 샐 무렵 나는 어렴풋이 잠에서 깨었는데, 마루 앞에서 몇 사람이 낮은 목소리로 소곤거리다가 다시 슬퍼하며 탄식하는 소리를 들었다. 급히 알릴 일이 있는데, 내 잠을 깨울까 염려하는 듯했다. 나는 마침내 큰 소리로 물었다. "닭이 울었느냐?" 아랫사람들이 대답했다. "벌써 서너 홰나 울었습니다." "밖에 무슨 일이 있느냐?" "구실아치 박상효의 조카딸로서 함양으로 시집을 갔다가 일찍 과부가 된 여자가 남편의 삼년상을 마치고 약을 먹어 죽게 되었답니다. 구해달라고 급한 연락이 왔는데, 상효가 마침 숙직 당번이라 황공해 감히 사사로이 가지 못하고 있습니다." 나는 빨리 가라고 명했다.

저녁 무렵이 되어 함양 과부가 살아났는지를 물었다. 아랫사람들이 말했다. "이미 죽었다고 들었습니다." 나는 한숨을 쉬며 길게 탄식했다. "열녀로구나. 그녀야말로." 이에 뭇 아전들을 불러다가 물었다. "함양에 열녀가 났다. 본래 안의安義 태생이라는데 여자의 나이가 지금 몇 살이고, 함양의 누구 집에 시집갔으며, 어려서부터 마음씨와 행실은 어떠했는지 너희 중에 아는 사람이 있느냐?" 여러 아전들이 한숨지으며 나아와 아뢰었다. "박씨 여인의 집안은 대대로 고을의 아전입니다. 그 아비 이름은 상일相—인데, 일찍 죽었고 오직 이 딸만을 남겨 두었습니다. 어미 역시 일찍 죽어 어려서부터 그 할아버지, 할머니에게 자랐는데 자식의 도리를 다했습니다. 열아홉 살이 되자 출가해 함양 임술증의 처가 되었습니다. 그 시댁 역시 대대로 고을의 아전입니다. 술증이 본래 몸이 허약해 한번 혼례식을 치르고 돌아간 지 반년이 못 되어 죽고 말았습니다. 박씨 여인은 남편 상을 치르면서 그 예禮를 극진히 했고 시부모를 섬김에도 며느리의 도리를 다해, 두 고을의 친척과 이웃들이 그녀의 어짊을 칭찬하지 않는 이가 없었습니다. 지금 보니 과연 징험되었습니다."

한 늙은 아전이 감동해 말했다. "그 여인이 시집가기 몇 달 전에 '술증의 병이 이미 골수까지 깊어 남녀 관계를 할 가망성이 전혀 없는데 왜 혼인 약속을 물리지 않느냐.'는 말이 있었습니다. 그 조부모가 여인에게 은근히 타일렀으나 그녀는 잠자코 응하지 않았습니다. 혼인 날짜가 임박하자 여자의 집에서 사람을 시켜 술증의 상태를 엿보게 했습니다. 술증이 비록 생김새는 아름다우나 폐결핵에 걸려 기침을 하는 것이 버섯이 서 있는 듯, 그림자가 걸어 다니는 듯했습니다. 여자 집에서는

크게 염려되어 다른 중매쟁이를 부르려 했습니다. 그러자 박
씨 여인은 정색하며 말하기를 '전에 지어 놓은 옷은 누구의 몸
에 맞게 한 것이며, 누구의 옷이라 말하던 것입니까? 저는 처
음 지은 옷을 지키고 싶습니다.' 하더랍니다. 집안에서는 그 뜻
을 알고 마침내 정한 대로 사위를 맞이했으니, 비록 명색은 혼
인을 치른 것이지만 실질은 끝내 빈 옷을 지킨 것이라 합니다."

얼마 후 함양 군수인 윤광석이 밤에 이상한 꿈을 꾸고 느
낀 바가 있어 열부전烈婦傳을 지었고, 산청 현감 이면제도 그녀
를 위해 전傳을 썼다. 거창의 신돈항은 후세에 가르침이 될 만
한 글을 남기려는 선비였는데, 박씨 여인을 위해 그 절의의 처
음과 끝을 서술했다.

그녀의 마음은 이렇지 않았을까? 나이 젊은 과부가 세상에
오래 머물러 있으면 오랫동안 친척들이 불쌍히 여기는 신세가
되고, 이웃 사람들에게 괜한 억측을 받게 됨을 면치 못할 것이
니 빨리 이 몸이 없어지는 것만 못할 것이라고. 슬프다! 상복
을 입고 난 뒤 죽음을 참은 것은 장사 지내는 일이 있었기 때
문이고, 장사를 지내고도 죽음을 참은 것은 1년 뒤에 지내는
소상小祥이 있었기 때문이며, 소상을 치렀으나 죽음을 참은 것
은 2년 뒤에 지내는 대상大祥이 있어서였다. 대상을 마쳤으니
상복 입는 절차는 끝난 것이다. 같은 날 같은 시에 따라 죽어
마침내 그 처음 뜻을 이루었으니 어찌 열녀가 아니겠는가?

작자 미상, 〈나무 기러기〉

남편 따라 죽기를 빌며
목매달아 죽기를 즐거운 세상 밟듯 하니
열렬하기는 열렬하나
어찌 지나치지 않겠는가?

「춘향전」은 대중적으로 널리 알려진, 한국인이 사랑하는 고전 소설이다. 기생 춘향과 양반 이몽룡의 신분을 뛰어넘는 사랑과 탐관오리의 횡포를 풍자하고 있어서 당시 서민들의 전폭적인 지지를 받았다. 하지만 「춘향전」은 양반들도 즐겨 읽었다. 변학도로 대표되는 수령의 횡포를 고발하고 양반과 천민의 결혼을 다루고 있는 내용은 양반들을 불편하게 하는 요소였지만 이 도령을 향한 춘향의 정절은 양반들의 입맛에 딱 맞았다. 양반들은 춘향이가 양반인 이 도령에게 일편단심 정절을 지키려 한 행위가 마음에 들었다. 정절 윤리는 양반 사회가 굉장히 중요하게 여긴 윤리 규범이었다. 정절은 오늘날엔 시대에 뒤떨어진 말이 되었지만, 옛날엔 충, 효와 더불어 가장 중요한 3대 윤리 덕목이었다. 그렇다면 연암은 정절 윤리를 어떻게 생각했을까?

「열녀함양박씨전」은 연암이 말년에 쓴, 사회의식이 강하면서 정절 윤리를 전면에서 다룬 거의 유일한 작품이다. 연암이 1793년 안의 현감安義縣監으로 재직하고 있을 때, 이웃 마을인 함양에서 일어난 박 씨의 순절 소식을 듣고 썼다. 작품은 크게 서序와 본문으로 구성되어 있다. 그래서 본래 제목도「열녀함양박씨전烈女咸陽朴氏傳 병서幷序」이다. 본문은 다시 두 과부의 에피소드로 나뉘어 있다. 이 작품은 기본적으로 열녀전烈女傳의 전통을 따른 산문의 형식을 취하고 있는 것이다. 하지만 대화체가 많으며 본문의 전반부가 허구 요소가 강하다는 점을 들어 소설로 보기도 한다. 작품의 주제에 대해서도 서로 다른 입장이 팽팽하게 맞서 있다. 열녀인 박 씨의 행위를 찬양한 작품으로 바라보기도 하지만, 열녀 행위가 만연한 사회 풍조와 지나친 열녀 행위를 비판한 작품으로 이해하기도 한다. 과연 연암의 진의는 어디에 있을지 생각해보자.

열녀 탄생의 메커니즘

서序에 해당하는 부분에서는 조선 시대 열녀 제도의 상황이 일목요연하게 나타나 있다. 충신은 두 임금을 섬기지 않고 열녀는 두 지아비를 받들지 않는다는 말은 유학에서 금과옥조로 떠받드는 도덕률이다. 조선 시대 선비들은 임금이 좀 못되었어도, 죽음을 무릅쓰고 간청할지언정 임금을 몰아낼 생각을 하지 못했다. 임금의 명으로 귀양을 가도 '성은이 망극하옵니다.'라고 조아리고 사약을 받아 죽으면서도 속으로는 원망했을지언정 임금을 원망하는 말은 뱉지 않았다. 또한 사대부의 아내는 평생 한 남편만을 섬겨야 한다고 생각해서 남편이 죽어도 재혼하지 않았다. 지금의 헌법에 해당하는 『경국대전』에서는 아예 재혼 금지를 문서로 규정했다. 나아가 행실이 나쁜 여인과, 재혼한 여자의 자식은 동반과 서반, 즉 양반의 관직에 임용할 수 없다고 못 박아놓았다. 자식의 능력이 아무리 뛰어나도 높은 관직에 오를 수가 없었다. 법으로 엄격히 규제했으니, 어느 가문에서 재혼을 할 것이며 다른 사랑을 꿈꾸겠는가! 임진왜란과 병자호란 때는 일본과 중국에 포로로 끌려갔던 여인들이 목숨을 걸고 살아 돌아와도, 정절을 잃었다는 이유로 남편들이 받아주지 않는 어처구니없는 일도 일어났다. 본래 이 법은 사대부의 여성에게 해당하는 규범이었지만, 국가 차원에서 장려하다 보니 평민은 물론 천민 계층까지 퍼져서 남편이 죽으면 여자가 홀로 살거나 남편을 따라 죽는 일이 나라의 풍속이 되기에 이르렀다.

　연암은 아내들이 남편을 따라 죽기를 빌며 따라 죽는 것을 천국 밟듯이 여기니 열녀는 열녀지만 어찌 지나치지 않겠느냐고 말한다. 지나치다의 원문은 허물 과過이다. 잘못되다는 뜻도 있다. 곧 어찌 잘못된 일이 아니겠느냐는 뜻으로도 해석된다. 남편이 죽으면 홀로 사는 것은 절節이라고 하고 남편을 따라 죽는 것은 열烈이라고 부른다. 본래는 재혼하지 않고 혼자 사는 것이 일반적인 풍습이었는데, 임진왜란과 병자호란 때 많은 남성이 전쟁터에서 죽자 남편을 따라 죽는 여성들이 늘어났다. 당시 열녀로 인정받으려면 평생 수절을 지키는 것만으로는 부족하고, 남편을 따라 죽어야 열녀가 되는 상황이 되었다.

오늘날 남편이 죽었다고 해서 따라 죽는 여성은 없을 것 같다. 그 반대의 경우도 마찬가지다. 인간은 각자의 소중한 삶이 있는 것이다. 그런데 왜 조선의 여인들은 남편이 죽으면 목숨을 끊는 극단적인 선택을 했을까? 아무리 삶이 힘들어도 극한의 상황이 아니라면 누구나 살기를 원하지, 죽으려 하지는 않는다.

여기엔 국가적인 억압의 이데올로기가 숨어 있다. 한 마을에 열녀가 생기면 나라에서는 그 가문에 정려문旌閭門을 세워주고 집안에 여러 가지 혜택을 주었다. 예컨대 집안의 부역을 면제하는 것은 물론 아들이나 손자에게도 부역을 감면해 주었다. 그뿐만 아니라 열녀가 생긴 마을에 포상을 내려주고 그 마을을 다스리는 수령에게도 특전을 베풀어주었다. 나라는 나라대로 열녀 이데올로기를 전파해나갈 수 있었다. 곧 마을에 한 열녀가 생기면 그 가문은 물론, 그녀가 사는 마을, 그 마을을 다스리는 사또, 그리고 나라까지 이익을 얻는 구조였다. 한 개인의 희생으로 주변의 모든 공동체가 이익을 얻는 구조가 열녀 이데올로기였다. 나 하나 희생하면 내 가문의 명예를 드높이고 대대로 마을의 자랑거리가 될 터인데, 속으로 죽고 싶지 않더라도 어찌 죽지 않을 수 있겠는가! 더욱이 옛날은 한 개인의 인권보다 가문과 공동체의 명예를 더욱 중요하게 여기는 사회였다.

오늘날에 남편이 죽었다고 아내도 따라 죽어야 한다는 도덕률을 지지하는 사람은 없다. 그러나 조선 시대에는 선비 가운데 누구도 이 문제에 대해 비판의식을 갖지 않았다. 깨어 있다는 지식인은 물론 실학자도 마찬가지였으며 오히려 권장하고 부추기는 말을 했다. 누군가 남편을 따라 죽는 일이 생기면 그 마을이나 이웃 마을의 글깨나 한다는 선비들은 그녀를 기리는 「열녀전」을 지었다. 「열녀전」의 전통은 그렇게 탄생했다. 각 도의 관찰사는 군현의 열녀 기록을 모아 조정에 보고해 올렸다.

그런 와중에 두 사람은 열녀 행위를 과감하게 비판했다. 한 사람은 "열녀는 열녀지만 어찌 지나치지 않겠는가?"라고 말한 연암 박지원이고, 또 한 사람은 다산 정약용이다. 다산은 「열부론烈婦論」에서 "아버지가 병들어 죽거나 임금이 죽었을 때 아들이나 신하가 따라 죽는다고 해서 이를 효자나 충신이라고 말하는 법은 없다. 그런데 왜 유독 남편이 죽었을 때 아내가 따라 죽으면 열부烈婦라 하여 정표를 세워주고 호역을 면제해 주는가? 남편이 죽었다고 따라 죽는 아내는 소견이 좁은 여자일 뿐 열부일 수는 없다."라고 주장한다. 아무리 효자라도 아버지가 병들어 죽었다고 자식이 따라 죽지는 않으며 아무리 충신이라도 임금이 죽었다고 신하가 따라 죽지는 않는다. 그런데 유독 열녀만 남편이 죽었을 때 아내가 따라 죽어야 했다. 그리하여 다산은 남편이 편안하게 오래 살다가 죽었는데도 아내가 따라 죽는 것은 제 몸을 죽인 것일 뿐이라고 하면서 "나는 정말 제 몸을 죽이는 것은 천하의 가장 흉측한 일이라고 생각한다."라고 주장한다. 비록 다산이 전통적인 절의節義를 부정한 것은 아니었지만 여성의 생명이 소중하다는 관점은 진일보한 생각이다. 우리 고전 지성사에 다산과 연암이 있어 다행이다.

수절 과부가 엽전을 굴린 이유

그런데 연암이 과연 열녀를 비판한 것인지에 대해서는 학자들간에 논란이 분분하다. 왜 그런지 독자 나름의 기준으로 잘 판단해보기 바란다. 뒤이어 엽전을 굴리면서 깊은 고독을 견뎌낸 한 과부의 이야기가 나온다. 요약하면 이렇다. 어떤 과부가 다른 남자를 만난다는 소문이 났고 이 소문으로 과부 자식의 벼슬길을 가로막으려는 논의가 생겼다. 수절 과부는 소문난 과부의 앞길을 막으려는 두 아들에게 소문은 형체 없는 바람이니 믿지 말라고 타이른다. 그러면서 과부도 똑같이 정욕이 있는 존재이며, 자신도 정욕을 잊기 위해 매일 밤 엽전을 굴리며 견뎌왔음을 눈물로 고백한다. 연암은 수절한 과부가 열녀는 틀림없지만 온 나라의 과부가 수절을 하는 바람에 죽지 않으면 남다른 절개를 증명할 수가 없어서 그 이름이 드러나지 못했다고 말한다.

연암은 수절 과부의 입을 빌려 수절 과부의 고통을 들려준다. 정욕은 자연스러운 이치이고 과부도 일반 사람들과 똑같이 정욕을 지녔다고 말한다. 정욕을 긍정하는 발언은 주자 성리학의 세계관에서는 평범한 말이 아니다. 성리학은 극기복례克己復禮를 미덕으로 삼는다. 극기복례는 자기를 이기고 예로 돌아간다는 뜻이다. 자기를 이긴다는 것은 사사로운 정욕과 욕심을 제거한다는 뜻이다. 주자 성리학에서 인간의 마음은 성性과 정情으로 나누어져 있는데 성만이 이理이고 정은 인욕人慾이기 때문에 억제하거나 제기해야 한다고 말한다. 성은 인간이 지니고 있는 순수한 본성을 말한다. 이것만이 이치가 된다고 해서 성즉리性卽理라고 말하는 것이다. 반면 정은 절제하고 감춰야 할 감정이었다. 우암 송시열宋時烈(1607~1689)은 "정情은 곧 정욕의 뜻이니, 정욕을 극복하면 천리天理에 이를 수 있다."라고 말한다. 정욕을 극복하는 것이 하늘의 이치를 실현하는 길이었다. 택당澤堂 이식李植(1584~1647)도 다음과 같이 말한다. "성현은 정욕을 절제하고 막으니 천 마디 만마디가 이 뜻 아닌 것이 없다. 오늘날 학자들은 성性 속에 악惡이 없을 수 없다며 스스로를 합리화하고, 사람에게 정욕이 없을 수 없다며 남을 가르치니, 나는 그것이 어떤 말인지 알 수가 없다." 조선조 전통 성리학자들이 정에 대해 갖는 생각을 잘 담고 있는 대목이다.

우리 고전 유학사에서 정을 직접적으로 강조한 사람으로 허균許筠과 이옥李鈺이 있다. 시대의 이단아인 허균은 "남녀의 정욕은 하늘이고 윤리와 기강의 분별은 성인의 가르침이다. 하늘이 성인보다 한 등급 높으니, 나는 하늘을 따르지 감히 성인을 따르지 않겠다."라고 말한다. 남녀의 정욕은 하늘이 부여한 것이고 윤리와 도덕은 성인이 만든 것이므로 하늘의 가르침인 정욕을 따르겠다고 천명한다. 굉장히 대담한 발언이다. 조선 후기의 이옥도 "천지 만물에 대한 관찰은 사람을 관찰하는 것보다 더 큰 것이 없고, 사람에 대한 관찰은 정情을 살펴보는 것보다 더 묘한 것이 없고, 정에 대한 관찰은 남녀의 정을 살펴보는 것보다 더 진실한 것이 없다."라고 말하며 남녀의 정이 가장 진실하다고 주장하고 있다. 두 사람의 말은 특별하고 과감한 발언이다. 송시열과 이식의 말이 보편적인 견해였고 허균과 이옥의 말은 당돌한 주장이었다.

연암의 말도 발언 수위는 조금 낮지만 남다른데, 인간은 누구나 정욕을 갖고 있으며 과부 역시 인간으로서 정욕을 지닌 존재라고 말한다. 정욕을 긍정했다고 해서 곧바로 재혼을 주장한 것으로 연결할 수는 없지만, 정욕을 윤리 차원이 아닌 휴머니즘의 관점에서 이해하려 한 것은 분명해 보인다.

과부의 수절담을 들은 식자층은 그녀에게 열녀라는 평가를 내린다. 정욕을 이겨내기 위해 밤마다 동전을 굴린 과부의 혹독한 수절 지키기는 열녀의 기준에 들어맞는다. 그러나 세상에 드러나지 않고 전해지지도 않았다. 과부가 수절을 지키는 것이 일상의 일이 되어버려서 죽어야만 그 절개가 드러나는 세상이 된 것이다. 조선 시대 열녀 이데올로기는 국가의 통제 아래 반복적으로 주입되어 과부가 수절하는 일은 일상의 일이 되었다. 과거엔 열녀로 칭송받았던 수절의 행위도 이제는 죽지 않으면 절대 이름을 드러낼 길이 없어졌다. 연암은 수절한 과부의 사연을 통해 과부의 삶이 얼마나 고통스러운지, 왜 그녀가 열녀가 될 수 없었는지를 말하고 있다.

열녀 함양 박 씨는 왜 자결했나?

이어서 「열녀함양박씨전」의 주인공인 함양 사는 박 씨의 순절 사건을 이야기한다. 박상효朴相孝의 조카딸인 박 씨가 혼인식을 올리지도 못한 채 남편을 잃고 나서 3년 상을 마친 뒤 자결했다는 소식을 듣고서 연암이 그 열녀 행적을 다룬 것이다. 앞서 수절 과부담은 당사자인 과부가 자신의 고통을 하소연하는데 비해 함양 박 씨의 순절담은 늙은 아전의 입을 통해 전달한다. 위의 사건은 연암이 안의 현감으로 재직하던 시절에 일어난 일이다. 어느 날 밤 연암은 함양 박 씨의 자결 소식을 듣는다. 함양 박 씨에서 함양은 박 씨의 본관을 말하는 것이 아니다. 박 씨의 본관은 밀양이다. 즉 함양 박 씨는 함양에 사는 밀양 박씨이다.

　박 씨의 순절殉節 소식을 들은 이웃 선비들은 그녀를 기리기 위해 열녀전을 창작한다. 박 씨에 관한 열녀전은 연암의 작품 외에도 인용문에 언급된 함양 군수 윤광석, 산청 현감 이면제, 거창의 신돈항 등을 포함해 모두 여섯 편이나 존재한다. 한마을에 열녀가 생기면 향촌의 선비들이 그녀에 대한 열녀전을 지어 그 죽음을 기리고, 그리하여 열녀를 찬양하는 분위기가 사회적으로 널리 퍼지는 것이 열녀 이데올로기 확산의 메커니즘이다. 다른 사람들이 쓴 박 씨의 열녀전을 통해 알 수 있는 그녀의 인생 행로는 다음과 같다.

박 씨는 아전인 박상일朴相一의 딸이다. 그녀는 세 살 때 아버지를, 다섯 살 때 어머니를 여의었다. 어린 시절부터 효행록을 읽다가 효자와 열녀 대목에 이르면 소리 높여 낭송하고 열녀의 삶을 흠모하였다. 열아홉 살에 함양의 임술증에게 시집갔는데 그는 이미 폐결핵에 걸려 죽음이 임박한 상황이었다. 조부모는 파혼을 하려고 했으나 박 씨는 파혼을 거절하고 임술증과 결혼했다. 하지만 혼인식을 올리고 나서 합궁合宮도 해보지 못한 채 6개월 만에 남편은 세상을 떠났다. 박 씨는 혼절하며 애태우다 실명의 위기까지 겪었다. 장례식을 치르고 나서 슬픔은 전혀 드러내지 않고 기쁜 낯빛으로 시부모를 지극정성으로 섬겼다. 박 씨 자신이 병에 걸렸을 적엔 하늘에 울부짖으며 지아비의 대상大祥을 치를 수 있게 해달라고 간청했다. 평소 빗질과 세수도 하지 않았으며 남들과 이야기도 나누지 않았다. 남편의 3년 상大祥을 치른 후 비상약을 먹고 남편이 죽은 시각에 세상을 떠났다. 장례를 치른 뒤 그녀 소지품에서 유서가 나왔는데, 남편과 같이 묻히고 싶다는 바람이었다. 그리하여 남편의 무덤을 열어 둘을 함께 묻어주었다. 연암을 제외한 다른 사대부의 작품에서는 박 씨의 죽음에 대해 '독약을 마시고 목매달아 죽기를 마치 즐거운 세상을 밟듯' 하는 전형적인 사례로 기술하고 있다.

그녀의 삶은 오늘날의 시선에서는 쉽게 이해되지 않는다. 곧 죽음이 임박한 사람과 결혼을 한다거나, 빗질과 세수도 하지 않았다거나, 남편이 죽은 시각에 비상약을 먹고 자결하는 행위는 살짝 괴이하기도 하고 극단적이다. 하지만 조선 시대 열녀의 관점에서는 지극히 평범한 행동이었다. 남편이 병들면 자신의 허벅지살을 베어 고깃국을 끓여주거나, 남편의 똥 맛을 보아 병세를 점치거나, 남편이 죽으면 남이 연정을 품을까 봐 얼굴에 숯검정을 칠하고 사는 등의 엽기적인 행위가 빈번히 일어났다. 어떻게 그럴 수 있을까 싶지만 어린 시절부터 지속해서 열녀 이데올로기를 주입받았기에 남편이 죽고 나면 자신의 신체를 희생하는 극단적인 행동이 자연스럽게 이루어졌다. 위의 기록에서도 보듯이 박 씨 역시 어린 시절부터 열녀전이라든가 『삼강행실도』 열녀편, 『내훈』 등의 책을 읽으며 열녀로서의 덕목을 내면화했던 것으로 보인다. 곧 열녀 행위는 어린 시절부터 열녀의 덕목을 반복해서 학습해 오면서 자연스럽게 형성한 실천 규범이었다. 남성 사대부들은 한 마을에 남편을 따라 목숨을 끊은 여인이 생기면 그녀의 순절을 찬양하고 자발적으로 남편을 따라 죽은 것으로 묘사했다. 곧 조선 시대 열녀전은 철저하게 남성의 시각에서 써 내려간 텍스트였다.

그런데 연암은 기존의 사대부들과는 다른 시선에서 열녀의 속마음을 이야기한다. 박 씨가 목숨을 끊은 이유는 일반적인 열녀전에서 이야기하는 것과는 전혀 다르다. 연암은 그녀가 천국 밟듯이 즐겁게 죽은 것이 아니었다고 말한다. 홀로 살아봤자 남들에게 동정만 받거나 괜히 사람들 입방아에 오르내리는 신세밖에 되지 못했을 터, 사는 것이 죽느니만 못하기에 빨리 죽기를 원한 것이라고 말한다. 연암은 박 씨가 사는 것보다 죽는 편이 나아서 목숨을 끊었다고 생각한다. 그러면서 남편이 죽은 같은 날짜에 남편을 따라 죽었으니 '어찌 열녀가 아니겠는가.'라고 말한다. 열녀라는 뜻일까? 아니면 일종의 반어일까?

먼저 작품에 등장하는 세 명의 과부에 대해 생각해보면, 본문에 시끄러운 소문이 난 과부와 수절한 과부, 남편을 따라 죽은 함양 박 씨 등 세 과부가 나온다. 시끄러운 소문이 난 과부와 수절한 과부는 함양 박 씨가 남편을 따라 죽지 않았다면 겪었을 두 가지 경우의 삶이다. 박 씨는 기꺼이 남편을 따라 죽은 것이 아니었다. 그것은 세상의 평가일 뿐이다. 오래 살아봤자 불쌍한 처지가 되거나 괜한 억측을 받게 될 것이 뻔하므로 빨리 죽는 것이 낫다고 여겨 죽은 것이다. 곧 그녀가 죽지 않고 살아갈 때 앞날에 놓인 삶은 단 두 가지, 남의 입에 오르내리거나 평생 정욕을 참아내며 고통스럽게 사는 길뿐이었다. 연암은 세 유형의 과부를 보여줌으로써 과부가 겪을 수 있는 모든 상황을 보여주고 있다. 세 과부의 삶은 조선 시대 과부들이 겪어야 하는 모든 경우의 수였다. 연암은 시종 세 과부를 연민과 안타까움의 시선으로 그려내고 있다.

연암의 글쓰기 방식

그렇다면 연암은 함양 박 씨의 열녀 행위를 어떻게 바라보는 것일까? 작품 마지막의 '어찌 열녀가 아니겠는가?'라는 문장을 평서문으로 볼 수도 있고 반어로 볼 수도 있다. 평서문으로 보면 열녀의 수절 풍습에 대해 비판한 내용이 없으므로 전통적 윤리관인 수절을 긍정하면서 죽음으로 몰아간 순절은 거부하는 뜻을 나타낸 것으로 해석할 수 있다. 하지만 나는 반어로 본다. 반어로 이해하면 순절의 폐단을 비판한 작품이 된다. 수절은 인간의 자유로운 욕망을 억압하는 비인간적 행위이며 남편을 따라 죽는 순절은 악습임을 우회적으로 드러내고 있다고 본다.

이 대목을 제대로 해석하려면 연암이 사회를 비판하는 방식을 이해해야 한다. 연암이 사회 현실을 비판하는 방식은 크게 두 가지이다. 하나는 현실을 드러내놓고 비판하고 조롱하는 방식이다. 우리가 잘 알고 있는 「양반전」, 「호질」, 「허생전」 등이 그러하다. 이들 작품은 양반 세계의 위선과 무능력, 횡포와 허위의식을 드러내놓고 비판하고 있다. 또 하나는 개인은 따뜻한 시선으로 그려내면서 사회와 시대를 은연중에 비판하는 방식이다. 연암은 사회에서 소외된 약자는 그가 인간적 결함이 있더라도 따스한 시선을 보낸다. 그러면서 그 인간을 둘러싼 사회 현실에 대해서는 냉소와 비판의 시선을 서슴지 않는다. 연암의 초기 소설들이 대부분 그러하다. 「마장전」, 「예덕선생전」, 「민옹전」 등은 주인공이 사회로부터 소외된 약자들로써 연암은 이들을 연민의 눈으로 보면서 사회적 약자가 오히려 진실한 인간이라고 말하거나 능력 있는 인재를 쓰지 못하는 사회 현실을 암암리에 비판한다. 「열녀함양박씨전」은 후자의 방식이다.

「열녀함양박씨전」의 과부들은 시대의 열烈 이데올로기에 희생된 사회적 약자이다. 연암은 과부들을 연민과 안쓰러움으로 바라본다. 연암은 유가 이념이 아닌 휴머니즘의 관점을 투영하고 있는 것이다. 그리하여 한 개인에 대한 연민과 애정의 시선을 놓치지 않는다. 연암은 과부의 마음으로 들어가 과부의 마음을 이해하려 했다. 과부는 자발적으로 수절을 택하고, 천국 밟듯이 목숨을 끊지 않았다. 어쩔 수 없이 살고 어쩔 수 없이 죽었다. 과부의 마음으로 들어가 과부의 입, 과부의 생각에서 나온 발언은 과부를 죽음으로 몰아간 사회 현실을 향해 있다. 비록 사대부들은 이 작품을 과부의 정욕 극복기로 이해할지라도 연암의 시선은 궁극적으로 한 인간을 고통스럽게 살아가게 하고 억지로 죽게 만든 사회 현실을 향했던 것으로 보인다.

도덕 윤리는 정치적인 담론보다 더 강력하게 내면화된 이데올로기이다. 도덕과 윤리는 일상의 공간에서는 법이나 사회 정치적 논제보다 더 강력한 억압으로 작용한다. 열의 윤리는 조선조의 유가 질서를 유지하는 강력한 수단이었다. 모든 인간이 정절의 윤리를 당연한 가치로 여기는 사회에서 이를 정면에서 비판하기는 거의 불가능했을 것이다. 따라서 연암은 여느 작품들처럼 직설적으로 말하지 않고 모호하게 말해야 했을 것이다.

연암은 어떤 주장을 하느냐 못지않게 그 생각을 어떻게 설득시키느냐를 중요하게 생각한다. 열녀를 보편적인 윤리로 받아들이는 사회에서 열녀 행위를 직접적으로 비판하는 방식은 역효과만 내고 실익도 적다. 좀 더 유연하게 접근하여 공감을 이끌어내고 합리적으로 설득하는 방법이 필요했을 것이다. 열녀를 칭찬하는 것인지 비판하는 것인지 헷갈리는 작품의 특성은 그러한 사정이 반영된 것이다.

어떤 독자는 이 작품을 훌륭한 열녀전으로 읽을 수도 있다. 수절 과부의 일화는 정욕 극복기가 되고 함양 박 씨의 순절은 훌륭한 열녀 사례가 된다. 또 어떤 독자는 연암의 은밀한 문장

속에서 지나친 열녀 현상을 걱정하고 과부의 고통스러운 삶에 동감함으로써 문제의식을 느낄 수도 있다. 또 누군가는 수절과 순절의 부당성을 깨닫고 재혼을 할 수 있어야 한다고 생각할 수도 있다. 독자는 어느 관점에서 읽어도 충분히 수긍할 만한 논리가 작품 안에 있다. 자신에게 닥칠 비난을 피하기 위한 연암의 차원 높은 글쓰기 전략이다. 누군가 이 작품을 거론하며 자신을 해치려 하면, 비난의 화살을 피해갈 수 있도록 모호한 지점을 둔 것이다.

연암 열녀관의 의의와 한계

그렇다면 연암의 궁극적 의도는 어디에 있을까? 수절과 순절을 비판한다고 해서 곧바로 정절 윤리를 부정하는 것으로 연결되는 것은 아니다. 또 수절을 긍정한다고 해서 재혼을 반대하는 논리로 연결되는 것도 아니다. 연암은 정절의 기본 가치를 부정한 것은 아니지만, 수절과 순절이 심각한 문제를 갖고 있으므로 재혼을 해도 상관없다는 생각을 지닌 것으로 보인다. '어찌 열녀가 아니겠느냐?'는 문장은 반어이다. '그녀 개인의 행위로 보면 열녀라 하겠지만 참 안타깝고 답답하구나.' 정도로 읽힌다. 박 씨 개인은 불쌍히 여기면서 그러한 분위기를 조장하는 사회를 비판하는 뜻을 담고 있다고 본다.

열녀를 측은하게 바라보면서 자못 모호한 방식으로 당시의 열녀 제도를 비판하는 연암의 여성관이 썩 만족스럽다고는 할 수 없다. 지금의 관점에서 연암의 여성관은 소극적이고 한계가 많다. 그러나 당대 사회가 모든 계층을 막론하고 열녀 행위를 당연하게 여기고 있었으며, 연암 자신이 양반 사대부였다는 현실적 조건을 고려해야 한다. 지금의 관점에서 연암의 여성관이 근사한 시각이라고 할 수는 없겠지만 시대적 조건을 생각하면 당대의 평균 남성들보다는 진일보한 생각이라고 인정해줄 수는 있을 듯하다. 최소한 연암은 휴머니즘의 시각에서 여성을 하나의 소중한 인격체로 바라보려 한 점은 틀림없어 보인다.

지금도 여성에게만 정절을 요구하는 시선이 사라진 것은 아니다. 왜 정절 윤리를 여성에게만 강요하고 남성에겐 관대했던 것일까? 과연 지금은 그 의식이 얼마나 바뀌었을까? 아니, 지금 시대에 정절 윤리를 꺼낸다는 것이 의미가 있기는 한 것일까? 지금의 윤리 도덕 가운데는 훗날에 비웃음거리가 되는 것은 없을까? 열녀 이데올로기를 생각하자니 갖가지 상념이 든다.

10

의리를 다시 묻다

백이론

백이론伯夷論 상上

『사기史記』에, 무왕武王이 주紂를 정벌하려 하자, 백이伯夷가 말고삐를 잡으며 충고했고, 무왕이 은殷을 멸망시키자 백이는 부끄럽게 여겨 수양산에서 굶어 죽었다고 했다. 이에 대해 논한다. 백이가 무왕에게 충고했다는 사실은 경서에는 보이지 않는다. 이는 제齊나라 동쪽 시골 사람의 말인데 사마천이 취해 사료로 삼았으니 믿을 것이 못 된다. 그러나 이 책을 믿는다면 논의할 만한 점이 있다.

　백이는 이른바 천하의 큰 어른이자 현인으로 서백西伯이 일찍이 예의로 그를 봉양했다. 그런데 이때에 와서 측근들이 그를 병기로 해치려고 했다. 아, 선왕이 예로써 봉양했던 신하이며 천하의 이른바 큰 어른이자 현인을 측근들이 바로 앞에서 병기로 해치려 하자, 무왕은 오히려 '내가 아니라 병기가 그렇게 한 것이다.'라고 했으니 접때 태공이 아니었다면 백이가 죽음을 면할 수 있었겠는가? 옛날에 이윤伊尹은 필부 한 사람이라도 제자리를 얻지 못하면 자신이 밀어서 도랑 속으로 처넣은 것처럼 여겼으며, 죄가 없는 한 사람을 죽여 천하의 왕이 될 수 있다고 해도 하지 않았으니, 이는 또한 무왕의 뜻이기도 하다.

무왕은 아마도 천하에 "상商나라 백성들이 제자리를 얻지 못했다."라고 외쳤을 것이다. 그러나 주周나라가 장차 일어날 적에 큰 어른이자 현인이 제자리를 얻지 못했으니, 무왕이 천하를 얻은 것은 제자리를 얻지 못한 데서부터 시작된 것이다.

또 무왕은 천하를 향해 외쳤을 것이다. "상나라가 노성老成한 사람의 말을 버렸다." 그러나 주나라가 일어날 적에 큰 어른이자 현인이 그 불의를 충고했으니 무왕이 천하를 얻은 것은 충고를 듣지 않은 데서 시작된 것이다.

또 무왕은 천하를 향해 외쳤을 것이다. "상나라가 죄 없는 이를 죽였다." 그러나 주나라가 일어날 적에 큰 어른이자 현인이 온전한 죽음을 맞지 못했으니 주나라가 천하를 차지한 것은 죄 없는 사람을 죽인 데서 시작된 것이다. 이 세 가지는 무왕이 남을 정벌하게 된 까닭이건만 어리석게도 자신은 돌보지 않았단 말인가?

무왕은 기자箕子를 감옥에서 풀어주고, 비간比干의 묘에 봉분해주고, 상용商容의 마을을 지나갈 때 경의를 표했다. 그러나

오직 백이만은 뜻을 표하지 않았다. 이는 무슨 까닭인가? 아, 그가 살았을 때는 예로써 봉양하기를 문왕과 같이 하고, 그가 떠났을 때 신하로 대하지 않기를 기자와 같이 하고, 의롭게 여겨 표창하기를 상용과 같이 하고, 그가 죽었을 때 봉분하기를 비간과 같이 해야 옳았다.

그런 까닭에 나는 말한다. 탕과 백이와 무왕은 도가 같았다. 그들은 천하와 후세를 위해 염려해서 그렇게 한 것이다. 탕임금이 걸을 추방하자 천하가 흡족해하며 이상하게 여기지 않았다. 그러자 탕임금은 진실로 염려해서 말하길, "나는 후세 사람들이 나를 가지고 구실 삼을까 두렵다."라고 했다. 무왕이 이에 탕임금을 따라 행동하자 천하 사람들이 또 흡족해하며 이상하게 여기지 않았으니 그 후세를 위해 염려함이 진실로 커서였다. 그러므로 백이가 무왕을 비난한 것은 그의 거사를 그르다고 한 것이 아니라 그 의리를 밝혔을 따름이다. 무왕이 백이를 봉분하지 않은 것은 그를 잊어서가 아니라 그 의리를 드러내려 했을 따름이다. 그들이 후세와 천하를 염려한 것은 똑같았다.

아, 예로써 봉양한다 해도 후세에 그 의리를 밝히기에 부족하고, 표창한다 해도 후세에 그 의리를 밝히기에 부족하며, 신하로 대하지 않는다 해도 후세에 그 의리를 밝히기에 부족하고, 봉분해준다 해도 백이를 후하게 대접하기에 부족한 것이다.

강세황, 〈이제묘도(夷齊廟圖)〉

나는 말한다.

탕 임금과 백이와 무왕은 도가 같았다.

수양산 바라보며 이제夷齊를 한하노라.

주려 죽을 진들 채미採薇도 하난 것가

아무리 푸성귀인들 그 누구 땅에 났나니

사육신死六臣 중의 한 사람이었던 성삼문의 시조이다. 성삼문
은 수양대군이 조카인 단종을 쫓아내고 왕위를 빼앗은 것을
받아들일 수 없었다. 비록 단종 복위를 꾀하다가 실패하여 죽
임을 당했지만, 그 의로움은 후세에 길이 전해지게 되었다. 위
의 시조에서 수양산은 백이와 숙제가 숨어 살던 산의 이름이
기도 하고 수양대군을 상징하기도 한다. 이제夷齊는 백이와 숙
제를 말한다. 백이 숙제는 수양산에서 고사리를 캐어 먹다가
굶어 죽었다. 하지만 저자는 그마저도 마음에 들지 않는다. 고

사리가 비록 푸성귀이지만 그 또한 백이가 반대했던 주나라 무왕의 땅에서 난 것이 아니냐고 묻는 것이다. 백이보다 더한 절의를 지키겠다는 다짐을 담아 단종에 대한 일편단심을 노래하고 있다.

백이는 동양 사회에서 의리를 상징하는 인물로 빈번히 호명되는 인물이다. 서양이 사랑의 가치를 자주 역설했다면 동양은 의리이다. 의리를 말할 때면 동아시아에는 빛나는 두 별이 있는데 한 명은 『삼국지연의』의 관우이고, 또 한 명은 백이이다. 특히 백이는 전통 유학자에게 더욱 환영을 받았다. 고전시대에 올바른 도리의 대표적인 덕목이 충과 효와 의義인데, 세 덕목을 다 갖추었다고 평가받는 인물이 백이였다. 연암 역시 「백이론」을 써서 백이에 대한 생각을 밝히고 있다. 연암이 쓴 논論 형식의 작품은 「옥새론玉璽論」과 「명론名論」, 「백이론伯夷論」 셋뿐인데, 그 가운데 「백이론」은 상上과 하下가 있어서 더욱 특별하다.

최고의 의리남, 백이의 탄생

백이가 의리의 상징이자 성인으로 높임을 받게 된 것은 동양 사회에서 절대적인 영향력을 갖는 공자와 맹자 덕분이다. 유학의 나라인 동양 사회에선 공자님 말씀이면 모든 것이 통한다. 공자는 백이 숙제를 현자賢者와 일민逸民(숨어 사는 은자)으로 높였다. 백이는 어짊을 구했으며 남을 원망하지 않은 사람이라고 칭찬했다. 또 그 뜻을 굽히지 않고 그 몸을 욕되게 하지 않은 사람이라고도 했다. 맹자 역시 백이는 백세의 스승이며 성인 중에서도 청렴한 분이라고 높였는데, 백이는 섬길 만한 군주가 아니면 섬기지 않았고 다스려지면 나아가고 어지러우면 물러난 사람이라고 평가했다. 공자와 맹자 덕분에 백이는 현자이자 성인의 지위를 갖게 되었다.

하지만 백이가 어떤 삶을 살다 간 인물인지, 어떤 일을 했는지에 대한 구체적인 기록은 없었다. 공자와 맹자가 '백이는 어떠한 사람이다.'라고 평가했지만 '백이가 어떤 삶을 살았다.'는 기록은 어떤 문헌에도 나타나지 않았다. 사마천의 『사기史記』에 이르러 비로소 백이에 대한 구체적 행적이 전해지게 되었다. 사마천은 「백이열전伯夷列傳」에서 이전까지 전해오던 백이에 대한 소문을 정리했다. 전체 내용을 간단하게 정리하면 다음과 같다.

백이와 숙제는 고죽국 군주의 두 아들이다. 고죽국의 군주는 첫째인 백이 대신에 셋째인 숙제에게 나라를 물려주고 싶어 했다. 고죽군이 죽자 신하들은 군주의 뜻을 받들어 숙제를 후사로 세우려 했다. 숙제는 형인 백이에게 양보했지만 백이는 아버지의 뜻을 거스를 수 없다며 숨어버렸다. 숙제도 형님이 계승해야 한다면서 숨어버렸다. 신하들은 부득불 둘째를 군주로 세웠다. 백이와 숙제는 새 군주에게 부담을 주지 않기 위해 다른 곳으로 떠났다. 마침 제후국인 서백西伯의 희창(주문왕)이 효성이 깊고 노인을 공경한다는 소문을 듣고 그곳으로 갔다. 그러나 그곳에 도착했을 때 희창은 이미 세상을 떠났고 아들인 무왕(이름은 희발)이 돌아가신 아버지의 신주(신위)를 실은 채 폭군인 은나라 주왕紂王을 치기 위해 막 출정하려던 참이었다. 주왕은 은나라의 마지막 황제로, 탕나라의 걸왕과 더불어 중국의 2대 폭군이다. 무왕은 주왕의 폭정을 막기 위해 군대를 일으킨 것이다. 백이와 숙제는 무왕의 말고삐를 잡고 간청했다. "아버지의 장례를 치르지도 않고 군사를 일으킨 것은 효가 아닙니다. 게다가 신하가 임금을 시해하는 것은 어진仁 행위가 아닙니다." 곁에 있던 병사들이 백이 숙제를 찔러 죽이려 했다. 그때 무왕의 참모였던 태공망(강태공)이 가로막았다. "이 두 사람은 의로운 사람이다." 그리곤 백이 숙제를 살려 보냈다. 마침내 무왕은 주왕을 정벌하고 주周나라를 세웠다. 상심한 백이 숙제는 주나라의 곡식을 먹지 않겠다며 수양산에 숨어 들어가 고사리를 캐 먹으며 살다가 굶어 죽었다.

공자와 맹자의 보증과 「백이열전」에서의 백이 자취 덕분에 백이는 효와 절의의 상징이 되었다. 백이는 부모님 말씀에

순종했을 뿐만 아니라 노인을 공경하는 문왕의 밑으로 들어가고자 했다. 또한 백이는 불사이군不事二君을 실천했다. 불사이군은 충신은 두 임금을 섬기지 않는다는 뜻이다. 백이는 주왕이 비록 폭군이었지만 자신의 군주이므로 끝까지 섬기고자 했다. 그리하여 백이는 효와 의와 충을 중요하게 여기는 동양 사회에서 효와 의리를 대표하는 인물이 되었다.

특히 조선 후기에는 병자호란을 겪고 나서 백이는 명나라에 대한 의리를 상징하는 인물이 되었다. 조선 사회는 청나라가 명나라를 무너뜨리자 중화의 나라로 섬겼던 명나라에 대한 의리를 다짐하며 무찌르자 오랑캐(청)를 국가 이념으로 삼았다. 이것이 북벌론北伐論이다. 한 임금에 대한 충성을 다짐한 백이의 충성은 명나라에 대한 의리와 겹쳐졌다. 조선의 선비들은 사신으로 중국 청나라에 갈 때 백이 숙제의 묘인 영평부의 이제묘夷齊廟를 방문하여 고사리 국을 끓여 먹고 사당에서 제사를 지내며 백이 숙제를 기렸다. 백이 사당을 방문한다는 것 자체가 조선 사신들에겐 일종의 성지순례였다. 사신들은 이제묘에서 백이의 의리를 명나라에 대한 의리로 투사하고 청나라를 무찌르자는 북벌 의식을 굳게 다졌다.

그런데 백이를 받드는 생각만 있었던 건 아니다. 공자와 맹자는 백이와 정치적으로 반대되는 관계에 있었던 무왕과 태공망도 현자라고 칭찬했다. 무왕은 주왕을 정벌했고 태공망은 무왕을 곁에서 도운 신하이다. 백이는 주왕을 죽여서는 안 된다고 뜯어말렸다. 무왕과 백이는 서로 반대되는 정치적 행동을 했다. 백이의 행위가 옳다면 무왕과 태공의 행위는 불의가 되어야 한다. 하늘에 태양이 동시에 두 개가 뜰 수는 없다. 병자호란 때의 최명길과 김상헌의 관계가 그러하고 고려말 이방원과 정몽주의 관계가 그러하다. 서로 대립하는 두 입장이 있는데 이쪽도 맞고 저쪽도 옳다고 하면 양시론이 될 뿐이다.

하지만 공자와 맹자는 백이도 훌륭하고 무왕도 훌륭하다고 말한다. 그리하여 학자들은 서로 충돌하는 의리를 어떻게 받아들여야 할지 고민하기 시작했다. 폭군을 정벌하여 도탄에 빠진 백성을 구한 무왕·태공과 불사이군의 충절을 지킨 백이 사이에서 누구에게 더 마음이 가는지는 한 개인의 가치관이나 삶의 태도에 따라 달라진다. 유학의 나라인 조선에서 불사이군의 충절은 백이를 지지하는 강력한 근거였지만, 폭군을 정벌한 무왕과 그를 도운 태공의 행위도 지지를 받았다. 그리하여 서로 다른 입장이었던 둘의 행적에 대해 다양한 시선이 생겼다. 예컨대 백이의 생각을 절대적으로 지지하는 사람들은 무왕은 나쁜 사람이라고 깎아내리기도 했다. 소식(소동파)은 「무왕론」에서 무왕은 성인이 아니며 공자의 죄인이라고 주장한다. 신하로서 임금을 죽였기 때문이라는 것이다. 충신은 불사이군이라는 유학의 원칙을 강력히 지지하다 보니 그 대척점에 선 무왕은 나쁜 인간이 되었다.

　반면 무왕의 입장에 더 마음이 가는 사람들은 백이가 무왕의 말고삐를 잡고 정벌하러 가지 말라고 간청했다는 「백이열전」의 기록은 뜬소문에 불과하며 백이도 주왕을 정벌하는 일을 반대하지 않았다고 주장한다. 백이도 주왕의 폭정을 미워했으며 주왕을 몰아내려는 마음을 갖고 있었다고 본다. 무왕이 주를 정벌하러 갈 때 백이는 나이가 너무 많아 이미 죽었던 상황이라고 주장한다. 만약 백이가 무왕의 시대까지 살았다면 무왕을 도운 업적이 태공 못지않았을 거라고 말한다. 불사이군의 상징인 백이를 부정할 수는 없겠기에 백이도 무왕 편이었다는 논리를 만들려 한 것이다.

　그렇다면 연암의 생각은 어떠했을까? 「백이론」 상上을 살펴보자.

무왕의 자기모순 세 가지

무왕이 주왕을 정벌하려 할 때 백이가 말고삐를 잡아당기며 못 가도록 간청한 대목을 간벌懇伐이라고 부른다. 「백이열전」에 의하면 백이가 무왕에게 주왕을 정벌하지 말 것을 간청했고, 마침내 수양산에서 굶어 죽었다고 기록돼 있다. 백이가 정벌하러 가지 말라고 간청했다는 내용은 오직 사마천이 입으로 전해오는 이야기를 듣고서 쓴 기사이다. 연암은 이 간벌 기사가 제나라 동쪽 시골 사람들의 말, 곧 근거 없는 헛소문이라고 판단한다. 간벌 기사는 사마천이 거짓 소문을 믿고 쓴 이야기에 불과하다고 보는 것이다. 그러나 사마천의 말이니 일단 믿어주고 논의해보겠다고 한다. 실상 이 지점에서 이미 백이를 바라보는 연암의 태도가 은연중 드러난다. 간벌 기사를 믿지 않는다는 것은 백이의 불사이군 충절담을 믿지 않는다는 뜻이기도 하다.

그러면서 현인인 백이가 서백의 문왕을 찾아갔을 때 문왕은 백이에게 예를 다해 극진히 대접했다고 한다. 뒤이어 문왕이 죽고 무왕이 주왕을 정벌하려 하자 백이는 말고삐를 잡고 말린다. 선왕인 문왕이 존경했던 현자인데도 무왕의 측근들이 백이를 무기로 죽이려 했을 때, 무왕은 다음과 같이 구실을 댄다. "내가 아니라 무기가 그렇게 한 것이다." 무왕 자신이 백이를 죽이려고 해놓고 마치 무기가 그렇게 했다는 식으로 둘러댔다는 것이다. 그러니 그때 태공이 백이를 살려주지 않았다면 백이는 죽음을 면할 수 없었을 것이라고 한다. 백이가 살았던 것은 태공 덕분이었고, 무왕은 백이를 죽이려 해놓고 비겁하게 무기를 핑계 댔다는 것이다.

연암은 「백이열전」에 나오는 간벌론을 의심하면서도 일단 믿겠다고 하고 논의를 진행한다. 사실 간벌론이 거짓일 확률이 높다는 생각은 연암뿐만 아니라 그 이전부터 여러 학자가 지적해온 주장이다. 간벌론을 부정하는 사람들은 무왕이 주왕을 치러 가는 것을 백이가 반대하지 않았을 것이라고 생각한다. 이 주장을 하는 근본 의도는 무왕이 주왕을 정벌한 행위를 옹호하고 싶은 데 있다. 유학에서는 백이가 성인으로 대접받고 있으므로, 백이를 높이면서도 무왕이 주왕을 정벌한 행위가 올바른 일이었음을 설득하려면 백이가 무왕을 말렸다는 기사가 거짓이어야 한다. 백이도 무왕과 같은 마음이라 주왕 정벌에 반대하지 않았다고 말하고 싶은 것이다.

연암은 간벌론이 뜬소문에 불과하다고 보면서도 최고의 역사가인 사마천이 쓴 기록이니 그 말을 믿고서 논의를 진행하려 한다. 연암 자신은 뜬소문이라고 생각하지만, 「백이열전」을 신뢰하는 사람들이 많으니 일단 존중해주고 논의해보겠다는 전략이다. 하지만 논의의 방향은 무왕을 비판하는 쪽으로 흐르고 있다.

본문에 나오는 이윤은 은나라 탕왕湯王의 재상이다. 탕왕을 모시면서 하夏 나라의 포악했던 걸桀왕을 물리치고 은나라를 세우는 일을 도왔다. 무왕을 도와 주나라를 세우는 데 공을 세운 태공망과 똑같은 의미를 갖는 인물이다. 『맹자』「만장萬章」에서는 이윤에 대해 말하길 "천하의 백성 중에 평범한 사람일지라도 요임금 순임금의 혜택을 입지 못하는 자가 있으면, 마치 자신이 그를 밀어 도랑 속으로 처넣은 것과 같이 생각하였다."라고 기록했다. 또 맹자는 백이와 이윤과 공자의 같은 점에 대해, "백 리 되는 땅을 얻어서 임금 노릇을 하면 모두 제후들에게 조회 받고 천하를 소유할 수 있거니와 한 가지라도 불의를 행하며 한 사람이라도 죄 없는 이를 죽이고 천하를 얻는 것은 모두 하시지 않을 것이니, 이것이 같은 점이다."라고 했다. 『서경』에서는 이윤에 대해 "한 사람의 평범한 사람이라도 제자리를 얻지 못하면 '이는 나의 허물이다.'고 했다."라고 기록한다. 연암은 무왕도 이윤과 같은 생각을 지니고 있었다고 말한다. 그리하여 무왕은 세상을 향해 은나라 백성들이 제자리를 얻지 못해서 혁명을 일으켰다고 말한다. 하지만 무왕이 주나라를 세웠을 때 정작 존경받는 노인이자 현자인 백이는 제자리를 얻지 못했으니 무왕이 천하를 얻은 것은 백성(백이)이 제자리를 얻지 못함으로 비롯된 것이 아니냐고 말한다.

또 무왕은 세상을 향해 은나라가(즉 주왕이) 덕망 높은 노인의 말을 듣지 않아 혁명을 일으켰다고 말했지만, 정작 무왕 본인은 존경받는 노인인 백이가 그러지 말라고 충고했음에도 그 말을 듣지 않았다. 그러니 무왕이 천하를 얻은 것은 덕망 높은 노인(백이)의 충고를 듣지 않은 데서 말미암은 것이라고 말한다.

무왕은 세상을 향해 은나라가 죄 없는 이들을 죽였다는 점을 들어 혁명을 일으켰다. 그러나 무왕 자신이 주나라를 세울 때 존경받는 노인인 백이가 굶어 죽었다. 그러니 무왕이 천하를 차지한 것은 죄 없는 이를 죽인 데서 비롯되었다는 것이다.

세 가지는 무왕이 주왕을 정벌한 명분이었지만, 정작 무왕 자신이 그 명분에 맞지 않게 난폭하고 거리낌 없이 행동한 것이다. 지금 연암은 무왕이 주왕을 정벌할 때 세 가지 당위성을 역설했지만 정작 본인이 백이를 홀대함으로써 자기 모순되는 행동을 했다고 말하고 있다. 여기까지만 보면 연암은 무왕의 행동이 자기모순이며 잘못된 행동이었다고 말하는 듯 보인다. 그러나 다음 대목에서 반전이 일어난다.

상도常道와 권도權道

연암은 기자와 비간과 상용이라는 인물에 대해 이야기한다. 공자가 어진 사람이라고 칭찬했던 인물들이다. 기자는 은나라의 충신이고 우리나라 건국 시조인 단군조선과 더불어 익숙한 기자조선의 그 기자다. 주 무왕이 은나라를 무너뜨리자 기자가 동쪽으로 도망해서 조선의 왕이 되었다고 하는 설을 기자조선이라고 한다. 기자는 은나라 주왕의 작은 아버지인데, 주왕이 상아 젓가락을 사용하는 것을 보고 주왕이 더욱 사치와 향락에 빠져 나라를 망칠 것을 예감했다. 기자는 주왕에게 정신 차리라고 충고했으나 주왕은 듣지 않았다. 주변에서는 기자에게 주왕을 떠나라고 조언했지만 기자는 다음과 같은 말로 물리쳤다. "신하로서 자신의 충고를 듣지 않는다고 해서 떠나버리는 것은 군주의 잘못을 부추기는 꼴이 되고, 나 자신도 백성들의 기쁨을 뺏게 되니 차마 그럴 수 없다." 그러고는 머리를 풀어 헤치고 미친 척하다가 잡혀서 감옥에 갇혔다. 그가 미친 척했던 것은 제정신이었다면 주왕이 죽일 것을 알았기 때문이었다. 무왕은 은나라를 멸망시키고 나서 기자를 감옥에서 풀어주었다.

비간은 주왕의 친척이었다. 비간은, "군주가 과실이 있는데도 죽을 힘을 다해 직언하지 않는다면, 백성들에게만 죄가 있다는 말밖에 더 되겠느냐?"라며 주왕에게 달려가 충언했다. 주왕은 크게 화가 나서, "성인의 심장에는 구멍이 일곱 개나 된다던데 정말 그런지 보자."라며 비간의 심장을 도려내 죽였다. 훗날 무왕은 비간을 위해 봉분을 해주었다. 봉분이란 흙을 둥글게 쌓아 올려서 무덤을 정비해주는 것이다.

상용은 주왕의 대부였다. 상용 역시 주왕에게 직언하다가 쫓겨났다. 주 무왕은 은나라를 정벌하고 나서 상용의 집을 지날 때 수레에서 내려 그에게 경의를 표했다. 이같이 무왕은 은

나라의 충신들(기자, 비간, 상용)에게 최대한 예우했다. 그렇다면 무왕은 백이에게도 똑같이 예우했어야 한다. 백이가 살았을 때는 문왕이 백이에게 예의를 갖추어 섬겼듯이 해주고, 백이가 그를 떠날 때는 기자와 같이 해주고, 백이를 의롭게 여겨 상용과 같이 표창해주고, 백이가 죽었을 때는 비간과 같이 봉분했어야 마땅했다. 그러나 유독 백이에겐 아무런 관심도 두지 않았다. 왜 그랬을까?

연암은 지금 무왕이 유독 백이만 홀대했던 이유가 무엇이냐고 묻는다. 무왕이 평소 다른 은나라 충신들에게 한 행위로 미루어 백이만 홀대할 이유가 없다는 것을 역설적으로 말하려는 것이다. 그러므로 무왕이 백이만 소홀히 취급한 논리적 근거를 찾아야 한다. 그러면서 탕湯임금과 백이와 무왕은 똑같은 생각을 품었다고 말한다. 이들은 각기 다른 행위를 했지만, 똑같이 천하와 후세를 염려했다는 것이다. 무슨 뜻일까?

탕임금이 폭군인 걸桀을 물리치자 천하 사람들이 흡족해하며 아무도 불만을 품는 자가 없었다. 그러자 탕임금은 후세 사람들이 자신을 구실로 삼아 걸핏하면 임금을 쫓아낼까 염려했다. 무왕이 마침내 탕의 뒤를 따라 똑같은 일을 벌였다. 만약이때도 천하 사람들이 또 흡족해한다면 뒤이어 더더욱 빈번하게 임금을 쫓아내는 일이 생길지 모른다. 무왕과 백이는 모두후세가 이 일을 구실로 삼을까 염려했다. 곧 백이가 무왕을 간벌하며 말린 것은 무왕이 혁명을 일으킨 것을 비난한 것이 아니라 자신의 의리를 밝혔을 따름이다. 자신의 의리를 밝혔다는 의미는 신하가 임금을 쫓아내는 일이 원칙적으로는 옳지 않은 일임을 밝히고 싶었다는 뜻이다.

또 무왕이 백이의 봉분을 만들어주지 않은 것은 백이를 잊어서가 아니라 백이의 의리를 널리 드러내주려 했다는 것이다. 후대에 무왕 자신을 명분 삼아 임금을 쫓아내는 일이 없기를 바란 것이다. 그러므로 탕임금과 무왕과 백이는 천하와 후세를 염려한 점에서는 똑같았다. 다만 각자가 처한 환경이 다르다 보니 신하가 임금을 내쫓는 일이 원칙적으로는 옳지 않음을, 각각의 방식으로 보여주려 했다는 것이다. 무왕이 예의를 갖추어 백이를 봉양하거나, 표창해주거나, 백이의 봉분을 만들어주면 오히려 백이의 의리가 감추어진다. 무왕이 백이의 의리를 드러내주는 최선의 방식은 백이를 방치함으로써 후세 사람들이 백이의 의리를 높여 자신을 구실로 삼지 않도록 하는 것이었다.

이같이 연암은 「백이론」을 표제로 내걸었지만 실제로는 무왕의 행위에 초점을 두고 글을 썼다. 무왕이 백이에게 한 행동은 잘못된 것 같지만 실은 천하 후세를 염려해서 백이에게 관심을 두지 않았다는 것이다. 백이 역시 무왕의 주왕 정벌을 반대한 것이 아니라 무왕의 거사가 후대의 구실이 될까 염려해서 자신의 의리를 드러냈다는 것이다.

「백이론」상上은 무왕론이라고 해도 좋은 글이다. 연암은 무왕이 백이를 홀대한 것에 대해 의문을 제기하면서 무왕의 마음이나 백이의 마음이나 똑같았다고 말한다. 사실 두 사람은 오늘날 정치적으로 보자면 완전히 반대되는 처신을 했다. 백이와 무왕의 논란은 임금이 무능하고 부패할 때 임금을 내쫓는 것이 정당한가의 문제이다. 불사이군을 중요하게 여긴 동양 유학의 전통에서 백이의 지조는 무왕보다 더 훌륭하게 생각되어 온 것이 사실이다. 그러나 많은 학자는 무왕의 행위도 긍정적으로 평가한다. 무왕을 긍정적으로 평가하는 학자들은 백이의 의리는 변함없는 상도常道이고 무왕의 행위는 상황에 따른 권도權道라고 주장한다. 백이는 불사이군이라는 유학의 전통적인 입장을 지켰기에 상도가 되고 무왕은 백성을 구하기 위해 폭군인 주왕을 정벌했으므로 합당한 권도라고 보는 것이다.

상도와 권도는 우리 삶에서도 생각할 거리를 던져준다. 언제나 지켜야 하는 변하지 않는 기준을 동양 고전에서는 상도라고 부른다. 바름을 일관되게 견지하려는 태도이다. 상도가 잘 지켜져야 반칙이 줄어들고 공정한 사회가 된다. 반면 예외적인 사정을 헤아려 융통성 있게 행하는 것을 권도라고 한다. 세상일이 다 원칙에 들어맞는 것은 아니기에 어떤 특별한 상황에 대해서는 거기에 맞게 유연하게 적용하는 태도이다. 원칙은 아니지만 남다른 사정을 고려하는 마음이다. 상도와 권도는 고전에서 끊임없이 논쟁을 일으켜왔다. 정답이 있는 게 아니라서 논란이 된 것이다. 하지만 권도와 상도는 서로 대립하는 생각이 아니라 상호보완적인 생각으로 이해돼왔다. 서로의 입장을 존중하면서 안목을 넓히고 더 깊고 풍성한 지혜로 확장해갔다. 백이와 무왕에 대한 논란은 변함없는 원칙과 상황에 맞는 유연함 사이에서 더 바람직한 태도는 무엇인지에 대한 성찰을 가져왔다고 하겠다.

의리는 하나가 아니다

「백이론」 상上의 주제는 백이와 무왕의 도가 같다는 것이다. 많은 문인이 백이와 무왕을 상도와 권도로 이해했다면 연암은 둘의 도가 같다고 말하고 있다. 학자들은 이를 동도론同道論이라고 부른다. 연암은 백이와 무왕이 천하 후세를 염려한 점에서 그 마음이 같았다는 동심同心을 통해 동도론을 주장한다. 연암은 백이의 의리만 옳은 것이 아니라 무왕의 의리도 똑같이 옳다고 말한다. 「백이론」 하下에서는 태공의 의리도 백이의 의리와 다르지 않다고 말하고 있다. 백이 중심의 단 하나의 의리에서 의리의 다양함으로 나아가고 있다. 백이는 조선 후기에 북벌과 명나라에 대한 의리를 상징하는 인물이다. 그런데 그 반대편인 무왕과 태공의 의리도 백이의 의리와 똑같다고 하는 것은, 북벌만이 아니라 북학도 옳다는 뜻으로 확장할 수 있다. 백이의 의리를 최고로 여기는 현실에서 무왕과 태공의 의리도 같다고 말한다는 건 실제로는 무왕과 태공의 의리를 내세우고 싶었던 것이라 하겠다.

백이와 무왕의 서로 다른 정치적 입장과 그에 대한 연암의 생각은 오늘을 살아가는 우리에게도 본받을 만한 지혜가 된다. 우리 삶과 현실에도 서로 다른 입장이 부딪히고 충돌하는 일이 자주 일어난다. 갈등이 격렬해지면 극단적인 혐오의 말을 주고받으며 힘으로 상대방을 쓰러뜨리려는 욕망을 내비친다. 그러나 이럴 때일수록 나쁜 욕망을 누르고 다른 입장을 존중하려는 너그러움이 필요하다. 서로 다른 것이 문제인 게 아니라 힘으로 누르려는 강압적 태도가 문제가 되기에 그렇다.

다양한 개성을 지닌 인간이 살아가는 세상에서 입장 차는 불가피하다. 인간과 사회는 적절한 갈등과 경쟁을 통해 서로를 돌아보면서 나아가는 것이다. 의리는 하나만 있는 것이 아니라 여러 진실이 있을 수 있다는 열린 생각이 더욱 소중한 시대를 우리는 살아가고 있다. 백이의 행동도 옳고 무왕의 행동도 옳다는 태도는 단순한 양시론이 아니다. 상대방의 입장을

존중해주고 열린 마음으로 넉넉히 포용한다면 우리 사회의 수
많은 갈등도 사회 발전을 위한 좋은 동력으로 작용할 것이다.

11

친구는 제2의 나다

회성원집발

회성원집 발문 繪聲園集跋

옛날에 붕우朋友를 말하는 사람들 가운데, 어떤 이는 '제2의 나第二吾'라 일컫기도 했고, 어떤 이는 '자신의 일처럼 돌보아 주는 사람周旋人'이라 일컫기도 했다. 이 때문에 한자를 만드는 자가 깃 우羽 자를 빌려 벗 붕朋을 만들고, 손 수手 자와 또 우又 자를 합쳐 벗 우友를 만들었으니, 새에게 두 날개가 있고 사람에게 두 손이 있는 것과 같음을 말한 것이다. 그런데도 말하는 자들은 '천년 전의 옛사람을 벗한다尙友千古'고 하니, 답답하구나, 이 말이여! 천년 전의 사람은 이미 날리는 먼지와 싸늘한 바람으로 변해버렸는데, 그 누가 제2의 나가 될 것이며, 누가 나를 위해 주선인이 된단 말인가?

양자운은 그 시대에서 지기知己를 얻지 못하자 개탄하며 천년 뒤의 자신을 기다리고자 했다. 우리나라의 조귀명이 비웃

258

으며 말했다. "내가 쓴 『태현경』을 내가 읽어, 눈으로 보면 눈은 자운이 되고, 귀로 들으면 귀가 자운이 되며, 손으로 춤추고 발로 뛰면 각각 하나의 자운이 될 터인데, 어찌 굳이 천년의 먼 세월을 기다린단 말인가?" 나는 또다시 답답해져 바로 미칠 것만 같아 말했다. "눈은 때로 보지 못하는 것이 있고 귀도 때로는 듣지 못하는 것이 있는데, 이른바 춤추고 뛰는 양자운을 누구로 하여금 듣게 할 것이며 누구로 하여금 보게 한단 말인가? 아! 귀와 눈과 손과 발은 태어나면서부터 한 몸에 함께 붙어 있으니, 내게 이보다 가까운 것이 없다. 그런데도 믿을 수 없는 것이 이와 같은데, 누가 답답하게 천년 전으로 거슬러 올라가며, 누가 어리석게 천년 뒤를 지루하게 기다리겠는가?" 이로 본다면, 벗은 반드시 지금 이 세상에서 구해야 할 것이 분명하다.

아! 나는 『회성원집』을 읽고 나도 모르게 마음속 깊이 뜨거워져 눈물 콧물을 쏟으며 말했다. "나는 봉규封圭 곽집환 씨와 이 세상에 나란히 태어나, 이른바 나이가 서로 같고 도道도 서로 비슷한데, 어찌 서로 벗이 될 수 없단 말인가? 진실로 벗하려 하면서, 어찌 서로 만나 볼 수 없단 말인가? 땅이 서로 만리나 떨어져 있으니, 그 지리가 멀어서인가? 그런 건 아니다. 아, 슬프다! 이미 서로 볼 수 없다면 벗이라 말할 수 있겠는가? 나는 봉규 씨의 키가 몇 자인지, 수염과 눈썹이 어떻게 생겼는지 알지 못한다. 알지 못한다면 내가 한 세상에 같이 사는 사람이라 한들 무슨 소용이겠는가? 그렇다면 내 장차 어찌할까? 내 장차 먼 옛사람을 벗하는 방법으로 그를 벗할까?"

　봉규의 시는 훌륭하다. 그 장편은 요순의 음악을 펴는 듯하고 단편은 옥구슬처럼 맑게 울린다. 시가 품위 있고 우아함은 낙수洛水의 기러기가 놀라 날아가는 것을 보는 듯하고, 깊고도 쓸쓸함은 동정호洞庭湖의 낙엽 지는 소리를 듣는 듯하다. 나는 모르겠다. 시를 쓴 자가 양자운인지! 읽는 이가 양자운인지! 아! 언어는 비록 달라도 글의 법도는 같으니, 그가 시에서 기뻐하고 웃고 슬퍼하고 우는 것은 통역을 하지 않아도 통한다. 왜냐? 정情은 겉으로 꾸미지 못하고, 소리는 마음속에서 나오는 것이기 때문이다. 나는 봉규 씨와 더불어 한편으로는 후세의 양자운을 기다리는 것을 비웃고, 한편으로는 천년 전 옛사람을 벗하는 것을 조문하련다.

벗은 반드시 지금
이 세상에서 구해야 할 것이 분명하다.

새것을 좋아하는 마음은 인지상정이라지만 오래되어 좋은 것
도 있다. 포도주와 묵은 장醬이 대표적이다. 그래도 오랠수록
좋은 것에 친구만큼 값진 것이 없다. 친구親舊는 가까이 두고
오래 사귄 사람이란 뜻이다. 사랑은 한순간의 교감으로도 활
활 타오르지만 우정은 오랜 시간을 견딤으로써 단단해진다.
그래서 사랑은 설레지만 불안하고, 우정은 익숙하지만 편안하
다. 인디언 말로 친구는 '내 슬픔을 자기 등에 지고 가는 자'란
뜻이다.

연암은 친구 사귐에 대해 다음과 같이 말한다. "훌륭한 사
귐은 꼭 얼굴을 맞대야 할 필요는 없으며 좋은 벗은 가깝고 먼
것이 문제가 아니다. 다만 마음으로 사귀고 그 사람의 인격을
보고 사귈 뿐이다." 참된 사귐은 배경을 따지지 않는다. 손을

맞잡고서 술잔을 부딪는다고 깊은 친구가 되는 것도 아니다. 먼저는 마음이 통해야 좋은 친구가 될 수 있다. 좋은 시절에 마음이 통하는 친구를 만나 허물없는 대화를 나눌 수 있다면 얼마나 행복한 일일까 싶다. 그런 일은 일생에 몇 번이나 될까? 그런 친구가 그립다.

연암은 청년 시절부터 참된 우정에 대해 깊게 고민했다. 연암은 십 대 후반부터 진솔한 사귐이 실종된 세태를 보면서 깊이 좌절했고 수년 동안 불면증을 동반한 우울증을 앓았다. 일반적으로는 경제적인 어려움이나 관계의 상처 때문에 괴로움을 겪지만, 연암은 권력과 이익만 좇는 사귐의 세태에 힘들어했다. 그리하여 연암의 우정에 관한 관심은 개인 윤리에 머물지 않고 현실과 깊숙이 연결되어 있다. 그 관심은 학문 공동체와 동아시아 교류 공동체에 대한 비전으로 이어진다.

친구는 제2의 나

「회성원집 발문繪聲園集跋」은 곽집환郭執桓(1746~1775)이 쓴 『회성원집』에 연암이 써준 발문이다. 곽집환은 청나라 산서山西 지역의 문인으로 자가 봉규封圭, 근정勤庭이며 호는 반오半迂, 동산東山, 회성원繪聲園이다. 집안은 벼슬을 하진 않았으나 큰 부자였으며 시와 글씨, 그림에 모두 뛰어났다. 곽집환이 친구인 등사민에게 『회성원집』을 건네주며 조선 문인의 서문을 받아달라고 부탁했다. 그때 마침 북경에 있던 담헌 홍대용이 등사민과 친구를 맺고 있었다. 등사민은 곽집환의 시집을 받아 홍대용에게 부탁했고, 홍대용은 귀국하여 연암에게 보여주며 서문을 써달라고 요청하게 된 것이다. 연암은 시집을 읽은 소감에 대해 맑고 깨끗하며 탈속의 기운이 있어서 세속 사람 같지 않다고 밝히고 있다.

　글의 시작에서 연암은 붕우는 제2의 나이자 주선인이라고 말한다. 친구는 붕우朋友라고도 부른다. 벗 붕朋과 벗 우友를 쓴다. 친구는 '제2의 나第二吾'라는 표현은 마테오 리치가 『교우론交友論』에서 쓴 말이고 주선인周旋人이란 말은 『한서漢書』에 나온다. 마테오 리치는 이탈리아의 예수회 선교사로 한자로는 이마두利瑪竇라고 쓴다. 마테오 리치가 중국에 들어와 선교할 때 먼저는 중국의 왕실 및 귀족들과 친하게 지내면서 서양의 과학기술과 서적을 적극적으로 소개해주었다. 중국이 서양의 과학기술을 배우게 된 데에는 마테오 리치의 역할이 컸다. 리치는 유클리드의 『기하학원본』이라든가 세계 지도인 곤여만국전도坤輿萬國全圖, 천주교 교리인 『천주실의』 등을 중국어로 번역해 소개했고, 서양 서적은 조선으로 유입되어 조선의 지식 사회에 큰 영향을 끼쳤다.

『교우론』은 마테오 리치가 중국의 남창에서 건안왕과의 특별한 우정을 기려 쓴 일종의 잠언집이다. 리치는 자신이 기억하고 있던 우정에 관한 백 항목의 잠언을 한자로 써서 건안왕에게 선물로 주었다. 우정은 동양이든 서양이든 믿음과 신뢰를 바탕으로 하는 인간관계라서 그 덕목이 서로 비슷하다. 『교우론』은 중국에서 여러 판을 찍을 정도로 인기를 끌었고 조선에도 들어왔다. 조선에서도 『교우론』은 인기를 끌었던 것으로 확인된다. 『교우론』의 첫머리는 다음과 같이 시작한다. "나의 벗은 타인이 아니라 나의 반쪽이니 바로 제2의 나라고 할 수 있다. 그러므로 마땅히 벗을 자기처럼 여겨야 한다." '벗은 제2의 나'라는 표현이 여기에서 나왔다. 또 『교우론』의 각 주에는 다음과 같은 주석이 있다. "벗 우友는 또 우又가 두 개 있는 것이니 곧 손으로 꼭 있어야지 없어서는 안 되는 것이다. 벗 붕朋 자는 깃 우羽이니 새의 양 날개로, 새가 이를 갖추어야 날 수 있다." 연암의 글은 이 부분을 옮긴 것이다.

연암이 『교우론』을 인용하는 것은 그 의미가 작지 않다. 우정은 동서양을 막론하고 그 정서가 서로 통한다는 것을 말해준다. 나아가 조선의 지식인들이 마테오 리치를 종교인이 아닌 여행자로 받아들였다는 점을 말해준다. 마테오 리치는 서양의 선교사이다. 전통 유학자는 그를 거부했지만, 서양 학문에 긍정적이었던 남인(붕당의 한 학파)을 중심으로 그가 천하

친구는 제2의 나다
「회성원집발」

를 두루 돌아다녔다는 점을 높이 평가했다. 연암은 유학자였지만 열린 사람이었기에 『교우론』을 적극적으로 받아들였다.

친구는 오랜 시간을 함께 지내면서 서로 닮아간다. 제2의 나라는 말이 빈말이 아니다. 「잠언」에서는 철이 철을 날카롭게 하는 것같이 사람이 그 친구의 얼굴을 빛나게 한다고 했다. 친구를 통해 서로의 가치관이 바뀌고 서로의 취미를 닮아가고 서로를 들여다본다.

친구를 잃은 슬픔

친구의 의미는 전통적으로는 동지同志, 곧 뜻을 같이하는 사람이었다. 연암 그룹은 동지를 넘어서 친구는 가족이라고 생각한다. 박제가는 친구를 다음과 같이 표현했다. "형제이면서 기氣가 다르고, 부부이면서 한방 쓰지를 않네. 사람이 하루라도 벗이 없다면, 두 손을 잃은 것과 매한가지네." 같은 핏줄을 동기同氣라고 한다. 친구는 기가 다른 형제이고 같은 방을 쓰지 않는 부부 사이이다. 박제가의 절친인 이덕무는 친구는 형제이자 집안 식구라고 말했다. 연암도 친구는 피를 나누지 않은 형제이고 같은 방을 쓰지 않는 아내라 했다. 연암의 글 한 편을 더 보겠다.

푹푹 찌는 무더위 중에 두루 평안한가? 성흠聖欽 이희명李喜明은 요사이 어떻게 지내고 있는가? 마음에 걸려 더욱 잊을 수가 없네. 중존仲存 이재성李在誠과는 가끔 서로 만나 술을 마시는가? 백선伯善은 청교를 떠나고 성위聖緯 이희경李喜經은 이동泥洞에 없으니 이처럼 길고 긴 날에 무얼 하며 시간을 보내는지 모르겠네. 재선在先 박제가는 듣자니 이미 벼슬을 그만두었다던데, 돌아온 뒤 서로 몇 번이나 만나 보았는가? 그가 이미 조강지처를 잃은 데다 또 무관懋官 이덕무 같은 좋은 친구를 잃어 막막한 이 세상에서 외롭고 쓸쓸할 테니 그 모습과 언어는 보지 않아도 짐작할 수 있네. 또한 하늘과 땅 사이에 퍽도 딱한 사람이라 이를 만하네.

아아, 슬프다네! 내가 예전에 친구를 잃은 슬픔은 아내를 잃는 것보다 크다고 말한 적이 있네. 아내를 잃은 자는 그래도 두 번 세 번 재혼을 할 수 있고, 서너 차례 첩을 얻어도 안 될 것이 없네. 옷이 터지거나 찢어지면 깁거나 꿰매고, 그릇이 깨지거나 이지러지면 다시 새것으로 바꾸는 것과 같지. 혹 나중 아내가 전처보다 낫기도 하고, 혹 나는 비록 늙었지만 새 아내는 예쁘고 어려 신혼의 즐거움이 초혼과 재혼 간에 차이가 없을 수도 있네. 친구를 잃은 아픔에 이르면, 내가 요행히 눈이 있긴 하나 내가 보는 것을 누구와 함께할 것이며, 내 요행히 귀가 있긴 하나 내 듣는 것을 누구와 함께 듣겠는가? 내 요행히 입이 있긴 하나 내 맛을 누구와 함께 느낄 것이며 내 요행히 코가 있긴 하나 내 냄새 맡는 것을 누구와 함께 맡겠는가? 내 요행히 마음이 있긴 하나 내 지혜와 깨달음을 누구와 더불어 같이한단 말인가?

종자기가 죽자 백아는 이 석 자의 거문고를 끌어안은 채 누구를 향해 연주하며 누구에게 듣게 했겠나? 그 형세는 부득불 차고 있던 칼을 뽑아 단번에 다섯 줄을 끊어버려 그 소리가 쩽하고 났다네. 그리하여 줄을 자르고 끊고 집어던지고 부수고 깨뜨리고 밟아서 깡그리 아궁이에 처넣어 단번에 불태워버린 다음에야 성에 찼네. 그러고는 자신과 문답했다네. "너는 후련하냐?" "후련하다." "너는 울고 싶냐?" "울고 싶다." 울음소리가 천지에 가득해 종이나 경쇠에서 울리는 것 같고, 눈물은 앞섶에 뚝뚝 떨어져 옥구슬이 떨어지듯 했네. 눈물을 드리우고 눈을 들어 바라보면, 빈산엔 사람 없고 물은 흐르고 꽃은 피어 있었다네. 백아를 보고서 하는 말이냐고? 암, 보았지.

• 「여인與人」

연암이 안의 현감으로 재직할 때인 1793년 무렵에 한 지인에게 보낸 글이다. 근황을 물으면서 제자인 박제가의 처지를 염려하고 있다. 이 글은 제자인 이덕무의 죽음을 배경으로 하고 있다. 연암은 제자 중에서도 이덕무를 특별히 아꼈다. 이덕무는 온유하고 부드러운 사람이었다. 몸이 워낙에 허약해서 툭하면 병에 걸렸다. 53세이던 1793년 1월에 감기가 폐렴으로 발전하더니 이겨내지 못하고 급작스레 죽고 말았다. 가장 아끼던 제자의 돌연한 죽음에 연암은 망연자실했다.

그러나 이덕무의 죽음으로 가장 크게 충격을 받은 사람은 박제가였다. 박제가와 이덕무는 삼십 년간 단짝으로 지내 온 절친이었다. 박제가는 성격이 까탈스럽고 고집이 셌으며 낯가림도 심했다. 그러나 이덕무와 함께 할 때만은 순한 양이 되었다. 이덕무도 온순하고 소심한 성격이었으나 박제가와 둘이 있을 때면 수다쟁이로 변했다. 둘은 한 이불을 덮고 자며 밤새 수다를 떨기도 했다. 박제가는 실제로는 욕심이 많았다. 하지만 이덕무는 그를 소개할 때면 욕심이 없고 맑으며 똑똑한 수재라고 칭찬해주었다. 좋은 친구는 앞에서는 충고도 해주지만 여럿 있는 자리에선 친구의 좋은 점만을 칭찬해준다.

둘은 서얼이었고 참 가난했으며 책 읽기가 취미였다. 이러한 공통점이 둘을 더욱 친밀하게 만들었다. 함께 중국 여행을 다녀왔고 곧바로 정조의 서얼 우대정책에 힘입어 규장각의 검서관이 되었다. 총 4명을 뽑는 자리에 둘이 뽑힌 것이다. 검서관은 국왕을 도와 책을 필사하고 관리하고 편찬하는 일을 맡은 직업이다. 비록 비정규직이었지만 둘은 행복한 마음으로 임무를 수행했다. 그와 같이 삼십 년 간 동고동락을 함께 했건만 하루아침에 친구가 갑자기 세상을 떠났으니 박제가의 심정이 어떠했을지 충분히 가늠하게 된다. 그 당시 박제가는 엎친 데 덮친 격으로 아내를 잃은 데다 벼슬에서 파직된 상황이었다. 이덕무가 죽었을 당시에 박제가의 심정을 알 수 있는 기록이 없다. 너무 슬퍼서 아무것도 쓸 수가 없었을 것이라 짐작할 따름이다. 지극한 슬픔은 말이 없다고 했다. 윗글은 연암이 이덕무를 잃은 박제가의 마음을 떠올리며 쓴 글이란 생각이 든다. 더불어 수제자를 잃은 연암 자신의 마음을 쓴 것이기도 하다.

연암은 친구를 잃은 슬픔이 아내를 잃은 슬픔보다 더하다고 말한다. 아내가 죽으면 다시 결혼하면 되지만 친구가 죽으면 전부를 잃는 것과 같다고 말한다. 아내를 잃는다는 것은, 그릇이 깨지면 다시 새것으로 바꿀 수 있는 것과 같다는 대목에 이르면 연암의 여성관이 퍽 실망스럽지만 양반 사대부인 연암의 시대적 현실적 상황을 고려할 필요가 있다. 아내를 비하하려는 의도가 아니라 친구의 소중함을 강조하기 위한 말로 이해하도록 하겠다. 그 당시에 양반들은 처첩 제도가 일상화되어 있다 보니 위의 발언이 가능했다. 연암은 쉰이 되어 아내와 사별한 후 재혼하지 않고 평생을 혼자 살면서 아내를 그리워하는 도망시悼亡詩를 스무 편이나 지었으니 아내를 지극히 사랑한 것만큼은 틀림없어 보인다.

백아와 종자기의 고사를 인용한 대목이 흥미롭다. 백아와 종자기는 지음知音 고사의 주인공이다. 백아가 거문고를 타면 악보만 연주해도 종자기는 백아가 무슨 생각을 하는지 귀신같이 알아맞혔다. 종자기가 죽자 백아는 자신의 소리를 알아줄 사람이 없어졌다며 거문고 줄을 끊고 다시는 거문고를 타지 않았다. 이로부터 백아가 거문고 줄을 끊는다는 뜻의 백아절현伯牙絶絃이란 고사가 생겨났다. 위의 대목은 백아가 거문고를 부수고 아궁이에 넣어 불에 태우며 자신에게 묻고 답했을 장면을 상상해서 쓴 것이다. 거문고를 끊고 집어던지는 것도 모자라, 부수고 밟아 깡그리 아궁이에 처넣는 장면에 이르면 백이가 친구를 잃고 느꼈을 극도의 슬픔과 분노와 좌절감이 확 다가온다. 눈물을 머금고 눈을 들어 바라보면 산에는 사람 없고 물은 저만치 흐르고 꽃은 혼자서 피어 있다. 내 마음은 그토록 처절하건만 자연은 아무런 감정 없이 그 모습 그대로 있을 뿐이다. 애통해하는 인간과 무심한 자연을 대비하여 인간의 외로움을 극대화하는 절묘한 표현 방식이다.

마지막 문장은 묘하다. 연암은 자신이 백아를 보았다고 자신 있게 말한다. 친구가 죽자 거문고를 깨부수고 짓밟아 아궁이에 던지고 빈산 바라보며 허망해하는 백아의 심정이 연암

의 심정이었다. 종자기를 잃은 백아의 마음은 가장 아끼던 제
자를 잃은 연암의 마음이었고 백아의 슬픔은 연암의 슬픔이었
다. 그래서 연암은 백아를 보았다고 말한 것이다. 연암은 안의
에 있을 때 이덕무의 죽음을 전해 듣고 크게 애통해하며 다음
과 같이 탄식했다. "무관이 죽다니! 꼭 나를 잃은 것만 같구나."

친구 얻기의 어려움

다시 「회성원집 발문」으로 돌아가, 연암은 천년 전 옛사람을
벗한다는 사람들과 천년 뒤의 사람을 기다린다는 말을 답답하
게 여긴다. 상우천고尙友千古는 천년의 시공을 초월해서 옛사람
과 벗한다는 뜻이다. 일찍이 주자 선생은 도연명의 글을 읽고
나서 "나는 천년 뒤에 태어났지만 천년 이전 친구와 벗하네."
라고 읊었다. 맹자는 천하의 좋은 선비와 사귀는 것이 만족스
럽지 않다면 거슬러 가서 벗하라고 했다. 이후 상우천고는 옛
사람과 정신적으로 교감하는 것을 뜻하게 되었다. 선비들은
스승이나 친구를 직접 만날 수 없더라도 정신적으로 소통함으
로써 좋은 사귐을 맺을 수 있다고 생각했다. 그러나 연암은 천
년 전의 사람은 이미 먼지와 바람으로 변해 사라졌는데, 어떻
게 '제2의 나'가 되고 나를 위해 주선해줄 수 있겠느냐며 탄식

한다.

반대로 천년 뒤의 벗을 기다린다는 말도 답답하기는 매한가지이다. 나와 가장 가까이 붙어 있는 손과 발과 눈도 믿을 수 없을 때가 있는데 어떻게 천년 뒤의 시대를 굼뜨게 기다릴 수 있겠느냐는 것이다. 연암은 친구는 반드시 지금 여기 세상에서 구해야 한다고 생각한다. 눈은 바로 앞사람도 보지 못할 때가 있고 귀는 옆 사람의 말도 듣지 못할 때가 있다. 하물며 어떻게 천년 전의 사람을 제대로 알 것이며 천년 뒤의 사람을 기다려 벗 삼을 수가 있을까? 연암 생각엔 불가능한 일이다.

삶에서 좋은 친구를 얻는 일만큼 행복한 일은 없지만, 생각만큼 쉽지 않다. '천금은 얻기 쉽지만 지기는 찾기 어렵다.'는 말도 있다. 이덕무도 친구 얻기의 어려움을 이렇게 고백한다.

마음에 꼭 드는 시절을 만나 마음에 꼭 드는 친구를 만나서 마음에 꼭 맞는 말을 나누며 마음에 꼭 맞는 시문을 읽으면, 이것이야말로 지극한 즐거움인데 그런 일이 어찌도 적은가. 일생을 통해 몇 번쯤이나 될까.

•「선귤당농소蟬橘堂濃笑」

좋은 시절에 좋은 친구를 만나 마음이 통하는 대화를 주고받는 일만큼 즐거운 일은 없다. 그러나 그럴 가능성은 좀체 희박하다. 자라온 환경이 다르고, 생각이 제각기 다르고, 취향이 각자 다르다. 이웃으로 지낸다고 좋은 친구가 되는 건 아니다. 사람들은 조건을 너무 따지고 친구 사귀는 데도 계산이 앞선다.

연암은 「마장전」에서 세상 사람들이 진심을 속이고 거짓으로 사귄다고 한탄한다. 진심을 그대로 보여주면 역효과가 나므로 본심을 숨기고 상대방이 먼저 움직이도록 유도한다고 한다. 연암은 이를 군자의 처세술이라 비판한다. 군자의 처세술은 속셈을 숨기고 말하거나 상대방을 떠본다. 사람을 믿지 못하니 불안해서 자꾸 슬쩍 속마음을 떠보는 말을 한다. 이익을 얻고픈 마음에 본심을 숨기고 어떻게든 내 뜻을 이루려 한다. 자신에게 더 이로운 국면으로 몰고 가기 위해 가식적인 말과 행동을 한다. 오늘날에도 잘 통하는 고도의 심리 기술이다. 하지만 이러한 사교술은 장사치인 말 거간꾼의 사귐이다. 「마장전」의 결론은 이러하다. "내 차라리 세상에 친구가 한 사람도 없을지언정 군자의 사귐을 할 수는 없다."

내가 좋아하는 아포리즘이 있다. "백 가지 마음이면 한 사람도 얻을 수 없지만 한결같은 마음이면 백 사람을 얻을 수 있다.百心不可得一人 一心可得百人" 친구가 부자이든 가난하든, 권력이 있든 없든, 나이가 많든 적든, 구별 짓지 않고 한결같은 마음으로 대할 때 언제든 좋은 친구가 옆에서 나를 응원해주고 있을 것이다.

내 좋은 친구, 똥 푸는 엄 행수

그렇다면 누가 참된 친구일까? 「예덕선생전」에 관련된 이야기가 있다. 「예덕선생전」은 「어린 왕자」의 한 장면 같다는 생각이 들곤 한다. 줄거리는 이러하다. 큰 학자인 선귤자에게는 친구가 있는데 똥을 치우는 일로 생계를 꾸려가는 똥 장수였다. 사람들은 그를 엄 행수라고 불렀다. 하루는 제자인 자목이 찾아와 따졌다. 이름난 사대부가 스승님을 높이면서 다가올 때는 거들떠보지도 않다가 왜 하필 더러운 똥 푸는 사람과 친구가 되느냐는 것이다. 한마디로 자기 스승이 하찮은 막일꾼과 사귀는 것이 창피해 죽겠다는 것이다. 자목의 언행은 우리의 태도와 비슷하다. 사회적으로 신분이 낮은 사람과 어울리는 것을 부끄러워하는 것이다. 그러나 스승은 다르게 생각한다.

> 그는 밥을 먹을 때는 끼니마다 착실히 먹고 길을 걸을 때는 조심스레 걷고 졸음이 오면 쿨쿨 자고 웃을 때는 껄껄 웃고 그냥 가만히 있을 때는 마치 바보처럼 보인다네. 흙벽을 쌓아 풀로 덮은 움막에 조그마한 구멍을 내고 들어갈 때는 새우등을 하고 들어가고 잘 때는 개처럼 몸을 웅크리고 잠을 자지만 아침이면 개운하게 일어나 삼태기를 지고 마을로 들어와 뒷간을 청소하시. … 그는 손바닥에 침을

발라 삽을 잡고는 새가 모이를 쪼아 먹듯 꾸부정히 허리를 구부려 일에만 열중할 뿐, 아무리 화려한 미관이라도 마음에 두지 않고 아무리 좋은 풍악이라도 관심을 두는 법이 없지. 부귀란 사람이라면 누구나 원하는 것이지만 바란다고 해서 얻을 수 있는 것이 아니기에 부러워하지 않는 것이지. … 남들이 고기를 먹으라고 권하였더니 목구멍에 넘어가면 푸성귀나 고기나 배를 채우기는 마찬가지인데 맛을 따져 무엇 하겠느냐고 대꾸하고, 반반한 옷이나 좀 입으라고 권하였더니 넓은 소매를 입으면 몸에 익숙하지 않고 새 옷을 입으면 더러운 흙을 짊어질 수 없다고 하더군. 해마다 정월 초하루 아침이나 되어야 비로소 의관을 갖추어 입고 이웃들을 두루 찾아다니며 세배를 하는데 세배를 마치고 돌아오면 곧바로 헌 옷으로 갈아입고 다시 삼태기를 메고 마을 안으로 들어간다네. 엄 행수와 같은 이는 아마도 '자신의 덕을 더러움으로 감추고 세속에 숨어 사는 대은大隱'이라 할 수 있겠지. … 엄 행수는 지저분한 똥을 날라다 주고 먹고살고 있으니 지극히 불결하다 할 수 있겠지만 그가 먹고사는 방법은 지극히 향기로우며, 그가 처한 곳은 지극히 지저분하지만 의리를 지키는 점에 있어서는 지극히 높다 할 것이니, 그 뜻을 미루어 보면 비록 만종의 녹을 준다 해도 그가 어떻게 처신할는지는 알 만하다네. 이상을 통해 나는 깨끗한 가운데서도 깨끗하지 않은 것이 있고 더러운 가운데서도 더럽지 않은 것이 있음을 알게 되었네.

•「예덕선생전 穢德先生傳」

엄 행수는 꾸밈이 없고 진솔하며 솔직하고 소박한 사람이었다. 그는 남의 눈치를 보지 않는다. 남의 처지를 부러워하지 않으며 자기 역할에 충실하다. 남이 볼 때는 천한 직업이지만 자신의 직업에 긍지를 갖고 맡은 일을 묵묵히 해낸다. 엄 행수를 부르는 명칭인 예덕 穢德은 덕을 더러움 속에 감추고 있다는 뜻이다. 겉으로는 똥을 치우는 더러운 일을 하고 있지만 그 내면은 진실하고 훌륭한 사람이라는 의미를 담고 있다.

특히 마지막 문장이 눈에 들어온다. 우리는 겉모습만으로 사람을 쉽게 판단하지만 진짜로 중요한 것은 안에 감추어져 있다. 엄 행수가 겉으로는 더럽고 지저분하지만 속은 깨끗하고 향기로운 사람이다. 깨끗한 것에 깨끗하지 않은 것이 있고 더러운 것에 더럽지 않은 것이 있다. 겉으로는 깨끗한 척하는 북곽 선생이 위선자이고 더러운 똥 장수가 깨끗한 사람이다. 이 말은 장자식 말하기이다. 연암은 세상에서 말하는 쓸모없는 사람이 진짜로 쓸모 있고 세상에서 말하는 쓸모 있는 사람은 쓸모없는 사람이라고 말한다. 부귀를 누리는 사람들이 자기 이익을 지키기에 여념이 없고 작고 평범한 사람들이 건강한 사회를 만드는 데 기여한다. 우리 사회를 깨끗하고 건강하게 만드는 존재는 낮은 곳에서 묵묵히 일하는 수많은 작은 사람들이다. 「예덕선생전」은 오늘날 사귐의 세태를 성찰하게 하면서, 진정한 사귐이란 무엇인가, 참다운 친구란 누구인가를 생각하게 한다.

연암은 말한다. "무슨 일에든지 바른길로 이끌어준다면 돼지를 키우는 하인도 나의 훌륭한 벗이고, 의로운 마음으로 타일러준다면 나무하는 머슴도 내 좋은 친구다." 연암에게 좋은 친구는 힘 있고 돈 많은 사람이 아니라 진실한 사람, 따뜻한 사람이다. 엄 행수는 새로운 인간형의 발견이라고 할 만하다.

진정한 우정의 조건

「회성원집 발문」의 뒷부분에서, 연암은 곽집환이 쓴 『회성원집』을 읽고 자신도 모르게 눈물을 줄줄 흘린다. 그의 시가 자신의 마음을 대신 말해주는 것만 같아 저도 모르게 가슴이 뜨거워진 것이다. 봉규 곽집환은 비록 멀리 중국에 있지만 같은 세상을 살아간다. 나이도 비슷하고 생각도 비슷하다. 그럼에도 서로 만나 볼 수가 없다. 서로 볼 수가 없는데 벗이라 말할 수 있는 것일까? 연암은 봉규가 어떻게 생긴 사람인지를 모른다. 그가 누구인지를 모르는데 같은 세상을 살아간다고 한들 무슨 소용이 있을까? 연암은 너무 안타까워 터질 듯한 갑갑함을 느낀다. 그 자신도 천년 전의 옛사람을 벗 삼는 상우천고 외엔 달리 그를 벗할 방법이 없어 보인다.

하지만 그럴 필요가 없다. 봉규의 시가 자신의 마음에 딱 합치되었으니 봉규의 시심詩心이 곧 연암의 시심이다. 그러니 봉규를 직접 만나보지 않아도 봉규의 시에서 봉규를 만날 수가 있는 것이다. 봉규의 시에서 '제2의 나'를 만난 듯한 감동을 느꼈음을, 연암은 이와 같은 방식으로 표현하고 있다. 비록 봉규와 사용하는 언어는 달라도 봉규가 기뻐하고 웃고 슬퍼하는 감정을 연암 역시 그의 시에서 똑같이 느낀다. 봉규의 시가 연암의 마음이고 연암의 생각이 봉규의 시인 것이다. 그렇기에 봉규와 더불어 천년 전의 옛사람을 벗하겠다는 사람들을 비웃겠다고 한다. 국적이 다르고 언어가 달라도 뜻이 같으면 진정한 친구가 될 수 있음을 봉규의 시를 통해 깨달은 것이다. 국적을 초월한 연암 그룹의 우정은 이러한 생각을 바탕으로 나올 수가 있었다.

특히 담헌 홍대용과 항주 세 선비와의 만남은 조선 지성사에 큰 충격을 가져다준 사건이다.

담헌과 항주 세 선비, 국제 교류의 초석을 놓다

예전에 덕보德保 홍대용 군이 한번은 한 필의 말을 타고 사신을 따라 중국에 갔다. 길거리를 돌아다니고 좁은 골목을 기웃거리다가 항주에서 유학 온 세 선비를 만나게 되었다. 이에 슬며시 그들 숙소를 찾아가 옛 친구처럼 정답게 얘기했다. 하늘과 사람 및 생명의 근원, 주자학과 육왕학의 차이, 나아감과 물러남, 쇠함과 번성함의 시기, 출처出處와 영욕榮辱의 분별 등에 대해 열띤 토론을 벌였다. 근거를 살펴 밝히고 바로잡으니 서로 들어맞지 않는 견해가 없었으며, 서로 충고하고 이끌어주는 말들이 모두 지극한 정성과 격정해주는 마음에서 우러나왔다. 처음에는 서로 지기知己로서 맺었다가 마침내는 형제의 의리를 맺었다. 서로 사모하고 좋아하기를 탐내는 물건 좋아하듯 하고, 서로 저버리지 말자 언약하기를 굳은 맹세하듯 하니 그 의리는 사람들을 감동시켜 눈물 흘리게끔 하기에 충분했다. … (홍 군은) 세 선비와 이야기한 것을 모아 만든 세 권의 책을 꺼내 내게 보여주며 말했다. "자네가 서문을 쓰게." 나는 다 읽고 나서 감탄했다. "꿰뚫었구나, 홍 군의 벗을 사귐이! 내 지금에야 벗 사귀는 법을 알았노라. 그가 누구를 벗하는가를 관찰하고, 그가 누구의 벗이 되는가를 관찰하며, 또한 그가 누구를 벗하지 않는가를 관찰해 나는 벗을 사귀리라."

• 「회우록 서문會友錄序」

　『간정동회우록乾淨衕會友錄』은 담헌 홍대용이 북경 유리창에
서 과거 준비를 하던 선비인 엄성과 반정균, 육비를 만나 나눈
사귐의 경위를 기록한 책이다. 윗글은 그 책에 대해 연암이 써
준 서문이다. 1765년 11월에 담헌은 작은아버지 홍억의 개인
수행원 자격으로 중국 여행길에 올랐다. 이듬해 2월에 담헌은
북경 정양문 밖 2리쯤 되는 간정동乾淨衕에서 항주 출신의 세
선비를 만났다. 이들은 고향에서 향시鄕試에 합격한 후 2차 시
험을 보기 위해 북경에 상경한 사람들이었다. 담헌과 세 선비
는 나이도 제각기 다르고 성격도 달랐지만, 대화가 잘 통해서
금세 의기투합했다. 그리하여 담헌과 항주의 세 선비는 학문
과 제도, 종교에 대해 활발한 토론을 나누면서 서로의 문화를
깊이 이해하게 되었고 국경을 초월한 형제애를 나누었다. 이
만남에 대해 담헌은 "친구를 맺어 진실한 맹세가 햇빛처럼 빛
났으며 일곱 번의 만남은 즐거워 거의 죽을 지경"이라고 고백
했다. 고국에 돌아온 후 담헌은 세 선비와 나눈 필담과 편지를
정리해 『간정동회우록』을 썼다.
　담헌과 세 선비와의 사귐은 개인의 우정을 넘어 한중 교류
사에 한 획을 긋는 사건이 되었다. 이전에도 중국에 가서 중국

인을 만난 조선의 선비는 많았다. 하지만 중국인을 적대시하는 국내의 분위기 때문에 속마음을 터놓고 이야기를 나눌 형편이 못 되었다. 담헌에 이르러서야 비로소 이방인과 마음을 터놓는 진정한 교유가 이루어지게 되었다.

담헌과 항주 세 선비와의 만남은 조선 사회에 큰 파란을 일으켰다. 이덕무는 『간정동회우록』을 읽고서 눈물을 줄줄 흘렸다고 고백했고, 연암은 책을 읽고서 이들의 의리가 사람들을 감동시켜 눈물겹게 하기에 충분하다고 평가했다. 하지만 보수적인 사대부들은 담헌을 극력 비난했다. 특히 담헌과 동문수학한 김종후는 더욱 거칠게 홍대용을 몰아붙였다. 비린내나는 오랑캐 땅에 들어간 것부터 부끄러워해야 할 판에 변발한 청나라 오랑캐와 어울린다는 이유에서였다. 그리하여 담헌에게 편지를 써서 "뜻있는 선비라면 오랑캐가 중국을 어지럽혀 중화와 이적의 구분이 사라진 것을 부끄러워할 텐데 오랑캐를 섬기려는 자들과 사귄 것을 유세하니 마음에 편안하오?"라며 빈정거렸다. 중화 이념이 우정 윤리를 압도하는 시대 분위기를 잘 보여주는 장면이라 하겠다. 이러한 상황 속에서 연암은 담헌을 적극 옹호하고, 진정한 사귐은 국경과 나이, 이해관계를 초월해 겉치레를 깨뜨려 버리고 마음과 마음으로 만나는 것임을 이야기하고 있다. 이듬해 항주 세 선비 중 한 명인 엄성은 고향 항주로 돌아갔다가 복건성에서 학질에 걸려 사망하는데, 죽을 때 담헌이 선물로 보낸 먹을 가슴에 품고 세상을 떠난다.

　담헌이 온갖 장애물을 깨뜨리고 첫 길을 만들어주자 나머지가 그 길을 따라갔다. 담헌이 닦아놓은 사귐은 연암을 비롯해 이덕무, 박제가, 유득공 등으로 이어져 한·중 국제 교류의 새로운 길을 만들었다. 당시 청나라는 오랑캐로 불리고 있었기에 청나라 선비들과 사귀는 일은 큰 오해와 박해를 감수해야 하는 일이었다. 그러한 제약에도 불구하고 연암 그룹은 언어를 뛰어넘고 국경을 뛰어넘는 우정을 나누었다. 그리하여 그 길은 더욱 단단해졌고 뒤를 이어 다른 사람들이 새로운 길을 만들어갔다. 연암 그룹이 맺은 인적 네트워크는 훗날 추사 김정희 등으로 이어지는 한·중 교유의 교두보가 되어 동아시아 문화 교류를 활짝 꽃피운다.

12

새벽달은 누님의 눈썹 같았네

백자증정부인박씨묘지명

백자증정부인박씨묘지명 伯姉贈貞夫人朴氏墓誌銘

돌아가신 누님의 이름은 박 아무이고, 반남 박씨다. 그 동생인 지원 중미仲美는 다음과 같이 묘지명을 쓴다.

누님은 열여섯 살에 덕수德水 이씨 백규伯揆 이택모에게 시집가 1녀 2남을 두었다. 신묘년(1771) 9월 초하루에 세상을 떠났다. 향년 마흔셋이다. 남편의 선산이 까막골鴉谷에 있어서 서향의 언덕에 장사 지내게 되었다. 백규가 어진 아내를 잃은 데다 가난해 살아갈 여력이 없자, 어린애들과 계집종 하나, 솥과 그릇, 상자 등을 챙겨 배를 타고 산골짝으로 들어가려고 상여와 함께 출발했다. 나는 새벽에 두포의 배 안에서 그를 떠나보내고, 통곡한 뒤 돌아왔다.

슬프다! 누님이 시집가던 날 새벽에 단장하던 일이 어제일 같다. 나는 그때 막 여덟 살이었다. 응석 부리느라 누워 이

리저리 뒹굴면서 신랑의 말투를 흉내 내어 더듬거리며 점잖게 말을 했더니, 누님은 수줍어하다 빗을 내 이마에 떨어뜨렸다. 나는 화가 나 울면서 분에 먹을 섞고 거울에 침을 뱉었다. 누님은 오리 모양의 옥비녀와 벌 모양의 금 노리개를 꺼내어 내게 주면서 울음을 그치게 했다. 지금으로부터 스물여덟 해 전의 일이다.

강가에 말을 세우고 멀리 바라보았다. 붉은 명정은 펄럭이고 돛배 그림자는 너울거리는데 강굽이에 이르러 나무에 가리자 다시는 보이지 않았다. 강 위의 먼 산은 검푸른 것이 누님의 쪽 찐 머리 같고, 강물 빛은 화장 거울 같고, 새벽달은 누님의 눈썹 같았다. 눈물을 떨구며 누님이 빗을 떨어뜨렸던 일을 떠올리니, 유독 어릴 때 일은 또렷한데 기쁨과 즐거움도 많았으며 세월은 길었다. 나이가 들면서 항상 우환으로 괴로워하고 가난을 염려하다가 꿈속의 일처럼 세월은 훌훌 지나갔으니 피붙이로 함께 지냈던 날들은 또 어찌 이다지도 심히 짧았더란 말인가!

떠나는 이 정녕코 훗날 기약 남겨도
보내는 이 눈물로 옷깃을 적시누나.
조각배 이제 가면 어느 때 돌아올까
보내는 이 하릴없이 강가에서 돌아가네.

떠나는 이 정녕코 훗날 기약 남겨도

보내는 이 눈물로 옷깃을 적시누나

풀잎 위 아침 이슬 어이 쉽게 마르나?

이슬은 말라도 내일 아침 다시 맺히지만

사람은 죽어서 한번 가면 어느 때 돌아오나.

• 최표崔豹, 『고금주古今注』「풀잎 이슬 노래薤露歌」

아침 이슬은 금방 말라도 내일 아침이면 다시 맺히고, 나뭇잎은 지더라도 봄이 되면 다시 활짝 피어난다. 그러나 인생은 한번 떠나면 그뿐일 뿐 다시는 돌아오지 않는다. 부유한 자도 가난한 이도, 귀한 이도 천한 이도 죽음은 사람을 차별하지 않는다. 모든 인간은 각자의 때에 소중한 인연을 남겨두고 떠난다. 가까운 이가 떠난 빈자리엔 남은 자의 지극한 슬픔만이 있다.

죽음, 그것은 인간을 가장 두렵게 만드는 실제의 사건이다. 가을이 가면 겨울이 오듯 삶에는 반드시 죽음이 미리 정해져 있다. 눈앞의 삶은 모호하지만 죽음을 향해 나아가고 있다는 사실만큼은 틀림이 없다. 누구도 죽음을 피할 수는 없다. 그러하기에 죽음은 삶을 성찰하게 만드는 큰 힘이 된다. 수많은 철학자가 죽음을 탐구했으며 각종 문학과 예술은 죽음을 이야기했다. 연암 역시 죽음과 관련한 많은 글을 남기고 갔다.

새벽달은 누님의 눈썹 같았네

우리 선조들에게는 사랑하는 사람이 죽으면 묘지명墓誌銘이나 제문祭文을 지어 죽은 이를 애도하는 전통이 있었다. 그 가운데 묘지명은 죽은 사람의 인품과 행적을 써서 돌 등에 새겨 무덤 속에 넣는 것이다. 죽은 사람의 행적을 서술하는 부분을 지誌라고 하고 마지막 부분에 시의 형식으로 죽은 사람에 대해 칭찬의 글을 쓰는 것을 명銘이라고 한다. 연암도 여러 편의 묘지명을 썼는데 그 가운데 마흔세 살에 죽은 큰 누나의 죽음을 애도하며 쓴 묘지명을 소개하겠다. 이 글은 묘지명 중에서도 명문으로 알려진 글이다. 원래 제목은 「백자증정부인박씨묘지명伯姊贈貞夫人朴氏墓誌銘」이다.

첫 문장의 원문은 "유인휘모반남박씨孺人諱某潘南朴氏"이다. 유인孺人은 벼슬하지 못한 양반의 처라는 뜻으로 쓰는 관습적 표현이다. 본래는 정 9품이나 종 9품의 문무관 아내에게 쓰는 작호이다. 누님의 남편이 양반이지만 벼슬하지 못했다는 것을 말해준다. 휘諱는 꺼리다, 피하다는 뜻이다. 예전엔 고인의 이름을 직접 부르는 건 무례하다고 생각해서 꺼릴 휘諱를 이름이란 뜻 대신에 썼다. 휘 다음엔 이름을 적는데 남자는 이름을 썼지만 여자의 경우는 이름을 쓰지 않고 아무개 모라고만 썼다. 고전 시대엔 여성은 익명으로 처리되었기 때문이다. 간혹 당호로 부르기도 하지만, 대체로는 모 혹은 씨로 불렸고 본명은 쓰지를 않았다. 남성 중심의 가부장제가 낳은 관습이다.

연암과 누나는 여덟 살 터울이었다. 연암의 누나는 열여섯 살에 시집을 갔다. 남편은 가난한 사람이었다. 아내를 잃자 살아갈 여력이 없다고 한 것으로 보아 그동안 집안의 생계를 누나가 책임져왔다는 걸 알 수 있다. 누나는 가난으로 고생하다가 마흔세 살에 병을 얻어 죽고 말았다.

본래 묘지명에는 생애 가운데 자랑할 만한 행적을 어린 시절부터 죽 늘어놓는다. 어린 시절부터 총명했다는 둥, 효심이 깊고 자애로웠다는 둥, 높은 벼슬에 올랐다는 둥 뭔가 내세울 만한 자취를 시간 순서대로 나열하는 게 일반적인 묘지명의 관습이다.

그러나 위의 글에는 전혀 그런 내용이 없다. 남편인 백규가 아내를 잃은 데다 살아갈 방도가 없자 솥과 그릇, 상자를 챙겨 산골짝으로 들어가려고 상여와 함께 출발했다는 무미건조한 내용만을 서술하고 있을 뿐이다. 그러나 이 짧은 서술에도 누이에 대한 여러 정보가 담겨 있다. 그동안 누이가 집안의 살림살이를 책임져왔다는 것, 누나가 죽으니 남편조차 살림을 꾸릴 여력이 없었다는 것, 살림살이 물건이 단출한 것으로 보아 무척 가난하게 살았다는 것 등이 나타난다. 누나가 가난으로 고생만 하다 죽었다는 사실을 말해주고 있다.

다음은 누나의 성품이 어쩌고 행적이 저쩌고 하는 내용은 한마디도 없이 누나가 시집가던 날에 자신과 겪었던 에피소드를 들려준다. 누나와의 기억을 담은 단 하나의 추억으로 누나가 시집가던 날의 새벽 정경을 이야기한다. 시집가는 누나를 놀리려고—정확히는 서운한 마음을 거꾸로 행동한 것이겠지만—신랑 말을 흉내 내다가 누나가 실수로 떨어뜨린 빗을 이마에 맞는다. 여덟 살의 어린 연암은 그저 심술이 나서 울면서 침을 발라 거울을 더럽힌다. 누나는 작은 노리개를 꺼내 어린 연암을 달래주었다.

왜 하고많은 추억 가운데 누나가 시집가던 날의 기억이 떠올랐을까? 철없던 나이였을 때라 누나에게 좋은 말을 해주기는커녕 심술만 부리다 떠나보낸 누나에게 미안했을 것이고,

그런 자신을 달래주려고 애쓰던 착한 누나가 그리웠을 것이다. 그 작은 에피소드 속엔 누나에 대한 미안한 마음과 그리움, 인자하고 따뜻했던 누나의 이미지가 압축적으로 담겨 있다.

연암은 일반적인 묘지명의 형식을 따르지 않고 어릴 적 누나와의 짤막한 에피소드를 중심으로 썼다. 관습적인 말을 나열하기보다 둘 사이에 있었던 가장 아름다운 추억을 끄집어낸 것이다. 멋지고 좋은 일만 아름다운 추억이 되는 게 아니다. 오히려 좀 미안하고 아쉬운 경험이, 지나고 나면 진한 그리움이 되기 마련이다.

누나와의 추억은 28년 전 일이다. 여덟 살 꼬마는 훌쩍 자라 지금은 서른다섯 어른이 되었다. 시집간 후 누나의 삶이 어땠을지 충분히 알 수 있는 나이이다. 어린 시절에 왜 착한 누나에게 어리광을 부렸을까 후회가 밀려올 것이다. 지금 그 따뜻했던 누나는 고생만 하다가 하늘나라로 떠났고, 붉은 명정(죽은 사람의 성씨를 적은 깃발)만이 펄럭인 채 누나를 실은 배는 강물을 떠나간다. 누나의 시신은 남편의 선산인 아곡(지금의 양평군 양동면)으로 떠난다. 강물은 흘러가면 다시 오지 않는다. 누나도 돌아오지 못할 것이다. 강굽이에 이르러 누나가 보이지 않자 이제 누나와의 인연은 모든 것이 끝인가 싶다.

문득 새벽녘 강 위의 검푸른 산을 보니 누나의 쪽진 머리 같다. 강물 빛은 화장 거울 같고 새벽녘 초승달은 누나의 눈썹 같다. 자신도 모르게 저절로 눈물이 흐르며 누나가 빗을 떨어뜨렸던 일을 떠올리니 수십 년 전의 추억임에도 그 기억은 또렷하기만 하다. 누나가 시집가기 전까지는 즐거운 추억도 많았고 세월도 느릿해 보였다. 그런데 나이가 들어 가난에 허덕이다 보니 세월은 하룻밤의 꿈과 같고 피붙이로 함께 살던 날들은 너무도 짧았다. 총 35년 인생이지만 누나가 결혼하고 나서 이런저런 개인 문제에 얽매이다 훌쩍 시간이 지나가고 또 가난으로 고생하며 살다 보니 변변한 추억도 없이 세월만 훌쩍 가버린 것이다.

마지막 명銘도 참 인상적이다. "떠나는 이 정녕코 다시 오마 기약해도, 보내는 이 눈물로 옷깃을 적시누나. 조각배 이제 가면 어느 때 돌아올까, 보내는 이 하릴없이 강가에서 돌아가네." 이별하며 떠나는 자가 꼭 다시 오겠다고 약속해도 남은 사람은 눈물로 옷깃을 적시는 법이다. 그러나 누나의 영정을 실은 조각배는 영영 다시는 오지 못할 곳으로 떠나간다. 남은 자는 쓸쓸히 강가에서 발길을 돌려세울 뿐이다.

맏누이 묘지명은 상투적으로 죽은 이를 기리는 말도, 구구절절한 감정의 노출도 없지만 어딘지 모르게 가슴을 찡하게 만드는 글이다. 진부하거나 인위적이지 않고 진실하게 썼기 때문이다. 사느라 고생하다가 쓸쓸하게 죽는 삶이 어찌 연암의 큰누이뿐이겠는가? 괴로워하고 염려하며 살다가, 문득 돌아보면 꿈속의 일처럼 아득하고 아련한 것이 우리네 인생이다.

가족의 죽음과 관련한 연암의 글 중에는 먼저 세상을 떠난 형을 그리워하며 쓴 시도 있다. 연암은 약 40여 편의 시를 남 겼는데 그중 제일 마음을 울리는 시이기도 하다.

우리 형님 얼굴은 누굴 닮았나?　　　　我兄顏髮曾誰似

아버지 생각나면 형님을 봤지.　　　　　每憶先君看我兄

이제 형님 생각나면 그 누굴 보나?　　　今日思兄何處見

시냇물에 내 얼굴을 비추어 보네.　　　　自將巾袂映溪行

• 「연암협에서 형을 그리며 燕巖憶先兄」

연암협에서 형을 그리워하며 쓴 시이다. 연암의 형은 박 희원이다. 연암은 23살 때 어머니를 여의고 31살 때는 아버지 를 여의었다. 그 뒤로 형과 형수님을 부모처럼 많이 의지했다 고 한다. 형은 벼슬을 하지 못했다. 자식들도 일찍 죽었다. 그 래서 연암은 자신의 장남인 박종의를 형의 양자로 보냈다. 둘 째인 박종채가 아버지 연암의 일생을 기록한 『과정록』을 쓰게 된 것도 첫째를 연암 형의 양자로 보낸 속사정 때문이다. 연암 의 형은 1787년 향년 58세 나이로 세상을 떠났다. 연암의 나 이 51살 때의 일이다.

연암은 아버지가 그리울 때면 형의 얼굴을 보며 마음을 달

랬다. 형의 얼굴이 아버지와 똑 닮았던 것이다. 그런데 이제 그 형님도 세상을 떠나고 없다. 형님이 그리워지자 연암은 형님이 즐겨 입던 도포를 입고 연암협 냇가에 가서 자신의 얼굴을 비추어 본다. 냇가에 비춘 자신의 모습에서 형의 얼굴을 떠올린다. 자신의 얼굴이 형님의 얼굴과 많이 닮았던 것이다. 연암의 가족은 서로 붕어빵이었나 보다!

하루를 사는 것도 요행

인간은 빈부귀천을 막론하고 태어날 때 울고 죽을 때도 운다. 태어날 땐 스스로가 울고 죽을 때는 남이 대신 울어준다. 태어날 때는 축복을 받으며 나오지만 죽을 때의 모습은 제각기 다르다. 선한 삶을 살았다고 해서 애도 가운데 죽는 것도 아니다. 나쁜 짓을 저지른 인간이 편안하게 죽기도 한다. 누군가는 안타깝게 죽고 누군가는 장수를 누리다 죽기도 한다. 죽는다는 건 공평하지만 죽는 상황은 공평하지 않다.

　「이몽직애사李夢直哀辭」는 억울하게 죽은 이몽직을 추도한 글이다. 이몽직은 이순신 장군의 6대손이다. 본래 이름은 이한주인데 죽은 후에 몽직으로 불렸다. 그는 무관이었지만 문인을 좋아해서 여동생의 남편인 박제가와 함께 연암을 자주 찾아가 글을 배웠다. 그는 연암보다 12살 아래였다. 안타깝게도 이몽직은 1774년 서울 남산의 석호정에서 활을 쏘고 나오다가 잘못 날아온 화살에 맞아 25살의 젊은 나이에 죽고 말았다. 그를 위해 써준 애도문에서 연암은 "사람이 단 하루를 사는 것도 요행이다."라고 한탄한다. 글에는 이런 비유가 있다.

예전에 한 관상쟁이가 한 여자의 관상을 보고서 소뿔에 받혀 죽을 상이니 조심하라고 일렀다. 그 여자는 방문 앞에서 귀이개로 귀를 후비다가 지게문이 세차게 부딪치는 바람에 귀이개에 귀가 찔려서 죽었는데 그 귀이개는 소뿔로 만든 것이었다. 또 한 사주보는 사람이 한 사내의 사주를 보고는 쇠를 먹고 죽게 될 것이라 했다. 그 사내는 이른 아침에 밥을 먹다가 숟가락이 폐로 들어가는 바람에 죽고 말았다. 관상이나 사주가 이같이 신기하게 들어맞고 공교롭게 징험된 데다가 또 그런 일을 당하기에 앞서 간곡하게 조심하라고 당부했을 터였다. 하지만 쇠는 먹을 수 있는 물건이 아니고 소도 규방에서 기르는 것이 아니다. 그러니 비록 천명을 아는 선비일지라도 이런 일들을 미리 헤아려서 경계하고 조심하기는 어려울 것이다.

• 「이몽직애사李夢直哀辭」

인간의 죽음은 아무리 조심하고 대비해도 불가항력이다. 맹자는 사람이 해야 할 도리를 다하고 죽으면 정명正命의 죽음이고 예기치 않은 사고나 고통 속에 죽으면 비정명非正命의 죽음이라고 말한다. 의롭게 죽으면 정명이고 담장에 깔려 죽거나 죄를 저지르고 죽으면 비정명이다. 행동을 함부로 놀리다 죽으면 비정명의 죽음을 자초했다고 말한다. 그러나 연암은 죽음은 요행이라고 생각한다. 죽음이 인과응보대로 이루어지는 것이 아니라 각자의 운에 따른 당사자의 복이라는 것이다.

연암이 죽음에 대해 체념적 정서를 갖게 된 것은 그의 절친인 이희천의 죽음과 관련이 깊다. 이희천은 유명한 금서 사건인 『명기집략明紀輯略』 사건에서 희생된다. 영조 47년(1771년)에 『명기집략』이란 책으로 인해 조선 사회는 조선 최대의 서적 탄압 사건이 일어났다. 『명기집략』은 청나라 주린이 지은 역사서이다. 그런데 그 내용 중에 태조인 이성계를 이인임의 후손이라고 하고 인조가 광해군을 불에 태워 죽였다는 등 태조와 인조를 모독함으로써 조선 왕조의 정통성을 왜곡하는 내용이 담겨 있었다. 사헌부 지평을 지낸 박필순이 이 내용을 읽고는 영조에게 상소를 올렸다. 영조는 노발대발해서 책을 들여 온 사람은 물론 책을 소지한 사람들도 엄명으로 다스렸다. 이때 연암의 절친인 이희천이 『명기집략』의 근원지로 지목받아 잡혀 들어갔다. 이희천은 자신이 책을 사기는 했으나 자세히 살피지는 않았으며 박필순의 상소 내용을 들은 뒤엔 즉시 불태웠다고 항변했으나 받아들여지지 않았다. 마침내 이희천은 효수형을 당하고 그 처와 자식은 모두 흑산도로 보내져 관노비가 되었다. 실록에서는 이때 처형된 사람이 열 명에 달했다고 했지만, 야사 등에서는 백 명 이상의 책쾌(책거간꾼)가 죽임을 당했다고 기록하고 있다. 이 사건으로 책쾌가 자취를 감추고 뿔뿔이 흩어졌다.

그런데 이 사건의 진실은 따로 있었다. 이희천이 읽었다는 『명기집략』은 본래 연암의 8촌형이자 화평 옹주의 남편, 즉 영조의 사위인 박명원의 소유였다. 그런데 박명원은 별다른 추궁도 받지 않은 반면, 이희천은 효수형을 당했다. 정치적인 내막이 담겼다고 하겠는데 이희천은 영조의 탕평책을 반대한 대표적 노론 청류인 이윤영의 아들이었다. 이윤영은 영조의 탕평책에 반대해 조정에서 물러나 평생 벼슬을 하지 않고 지냈다. 영조가 그 사실을 모를 리 없었다. 더군다나 이때 상소했던 박필순은 이미 지평 벼슬을 그만둔 상황이었다. 박필순의 복귀 노림수와 영조의 미운털이 박혀 이희천은 혹독하게 죽은 것이다. 금서를 소지했다는 이유만으로 효수를 당하고 노비로 전락하는 일이 벌어지는 게 불과 몇백 년 전의 일이었다.

이희천의 절친이었던 연암은 이 일로 큰 충격을 받았다. 정치에 환멸을 느껴 다시는 과거를 보지 않았으며 몇 년간 친한

지인들의 경조사조차 일절 가지 않았다. 한 절친했던 친구의 죽음이 연암의 삶에 가져온 변화는 작지 않았다. 연암이 권력에서 더욱 손을 떼게 된 계기였다.

우리 삶에도 가까운 이의 죽음으로 인해 인생관이 바뀌거나 인생의 변곡점을 그리는 경우가 있다. 죽음이란 한 인간에게 가장 큰 충격적 사건이며 존재의 의미를 묻게 되는 가장 실존적인 상황이다. 연암도 마찬가지였다.

산 자가 더 슬프다

이른 가을 학교 뒷산의 계단을 오르다 보면 여기저기 떨어져 죽은 매미가 눈에 띈다. 매미는 땅속에서 6~7년을 보내다가 어른 매미가 되어 우는 기간은 고작 이삼 주 남짓이라고 한다. 긴 인고의 세월을 견디고서 좋은 인생을 보내려니 시간이 너무 짧다. 그래서 매미 소리는 때로는 구슬프게 들린다.

하루살이의 삶이 하찮아 보이고 매미의 죽음을 무심히 넘기지만 우리네 삶도 영원의 관점에서 보자면 하루살이, 매미의 삶과 다름이 없다. 이덕무는 말하길, "정신은 쉬 소모되고 세월은 빨리도 지나가 버린다. 하늘과 땅 사이에 가장 애석한 일은 오직 이 두 가지뿐."이라고 탄식했다. 시간은 사람을 기다려주지 않는다. 우리는 어느 순간 바로 죽음을 맞이할 것이다. 백 년이 지나고 나면 우리는 이 세상에 없고 흔적도 없다. 죽음만큼 덧없고 슬픈 일은 없다. 하지만 연암은 죽은 자 보다 살아남은 자가 더 슬프다고 말한다.

「유경집애사俞景集哀辭」는 스물두 살에 세상을 떠난 유경집을 애도한 글이다. 연암은 그의 아버지와 친구 사이였다. 친구의 아들이 요절하자 그를 슬퍼하여 추도문을 써준 것이다. 유경집의 할아버지는 자식이 경집의 부친뿐이었다. 그러다 보니 손자인 경집이 태어나자 자기 자식처럼 키웠다. 경집의 부모는 할아버지의 마음을 헤아려 감히 스스로 자기 아들이라 생각을 안 했고, 경집은 어릴 적부터 할아버지를 아버지처럼 여기고 자랐다. 그런 경집이 스물두 살에 병에 걸려 죽고 말았다. 경집의 부모는 혹여 늙은 부모의 마음을 아프게 할까 봐 소리내어 울지도 못했고, 할아버지도 혹 아들의 슬픔을 크게 할까 봐 손자의 죽음에 크게 울지도 못했다. 경집의 아내도 감히 죽지도 못하고 울지도 못한 채 속으로 통곡했다. 이 사정을 지켜본 연암이 그를 위해 애사를 짓게 된 것이다.

죽은 사람은 자신의 죽음이 슬프다는 것을 모르는 것과 산 사람은 이 사실을 알기 때문에 슬픈 것 가운데 어느 것이 더 슬플까? 누군가는 말한다. "죽은 사람이 슬프다. 죽은 사람은 자기 죽음이 슬퍼할 만한 것을 모를 뿐 아니라, 산 사람이 그의 죽음이 슬퍼할 만한 일임을 슬퍼하는 줄도 모르니 이야말로 슬퍼할 만한 일이다." 어떤 이는 말한다. "산 사람이 슬프다. 죽은 사람은 이미 아무것도 몰라 슬퍼할 만한 것을 슬퍼하지 않으나, 산 사람은 날마다 그를 생각하여 생각하고 또 생각한다. 생각하면 슬퍼서 빨리 죽어 아무것도 모르게 되기를 바라니, 이야말로 슬퍼할 만한 일이다." 또 어떤 이는 말한다. "그렇지 않다. 효자는 더러 부모 여읜 슬픔으로 생명이 위급하기도 하고, 자부慈父는 더러 자식 잃은 슬픔으로 실명하기도 하고, 열부烈婦는 더러 자결하기도 한다. 이는 다 죽은 자에 대한 슬픔으로 말미암아 혹은 따라 죽고 혹은 병이 되고 만 것이다. 이로 말미암아 논한다면, 죽은 사람과 산 사람의 슬픔은 함께 논할 수가 없는 것이다."

나는 유경집의 죽음에 대해서 단언한다. "산 사람이 슬프다." 혹독한 고통이 뼈를 찌르기로는, 나는 믿었는데 상대방이 속이는 것만 한 것이 없고, 속임당한 가장 큰 고통은 가장 친하고 다정한 이가 문득 나를 등지고 떠나는 일이다. 세상에서 가장 친하고 다정하기로는 손자와 할아버지, 아들과 아버지, 남편과 아내 같은 사이 같은 경우이다. 그런데도 경집은 조금도 지체하지 않고 하루아침에 등을 돌리고 말았다. 또한 믿어 의심이 없기로는, 그 어느 것이 경집의 재주와 외모로 보아 장래가 크게 기대되는 일과 같겠는가. 그런데도 마침내 상식과 이치에 어긋나기를 이와 같았다. 그러니 어찌 원망스럽고 한스러워 혹독한 고통이 뼈를 찌르지 않을 수 있겠는가.

• 「유경집애사兪景集哀辭」

연암은 산 사람이 더 슬프다고 말한다. 왜냐? 가장 한스럽고 혹독한 고통은 굳게 믿었던 사람에게 속는 일이다. 가장 사랑했던 이가 갑자기 떠나버리는 일만큼 속임당한 고통은 없다. 세상에서 가장 사랑하는 관계는 손자와 할아버지, 자식과 부모, 남편과 아내와 같은 가족 관계이다. 그러니 사랑하는 자식이 죽거나, 배우자가 죽거나, 손자가 죽는 일보다 혹독한 슬픔은 없다. 경집은 할아버지의 손자이자 아버지의 자식이었고 아내의 남편이었다. 게다가 경집은 재주와 외모로 보아 장래가 크게 기대되는 젊은이였다. 그런 기대를 저버리고 갑자기 훌훌 떠났으니 그 한은 남아 있는 자에게 뼈를 찌르는 고통을 준다는 것이다.

떠난 자는 말이 없다고 했다. 사랑하는 이가 떠나면 그 슬픔과 고통은 오로지 남은 자의 몫이다. 게다가 자식을 잃는 슬픔은 세상에서 가장 참혹한 슬픔이며 가장 고통스러운 형벌이다. 부모는 땅에 묻지만, 자식은 가슴에 묻는다고 했다. 공자의 제자였던 자하는 아들이 죽자 음식을 입에 대지도 않고 밤낮으로 울부짖었다. 피눈물을 흘리며 계속 울다가 나중에는 눈이 멀어버렸다. 그리하여 자식의 죽음을 상명지통喪明之痛이라 한다. 밝음明, 곧 눈을 잃어버린 고통이란 뜻이다. 자식을 떠나보내는 일은 빛을 잃어버리는 아픔이다. 부모는 자식이 자신의 지은 죄 때문에 죽었다는 죄책감을 평생 짊어지고 살아간다. 충무공 이순신은 막내아들 면이 왜적과 싸우다 죽었다는 소식을 듣고는 "순식간에 간과 쓸개가 떨어진 듯하여 목놓아 통곡하고 통곡하였다."라고 고백했다. "내가 지은 죄로 인해 재앙이 네 몸이 미친 것이냐!"라며 울부짖었다. 조선 전기의 문신인 양희지는 아들이 죽자, "그저 내가 평생에 지은 죄악이 이 아이에게 옮아가 그 목숨을 짧게 줄였다."라며 회한에 사무쳤다. 가족이 죽으면 남아 있는 자들은 죄책감을 짊어진 채 평생을 큰 고통 속에서 살아간다. 죽은 자는 떠나면 그뿐이다. 그러나 남아 있는 자는 평소에 잘해주지 못했다는 미안함, 자신이 지은 죄로 자식이 대신 벌을 받았다는 죄책감을 떠안고 살아간다. 어찌 산 자가 더 슬프지 않겠는가?

깨끗이 목욕시켜 다오

공자가 가장 사랑했던 제자인 안연은 술지게미조차 배불리 먹지 못할 정도로 굶주리며 살다가 영양실조에 걸려 이른 나이에 죽었다. 흉악한 도둑의 대명사인 도척, 날마다 죄 없는 사람을 마구 죽이고 생간의 회를 먹었다는 그는 하늘이 준 수명을 다 누리고 집에서 편안히 누워 죽었다. 그리하여 사마천은 「백이열전」에서 묻는다. 이러한 것이 하늘의 도라면 이것은 과연 옳은 것인가? 잘못된 것인가?

선뜻 대답하기 어렵다. 연암의 말마따나 죽음 역시 요행일까? 한편으로 생각해보면 우리 사는 세상은 인간사 희로애락 속에 근심하다가 떠나가는 곳. 그러니 혹여 다음의 세상을 믿는다면 일찍 떠나가는 것은 영원한 평화와 안식의 세계로 가는 일이 될 것이다. 혹여 내세를 믿지 않더라도 백 년을 사나 일 년을 사나 영원의 관점에서는 하루살이의 삶일 뿐이니 크게 애통해할 것도 없다. 삶이 부평초와 같은 것이라면 죽음은 편안히 쉬는 것이다.

연암은 예순아홉 살에 한양 가회방嘉會坊 재동齋洞 집의 사랑에서 세상을 떠난다. 아들의 증언에 따르면 연암은 죽을 때까지 평소에 험한 일을 많이 겪어서 울적한 마음을 펴지 못해 늘 울화가 치밀어 오르는 병을 앓았다. 이상과 현실의 괴리가 클수록 삶은 외롭고 우울하다. 부조리한 세상을 확 뜯어고치고 싶었던 연암이었기에 바꿀 수 없는 현실의 장벽만큼 답답하고 쓸쓸했을 것이다.

죽기 직전에 연암은, 장례는 검소하게 치르고 담헌 홍대용과 마찬가지로 반함飯含을 하지 말 것을 명했다. 병이 위독해졌음에도 처남인 이재성과 제자인 이희경을 자주 불러 조촐한 술상을 차려 담소를 나누었다. 1805년 10월 20일 오전 8시 무렵, 하늘의 가호加護는 멈추고 마침내 연암은 세상을 떠났다. 연암의 유언은 깨끗이 목욕시켜 달라는 말이었다.

참고문헌

본문에서 사용한 연암의 번역문은 박수밀, 『연암 산문집』(지식을만드는지식, 2011)을 토대로 한 것이다. 그 외 도움받은 주요 문헌은 다음과 같다.

강명관(2009), 『열녀의 탄생』, 돌베개.

김명호(2001), 『박지원 문학 연구』, 성균관대학교 대동문화연구원.

김문식(2009), 『조선 후기 지식인의 대외인식』, 새문사.

김민호(2020), 『충절의 아이콘, 백이와 숙제』, 성균관대학교 출판부.

김혈조(2002), 『박지원의 산문문학』, 성균관대학교 출판부.

김혈조(2017), 『열하일기』 1·2·3, 돌베개.

마테오 리치 저/송영배 역주(2013), 『교우론, 스물다섯 마디 잠언, 기인십편』, 서울대학교출판문화원.

로버트 루트번스타인, 박종성 옮김(2007), 『생각의 탄생』, 에코의서재.

박수밀(2007), 『18세기 지식의 생각과 글쓰기 전략』, 태학사.

박수밀(2011), 『연암 산문집』, 지식을만드는지식.

박수밀(2013), 『연암 박지원의 글 짓는 법』, 돌베개.

박수밀(2021), 『열하일기 첫걸음』, 돌베개.

박수밀(2022), 『청춘보다 푸르게, 삶보다 짙게』, 빈빈책방.

박수밀(2014), 「열녀함양박씨전의 구조와 글쓰기 방식」, 『한국한문학연구』 53집, 한국한문학회.

박수밀(2016), 「박지원 문학에 나타난 창조적 사유와 그 의미」, 『한국고전연구』 33집, 한국고전연구학회.

박수밀(2021), 「백이 비평의 양상과 그 의미」, 『한국언어문화』 76집, 한국언어문화학회.

박제가, 안대회 역주(2013), 『북학의』, 돌베개.

박종채, 박희병 옮김(1998), 『나의 아버지 박지원』, 돌베개.

박지원, 김명호 편역(2007), 『지금 조선의 시를 쓰라』, 돌베개.

박지원 저/신호열 · 김명호 옮김(2007), 『연암집』 상 · 중 · 하, 돌베개.

박희병 편역(2006), 『말똥구슬』, 돌베개.

박희병(2006), 『고추장 작은 단지를 보내니』, 돌베개.

박희병(2006), 『연암을 읽는다』, 돌베개.

유홍준 엮음(1988), 『미학 에세이』, 청년사.

이도흠(2020), 『4차산업혁명과 대안의 사회』 1 · 2, 특별한 서재.

이현식(2002), 『박지원 산문의 논리와 미학』, 이회.

임형택(2000), 『실사구시의 한국학』, 창작과비평사.

임형택 외(2012), 『연암 박지원 연구』, 사람의 무늬.

정민(2010), 『고전 문장론과 연암 박지원』, 태학사.

정민(2020), 『비슷한 것은 가짜다』, 태학사.

정민(2020), 『오늘 아침 나는 책을 읽었다』, 태학사.